孟繁华 主编

百部短篇正典

火纸 贾平凹
鬈毛 陈建功
苍老的浮云 残雪
访问梦境 孙甘露

北方联合出版传媒(集团)股份有限公司
春风文艺出版社
·沈阳·

图书在版编目（CIP）数据

火纸 / 贾平凹著. 鬈毛 / 陈建功著. 苍老的浮云 / 残雪著. —沈阳：春风文艺出版社，2018.7
（2022.1重印）
（百年百部中篇正典 / 孟繁华主编）
本书与"访问梦境"合订
ISBN 978-7-5313-5493-2

Ⅰ. ①火… ②鬈… ③苍… Ⅱ. ①贾… ②陈… ③残… Ⅲ. ①中篇小说—小说集—中国—当代 Ⅳ. ①I247.5

中国版本图书馆CIP数据核字（2018）第137324号

北方联合出版传媒（集团）股份有限公司
春风文艺出版社出版发行
http://www.chunfengwenyi.com
沈阳市和平区十一纬路25号　邮编：110003
北京一鑫印务有限责任公司印刷

选题策划：单瑛琪		责任编辑：姚宏越	
封面设计：琥珀视觉		责任校对：于文慧	
印制统筹：刘　成		幅面尺寸：145mm × 210mm	
字　数：192千字		印　张：8	
版　次：2018年7月第1版		印　次：2022年1月第4次	
书　号：ISBN 978-7-5313-5493-2			
定　价：39.00元			

版权专有　侵权必究　举报电话：024-23284391
如有质量问题，请拨打电话：024-23284384

百年中国文学的高端成就
——《百年百部中篇正典》序

孟繁华

从文体方面考察,百年来文学的高端成就是中篇小说。一方面这与百年文学传统有关。新文学的发轫,无论是1890年陈季同用法文创作的《黄衫客传奇》的发表,还是鲁迅1921年发表的《阿Q正传》,都是中篇小说,这是百年白话文学的一个传统。另一方面,进入新时期,在大型刊物推动下的中篇小说一直保持在一个相当高的水平上。因此,中篇小说是百年来中国文学最重要的文体。中篇小说创作积累了极为丰富的经验,它的容量和传达的社会与文学信息,使它具有极大的可读性;当社会转型、消费文化兴起之后,大型文学期刊顽强的文学坚持,使中篇小说生产与流播受到的冲击降低到最低限度。文体自身的优势和载体的相对稳定,以及作者、读者群体的相对稳定,都决定了中篇小说在消费主义时代能够获得绝处逢生的机缘。这也让中篇小说能够不追时尚、不赶风潮,以"守成"的文化姿态坚守最后的文学性成为可能。在这个意义上,中篇小说很像是一个当代文学的"活化石"。在这个前提下,中篇小说一直没有改变它文学性的基本性质。因此，百年来，中篇小说成为各种文学文体的中坚力量并塑造了自己纯粹的文学品质。中篇小说因此构成百年文学的奇特景观，使文学即便在惊慌失措的"文化乱世"中也取得了令人瞩目的艺术成就，这在百年中国的文化语境中不能不说是一个奇迹。作家在诚实地寻找文学性的同时，也没有影响他们对现实事务介入的诚恳和热情。无论如何，百年中篇小说代表了百年中国文学的高端水平，它所表达的不同阶段的理想、追求、焦虑、矛盾、彷徨和不确定性，都密切地联系着百年中国的社会生活和心理经验。于是，一个文体就这样和百年中国建立了如影随形的镜像关系。它的全部经验已经成为我们最重要的文学财富。

编选百年中篇小说选本，是我多年的一个愿望。我曾为此做了多年准备。这个选本2012年已经编好，其间辗转多家出版社，有的甚至申报了国家重点出版基金，但都未能实现。现在，春风文艺出版社接受并付诸出版，我的兴奋和感动可想而知。我要感谢单瑛琪社长和责任编辑姚宏越先生，与他们的合作是如此顺利和愉快。

入选的作品，在我看来无疑是百年中国最优秀的中篇小说。但"诗无达诂"，文学史家或选家一定有不同看法，这是非常正常的。感谢入选作家为中国文学付出的努力和带来的光荣。需要说明的是，由于版权和其他原因，部分重要或著名的中篇小说没有进入这个选本，这是非常遗憾的。可以弥补和自慰的是，这些作品在其他选本或该作家的文集中都可以读到。在做出说明的同时，我也理应向读者表达我的歉意。编选方面的各种问题和不足，也诚恳地希望听到批评指正。

是为序。

2017年10月20日于北京

目 录

火　纸…………………………贾平凹 / 001
鬈　毛…………………………陈建功 / 027
苍老的浮云……………………残　雪 / 122
访问梦境………………………孙甘露 / 207

火 纸

贾平凹

一

崖畔上长着竹,皆瘦,死死地咬着岩缝繁衍绿。一少年将竹捆五个六个地掀下崖底乱石丛里了,砍刀就静落草中,明亮亮的,像遗失的一柄弯月。现在是汉江垂暮时分,半天劳作可以暂作歇息,少年便从一石板下取出三块浆粑糕来啃,一边茫然地望着崖下江面。浆粑糕是用槲叶包蒸的,形如粽子,剥开,槲叶的脉络就清晰地印在糕上。正待吃,乌鸦旋即在头顶上飞。乌鸦没有发现石板下的藏物,却不放过少年吃嚼时掉下来的糕渣,甚至从他手中衔下一小块倏然飞去。江面上恰好有一只梭子船滑过,船走得飞快,锯齿般的崖,这一齿才看见了船尾,那一齿又见着船首。船首上是站着持篙的人,狼一样的嗓子在唱歌:

你拉我的手,

我就要亲你的口。

拉手手,

亲口口,

咱们两个山圪崂走……

　　这是沿江送人去北山密林割漆的船,朝从两河关出发,夜到葫芦镇停泊。葫芦镇上有孙二娘的茶社。据说水上人乏乏的了,一摊散肉躺在竹椅上,茗茶、抽烟,看着孙二娘弹着琵琶软软地唱山歌。歌听得多了,回忆常在心上,一篑一船在水上漂了,唱这些没皮没脸的骚歌,享想象中的福。少年想:爹就是坐这船到北山密林里割漆的,百里千刀一斤漆,爹的衣裳破成絮絮,在一握粗的漆树上开人字刀,插贝壳片。漆树是苦命的树,一年春秋两季挨刀,粗处的皮挨得不能再挨了,向细处挨,直到将皮割完,将汁流干,树死了,爹也死了。爹是中漆毒死的,爹虽不怕漆,每次开刀时说:"你是七(漆),我是八!"但漆汁溅在衣裳上洗不掉,溅在手上脸上也洗不掉,手脸便烂起来,烂得像漆树一样也没有好皮,就死了。

　　崖畔下有人在喊,其声尖锐,后来就骂:"狗子阿季,你在山上又跑阳了吗?!"阿季是少年的名,是小名,大号姓刘名季。狗子是七里坪火纸坊王麻子家的狗,狗常随着王麻子的女儿丑丑,同伙们就作践阿季,说阿季二十多了没见过女人,不如狗子福分大。阿季就往崖下走,一面看夕阳从汉江下游处照上来,在一面石壁上印一个圆圆的淡红,便发现自己在竹林里形影俱清,肌发也变绿了。

　　河滩上,同伙们已经缚好了柴筏子,将砍下的竹捆垒上去,末了就帮阿季缚筏子，运了气吹饱了两个手拉车的内胎系在筏下，竹捆也垒上去了。

"阿季，你见着王七吗？"

"没有。"

"他坐在梭子船上，割了三十斤漆，他又发了！"

"他发肿了，我也不去割漆！"

"凭这砍竹，你能见女人的腥吗？你不给你爹生个孙子，你就不是好儿子！"

"回吧，天不早啦。"

阿季跳上竹筏，篙一点，筏倏忽冲到江心，一横，顺水而去。同伙们的竹筏也撑上来，七张八张筏头尾相接列成一字。行至七里坪，天已经彻底黑了，看得见村口的火纸作坊，窗口红得像血，咯吱，咯吱，缓慢的，沉重的水轮声匝地过来，沉沉地又落在江水里。阿季无由地打一个冷战，一听见这水轮声他就激动，偏磨磨蹭蹭不往前边走。

"阿季，你不交竹了吗？"

"你们先走，我就来。"

七八个人负重了湿竹走在作坊前的土场上，眼睛全朝砸竹坊门口看。砸竹坊梁上吊一盏油灯，光圈红灼，如一轮太阳，那水轮立旋，带动了一搂粗的方形木榫，丑丑就坐在木榫那边拨竹绒。木榫升起，露出她小小的身形和白白的脸；木榫落降，不见了小小的身形和白白的脸。阿季真担心丑丑一时走了神，或者打了盹，那木榫要把她也砸成肉茸的。当然阿季担心是多余的，丑丑在作坊里拨了两年竹绒，一次皮毛也没伤过。那只狗子便从作坊里蹿出来，大声咬，直向阿季进攻；不会说人话的狗子偏咬说人话的狗子，同伙们就很乐。

"丑丑，你的狗子要咬死阿季了，你也不管吗？"

砸竹坊里的水轮声大，丑丑没听见，压纸坊里的王麻子却出来，凶声恶气地说："叫什么呀？不来过秤，今日我就不收了！"

阿季在心里直骂："十个麻子九个怪，一个不死都是害！"

二

麻子最不放心的是砍竹的这帮少年，但又不能太得罪，因为火纸坊是他私人开办的。火纸的原料青竹是砍竹人卖给他的。他对于他们，见不得，离不得，所以他的人缘难处，活得很累。

说实话，麻子还算不上是坏人，公社化时期，他任过职，是七里坪的贫协主席，秉性所限，职位所制，生活极尽严肃。别人趁机能捞的全捞到了，他依旧是三间石板房，石桌子，石臼子舂米，门前一棵弯身子石榴树。人常说：人旺财不旺，财旺人不旺。他什么都不缺，就是缺钱，什么都没有，就是老婆有病，病过三年竟死了。老婆死时女儿才两岁，他再不续妻，也不偷鸡摸狗，一心拉扯丑丑长大。丑丑是他的作品，他精心塑造，开会时背上，他不准她哭闹，她也不哭闹；村里人家分家另灶，他去主持，不准丑丑吃别人的东西，丑丑馋死也不吃。丑丑长大了，长到十六，一切都成熟，恰公社取消，乡政府代替，土地由各家各户经营。父女俩在山坡上刨地，一株桃花在地边开得妖妖的艳，丑丑折一枝插在头上，他说："快取下来，妖精似的难看！"村里的少年子走了汉江，到葫芦镇，下白河县，去襄阳市，回来穿的裤子腰身紧了，裤管宽了，人一下子修长了许多，楚楚可人。丑丑也将自己裤腿往小里缝，他黑了脸："成精作怪！"硬要恢复原样。麻子老爹最欢迎土地承包,却一天一天怨恨世风沉沦,人心不古,在家里对丑丑说:"你瞧瞧,人到底是私虫虫,公社化的时候,在地里都磨洋工,现各人种各人地了,就干疯了!疯了也便疯了,这还像个农民,倒又都出去跑生意、做商业,自古无商不奸哪!那些年,村里一家盖房,哪一家不去帮忙,挖个厕所,都会来五个六个帮工的,现在都盯在钱上,没钱不帮工,人都成乌眼鸡了!这政策是还得变一变的!"

但是,农村没有了贫协机构,麻子的话说了白说;政策依旧没有变,变的倒是麻子威信下降,人缘衰败,手头拮据日月困顿。他只好也开办了火纸坊,没钱你寸步难行啊!火纸坊是在三间石板房的基础上改作的,麻子会做纸浆。捞纸匠请的是丑丑的大舅,一个嘴只吃饭不能说话的老头。丑丑的工作就是在门前土场上挖下三个大坑,将收来的竹捆压一层,铺一层石灰,再用稻草盖了,以水灌了,铲土埋了,两月三月之后竹捆腐烂,掘开摊晒,就一天到黑坐在那个一搂粗的方形木榫下经营砸绒了。

水轮转动的时候,砸竹坊里似乎什么也不复在,咯吱,咯吱,咚咣,咚咣,丑丑先是一声响动心肠就扭翻一下,后来耳朵就听不见这响动,她听到的只是胸口里的一颗心在跳,手腕子的脉搏在跳。

她常常想:世上事真怪,火纸是火,青竹是水,水竟能成为火。而她造纸不就是在做这种水火交融的转化吗?丑丑的文墨少,好多事想不到,想到了又解不开。在水轮木轴上润油的时候,她就走出砸竹坊吸新空气,看见对面山上那棵独独的树,树顶上那片孤孤的云,后来就看见汉江上烟波迷茫,有竹筏子悠悠下来。

竹筏上坐的是砍竹少年,一帮一伙,光头大耳,一走近火纸坊前看见了丑丑,那话就多起来了,叫道:"丑丑,你来给我们的竹捆过秤吧!"

丑丑先是笑着,太阳照在脸上,刺得她眼睛睁不开。

"丑丑,你爱吃蘑菇吗?这一把蘑菇不是狗尿苔,肥得流水水哩!"

丑丑就跑过来,她的腰身很好,衣服却太长,一边跑一边将衣服往上揪。砍竹少年子说一句"丑丑让衣服穿坏了",丑丑就脸红。

麻子将这些看在眼里,自然就催丑丑去砸竹,自然在过秤时极不耐烦,偏将秤撅得老高,以毛竹、水竹、苦竹分类,以粗细分等,和少年子讨价还价,论高论低。

"掌柜的,你这不是勒刻人吗?"

"谁勒刻你了?啥人啥对付,我也学着来哩!"

"你没丑丑好。"

"好你娘去!"

丑丑见爹和少年子吵起来,过来说:"爹!"麻子一脸深红浅红,吼道:"砸你的竹去!"少年子怏怏地领钱走了,丑丑并没有再去砸竹,坐到水渠沿上去抹眼泪,爹叫也不理。

麻子见丑丑哭了,心也软下来,拿了烟袋蹲在丑丑身边吸,吸进去一口,喷出来三股,说:"丑丑,你还生你爹的气吗?爹不是怨你多事,爹害怕现在的人心复杂引坏了你。咱是正经人家,虽说办了这个作坊,但不做亏心事,活个干干净净,到时候政府的政策变了,谁也说不上咱一句闲话。"

丑丑听着爹的话,心里却想着娘。娘的记忆是模糊的,涌上来的是十多年爹的形象。爹的话或许是对的,世界上还有谁最疼爱自己呢？但丑丑错在哪里，哪处不够检点，失了女儿体态？丑丑的心里乱糟糟的，坐在水渠上没有动，看渠水活活地流。直到后来，砸竹坊的水轮又响了，木榫沉重地砸起来，丑丑就不忍心了，走进坊里去，站在拨竹绒的爹身后。爹站起来，她蹴下去，一下一下将竹绒拨到木榫下。听见爹说了一句："我丑丑到底懂事！"

从此，砸竹坊的门口卧了一条狗子，一身雪白，双目却生黑圈。不知怎么，丑丑一看见那狗子，就想到那些光着头的砍竹少年子，但砍竹的少年子交竹来了，狗子就在坊门口汪汪叫，声巨如豹。

一日，阿季勇敢地向砸竹坊走，狗子就扑上去吠，阿季胆包了天，不怕狗子，龇牙咧嘴地比狗子还凶。丑丑就站起来说："阿季，那狗子会真咬的！你有事吗？"

阿季说："丑丑，你不会到外边去转转吗？"

丑丑说："我要砸竹。"

阿季说："你爹老不死的，使你太苦！"

阿季骂爹，丑丑没有回骂，心里却不悦。狗子真的咬住了阿季的后脚，阿季叫一声"丑丑"，丢过来一颗黄黄的山杏，狗子却也将阿季的一只鞋叼了过来。丑丑接住了山杏，将鞋丢过来，爹就来了。丑丑将山杏塞在口里，低头只是拨竹绒。山杏太熟了，牙一嗑在口里就烂了，甜甜的，酸酸的，甜酸甜酸的。

阿季走到汉江边，大骂麻子老东西，说："我要有钱了一定娶丑丑！"同帮同伙的就笑阿季说大话，戏谑之后却叹息，叹息了坐着竹筏回各自村里去，江面上就驶过了那些往葫芦镇去的梭子船，持篙人又在自情自爱地唱歌：

对门打伞就是她,
提个冷罐去烧茶。
冷罐烧茶茶不滚,
把我哄到南岭北岭西岭象牙床上鸳鸯
枕上席子面上铺盖底下去探花,
一身白肉当细茶。

三

　　阿季家也是石板房,下雨不漏水,日头出来却满屋光点。阿季躺在炕上看那吊下来的光绳子,绳子里有万物,活活飞动,就想着怎样去挣钱;挣了钱就好了,满口袋人民币,走到火纸坊去,说,麻子,你的火纸我全买了!麻子一定高兴,就不会待他恶声败气了。他就提出要娶丑丑,叫他一声老泰山!可是,怎样挣钱呢?靠砍竹,一斤竹一分钱,山上,水上苦一天挣三元钱,仅够上自己吃喝花用。去割漆吧,死也不走那条路了。阿季想,要挣钱还得去砍竹,砍竹挣钱少也只有砍竹才能挣钱。麻子,麻子,你死不着的,你古板了一辈子你也要丑丑和你一样!瞧着吧,我娶了丑丑,领着丑丑去逛大世界,你死了也不理,没人给你摔孝子盆,你造火纸,到头来却没人给你坟头上烧!

　　阿季想得好,一到火纸坊,还是怯麻子,怯狗。再到崖畔上砍竹子,砍得心烦手困,就做了一支竹箫吹。汉江边上的人不识乐谱,一代一代却传下来会吹箫,吹的是孝歌,呜呜咽咽,苦竹丛里人就觉得更飕飕的冷。同伙说:"阿季,阿季,你别吹了!"阿季还是吹,同伙就叹息:"阿季真让丑丑勾了魂了!"

先前戏谑阿季是狗子,那是为了开心,阿季当真爱上了丑丑,同伙们就正经地替阿季想办法。小逛山们不想办法则已,一想办法就绝。

"阿季,你是真心娶丑丑,还是赌气娶丑丑?"

"真心也娶,赌气也娶!"

"你个小情种!我们给你想办法,你去找丑丑,你给丑丑个生米做熟饭!麻子当然恨你,但他好脸皮,也只好包住事情挨个肚子疼,事情就成了。你敢?"

阿季却摇头。

但同伙们还是要帮阿季,当去交竹时,几个人围着麻子到纸浆坊去算账,几个人用一块猪骨头引狗子到土场外,阿季真的从水轮后闪进砸竹坊去见丑丑。

丑丑好慌,说:"你死胆儿,狗一咬,我爹要来骂我的。"

阿季说:"你那么怕你爹?!你爹七十了,你才十八!"

丑丑说:"我爹信不过你们,你们在外边跑的人,心都不正哩。"

阿季说:"你爹胡说,我心正哩!"

两个人站在木榫前,木榫升起,与他们平肩,木榫落下,脚下的地就咚地一颤。木榫空起空落,响声空洞,丑丑嘴里说着什么,传到阿季耳朵里却听不清音。阿季一时不知说什么了,将腰带上的箫送丑丑。丑丑笑,说:"我不会吹。"阿季说:"我给你教,好学得很哩!"就搭在嘴皮上吹起来,吹得像水声,比水还柔,和谐到了水轮木轴的咯吱声中,和谐到木榫的空咚声中。阿季的一双眼看见了石板屋顶的木椽上蜘蛛结编的一个雨帽般的大网,看见了水轮轴杆上生就的一层绿色的鲜苔,看见了丑丑的白白脸和宽大的粗布衫子下依然能看出的凸起的胸部。丑丑也听呆了，眼里一会儿放光，一会儿又黯淡，头低下去，惊奇阿季的嘴怎么比夜莺还巧妙？

麻子却出现在了坊门口，吼了一声："吹你娘的脚！"一竹棍磕在阿季的腿上，竹箫落下去，正在木桩下，立即粉碎。阿季跑出砸竹坊，听见麻子打丑丑，直声喊："要打来打我，打丑丑不算有本事！"狗子闻声扑上来，将阿季腿咬了一口，阿季跑了。

麻子在土场上指着远去的阿季骂："阿季，你这坏坯子，火纸坊再收你的竹子，除非你砍了我这脑袋！"

阿季挣钱的门路因此也就绝了。他在家里躺过三天，心灰意懒，无事可做。同帮同伙们少了阿季，生活也寡了味，提了酒来阿季家喝，话又退一步说着劝慰。酒是消愁的，酒却添了愁，阿季第一次醉了，口口声声念叨丑丑。醉醒了，倒一脸羞愧，第三天里，当江面上驶过去葫芦镇的梭子船时，搭上走了。

阿季到了葫芦镇，镇上人来人往，阿季认不得一个人，阿季也没个地方去待。汉江上顺行的逆行的船在葫芦镇都要停，停了，船夫们就上孙二娘茶社去，阿季也跟了去。茶社是三间房，房里没隔墙，四根光柱子，左一排右一排竹躺椅，人人一边茗茶，一边听孙二娘弹琵琶唱曲儿。孙二娘是真名实姓，还是称号，反正人不老，说有三十，小了一点，说有四十，老了一点。白脸，光头发，衣服里涌动着两个胖奶子。她唱的是好嗓子：

郎撑船儿下汉江，
姐在房中烧报香。
报香插在香炉内，

一望二望七十二望南京土地北京
城隍观音老母送子娘娘，
保佑我郎早回乡，
免得我一心挂两肠。

阿季听着听着，倒想起火纸坊里的丑丑，眼角湿起。后来就迷糊起来，竟在竹躺椅上睡着了。待到孙二娘喊："这少年子，这里是你的炕吗？"睁眼看，茶社里已没了人，慌忙走出茶社，到街上寻栖身的地方去。

四

葫芦镇是个古镇，有三百年事，是汉江崖上最繁华热闹的地方。北崖山势形如卧龙，忽于此细若蜂腰，单单地突结一个葫芦状的冈峦为镇。洵水从秦岭来，绕镇三面而入汉江，其中屋宇参差，楼台层叠，宛如画图。阿季小时随父到过镇上，记忆早已模糊，如今最惊奇的是镇街。镇街说起来是五条，实则一条，从渡口的石级上进入，走过人声嘈杂的河街，街便绕到后镇右崖边，之字斜向而上，又绕到左崖边，如此盘绕，直到岗顶，岗顶上是一高楼为区政府所在，在这盘绕街上，又直上有四条小巷，一律石阶，阿季不知此巷名，自作聪明称"好汉巷"。就在这纵纵横横弯弯绕绕的镇街上，屋舍建筑十分奇特，正面没有一家类似一家，入深也是一家大来一家小。旧社会，葫芦镇是大码头，栈多、店多、馆多、铺多，有钱的人房子雕梁画栋，门楼五脊六兽，因为居势而筑，结构又以山赋形，极尽曲折。当今这些旧屋人分而住之，残壁断垣，却新式水泥楼阁立锥地而拔起，墙或长或方，或仄或圆。镇上没有一辆自行车，人人口袋里却都装有手电。阿季闲得无聊，走遍镇上每一个角落，看了穿蓑衣戴毡帽的人，也看了戴墨镜披长发的人，新旧混杂，俊丑相处，阿季不免大发感慨，悔之自己以前未能常来，也惋惜丑丑一次未来过。"丑丑要是来过一次，她也不会听她爹的话了！"阿季这般思想，肚子就咕咕响起来，看着那随处都是商店货铺的柜台上的糕点，两耳下的部位不停闪出小坑。人总是想着活下来的门路，阿季脑瓜灵，寻到了挣钱的好门路：他在渡口上打问那些从城里来游玩的人，介绍要住到岗上的国营旅社去，走镇街太绕，走镇巷太陡，他可以当脚夫，把所带的大包小兜背上去。城里人有的是钱，少的是力，自然阿季日有收入，竟有几次，一些娇嫩的女子一下渡船，望着山镇嗷嗷直叫，阿季就让其面后坐在背架上，他背着上"好汉巷"。女子在背架上观镇景，乐得大呼小叫，说这里的旧式建筑像迷宫，说这里的新式楼房前看有六层，后看是两层，说这里的四合院好小，四面房顶是四个三角组合的正方形，中间的天井应该叫漏斗，后来就兴奋地唱歌。阿季虽然爬惯了山，背惯了竹，但背架上活人活动，八十斤也似有百二十斤，累得气喘咻咻。安慰他的，使他多少忘了疲倦的是女子的歌声，和女子身上散发的一种说不出的什么香水味，怪香怪香。

阿季有了钱，就吃饱了肚子坐到岗腰的河神庙门口去。庙门口一奇石，高数丈，石面上附有花藻，如雕刻，石上竟一古木蜷曲，霜叶新染，石下更有一泉，寒冽异常，里边投有一层银银的小分币。这都是船工们投的，为的是祈求好运，再便到庙里去，给河神烧整捆整捆的火纸。一看见火纸烧焚，黑灰片飘飞如鹫，阿季就要想起丑丑，无限惆怅，遥看汉江自远处迤逦而来，曲崖回湍，半隐半现，出没于云山沙渚之间。

这当儿，阿季就到河街上的孙二娘茶社去，混于船夫之中，别人说茶好，他也说茶好，别人为二娘歌声喝彩，他也喝彩，这般去得多了，二娘就认识了阿季，问年龄，问籍贯，问家世婚姻，二娘就乐了，一把拧了阿季的脸，说道："你还是个小光棍?!"阿季猜不透她的话意，但他装傻，取人以悦，只是憨笑，又眼活手快，帮二娘去茶炉上添煤，替二娘给船夫续水。二娘喜欢他了，让他夜里睡在茶炉边，却警告说："你要是小偷，我就会剥了你的皮的！你跑到哪里，只要在汉江上，船夫们也会抓你来送我的！夜里静静睡，楼上有什么动静你不要嚷！"

阿季夜里有了安身窝，熟睡如猪一般。几日之后，却睡不着，成半夜听见楼上脚步走，桌椅动，有话声笑声。阿季就想：二娘在楼上住，是她和丈夫说话吗？但从未见过她的丈夫，也不见孩子！心下疑惑。有一次茶社没人，他说："二娘，伯伯是在外做生意吗？"

"死了。"

"死了？那你也没孩子吗？"

"有你这儿子！"

阿季噎住话，不可回答。二娘却问："阿季，你夜里听见什么了？"

"听见你和人说话声。"

"用驴毛塞了你耳朵！"

阿季想：二娘是寡妇，是不是夜里有野汉？话却不敢问。观察来茶社的每一个船夫，似乎都不是二娘的野汉，又似乎人人都对二娘亲近，进门有送木耳的，有送核桃的，有送头巾的，说话出格,甚至粗俗,但二娘好时百般伺候,恶时横眉竖眼,骂船夫如骂儿子。阿季便不觉得二娘不是,倒视她如姐,如娘,如观音菩萨,夜里睡下,竟也想到她的那一对涌动着衣服的大奶子!

一日,阿季当脚夫,在"好汉巷"里,上去腿软,下去腿酸,回到茶社卸了帽子朝下搔,脱了袜子朝上搔。二娘说:"阿季,你年轻轻的要当一辈子脚夫?"

阿季说:"我没事可做呀?"

二娘说:"你要有本钱,我介绍你到一个船上去跑生意,可你没本钱,船夫不会收你,你怎不去深山割漆去?"

阿季说:"啥事都可干,就是不割漆!"

二娘说:"那你就回去好生种地,将来也好混个老婆跟你过活。"

阿季说:"我要娶丑丑!"

说罢,大觉失口。二娘就问:"丑丑是谁,好难听的名字?"

阿季瞒不过二娘,如实说了与丑丑的关系。二娘脸色黯然,叹息道:"好可怜的丑丑!你阿季要做男子汉,你应该就去娶丑丑!"阿季苦愁自己一没本事,二没本钱,不知将做什么好。二娘说:"听说河神庙门口有个驼子能拆字,你让他去拆拆,看你做什么合适?迷信不可全信,也不可不信呢。"

阿季到了河神庙门口,奇石清泉右侧,正有一古碑,一驼子就在碑下,不是为人拆字爻卦,而在推拿行医。一老汉腹内绞痛,被人背来,驼子当下在患者腹部揉摩,但老汉痛不能支。驼子说:"也好,也好。"伸指按动腰部一穴,捻之,老汉即死,复重缓缓揉摩腹部,痞积即散,再按腰部一穴捻之,老汉复生,疾亦霍然。众人赞道:"真是神医!"旁边一人说:"先生起死回生这还罢了，拆字爻卦，更能预知后事！"当下阿季上前乞求拆字，爻卜命运。驼子问："你拆个什么字？"阿季脱口说道："我名叫季，就拆季字！"驼子沉吟片刻，合掌说道："你这命好，眼下困顿，但天人吉相，好事将至！"阿季半信半疑，紧问他将去哪儿做什么为好？驼子说："季字上头一撇，这是青龙抬头，中间为木，下部为子，子属水，水在木下，木有水茂，这是一个绝好的字。所以，你宜于向东西北干事，忌讳向南，南属火，木见火焚。"阿季不懂阴阳五行，但听明白他遇水则生，遇火则克，不觉想起砍竹之事，旋即又想：麻子恶我，他不收我的竹子，我有何奈？不禁又郁郁愁闷，抬头又见三三五五船夫进庙，都在庙门口货摊上购买火纸，灵机一动，拔脚就赶回茶社，对二娘说："二娘，我有事可干了！"二娘问要干什么事体？阿季说："我还要回七里坪的火纸坊去，我去买了麻子的火纸，来河神庙门口卖，这一倒手，利也是不少的！"二娘也为阿季高兴，当下说了许多鼓励话，不提。

　　自此，阿季走动于七里坪和葫芦镇，麻子见阿季是来买纸的，也不再提及前仇，将纸售他。阿季先是三捆五捆买，再后十捆八捆，生意越大，本钱越大，本钱越大，生意越大。麻子的火纸坊销路一直不好，阿季几乎承包了他三分之一货量，麻子也可以允许他在火纸坊里多停留，听他天高地阔说些葫芦镇的人情世态，奇谈怪论。这期间，他也偷偷与丑丑交往。

　　一次丑丑说："阿季，你越发不像以前了，嘴好能说！"

　　阿季说："我这算什么，葫芦镇上人肚里全是新闻，话说得才多哩！"

　　丑丑说："葫芦镇真好！"

阿季说:"你去不去,我领你走一趟。"

丑丑却说:"我才不去。"

阿季就拿出一瓶"雪花霜"给丑丑。丑丑闻了闻,说"好香!"却还给阿季。阿季说:"你怎么不要?我特意给你买的!"塞在丑丑的手里就走了。

丑丑重新坐下拨竹绒,心慌得跳,将"雪花霜"擦一点在脸上,总怕擦不匀,被爹瞧见,对着水渠里的水照看时,听见江面上阿季唱歌子:

> 这山望见那山高,
> 望见一树好仙桃。
> 长棍短棍打不到,
> 脱了鞋儿上树摇。
> 左一摇来右一摇,
> 摇得仙桃遍坡跑。
> 过路君子捡个尝,
> 不害相思也害痨。
> 郎害相思犹小可,
> 姐害相思命难逃。

五

阿季在河神庙门口卖火纸,卖得出了名,索性将纸摊摆在茶社卖。有买主来,阿季卖纸,没买主来,阿季就帮二娘侍船夫。阿季腰不疼,腿不乏,一张嘴也能说会道,啥人啥对待,事体处理得滴水不漏。二娘弹琵琶唱歌时,他也吹箫,弦竹和谐。船夫说:"二娘,你这徒弟精灵哩!"二娘说:"他是我的干儿啊!"阿季也甘心充干儿,并不避讳,越发精明乖觉。入夜,阿季还睡在茶炉边,二娘从楼上下来,一边烫了一壶水酒慢慢地喝,问阿季:"前三日去火纸坊,给丑丑说透心思了?"

"说了。"

"丑丑怎么说?"

"她脸红,羞着就走了。"

"你没看她的眼睛吗?她眼里会说出话的。"

"我看不出来。她走到坊门口,只说了一句:你不怕我爹?"

"这就是七成八成同意了!阿季,你给干娘说,你没有拉过她的手吗?"

"干娘怎么说这个!"

"阿季还羞口!你要拉手哩,事情到了一定时候,那就不羞了。干娘问你就想知道事情到什么火候上。"

阿季记着孙二娘的话,他真的要试试丑丑待他的心意。再去火纸坊,天赐良机,麻子竟不在,丑丑的哑巴舅在纸浆坊里捞纸,阿季从水轮后进去,狗子没发现,正在土场上啃骨头。丑丑又惊又喜,让阿季站到墙角来说话,木桲还在起落,起落了白起落,遮掩着墙角的俩人说话外边听不着。阿季问丑丑:上次他提说的事,怎么考虑?丑丑说:爹是不同意。阿季问:怎么不同意?火纸坊的销路几乎他包了,还能不同意?丑丑说:爹信不过阿季,说阿季越发在外边跑动了,越发染有坏毛病,这号人钱越多,越靠不住,将来没个好落脚!阿季说:他好死板,世事都到什么时候了,他还这么看人?问丑丑:那你的主意呢?丑丑不说,阿季就瞅着丑丑脸,脸子好白嫩,阿季心就热,伸手去拉丑丑手，丑丑挣了挣，挣不脱，让阿季握住了，像握一团棉絮，越握越小。阿季也糊涂了，丑丑也糊涂了。糊糊涂涂之中，两个人头尾相接，两个人做了一个人。等醒来，都出了一身汗，吓得痴痴呆呆，丑丑竟呜呜地哭了。阿季慌手慌脚，不知所措，劝也不是，不劝也不是，倒拿巴掌打自己，求丑丑饶了他。丑丑不哭了，说："爹说你是坏人，你真是坏，你快走吧！"

阿季听丑丑这么说，心又咯噔咯噔发凉，他不走，又要问："丑丑，你真的看我是坏人吗？"

"你走！"

"你不饶我，你要不答应我娶你吗？"

"已经……我还能不让你娶吗？叫你走，你就快走！"

一块石头落下地，阿季就走了。在葫芦镇里，阿季痛定思痛，想起砸竹坊里的事，又惊又怕，到后来却全化作喜。孙二娘问他情况，他说丑丑同意了，绝口不提别的事。

日光荏苒，转眼半月过去。茶社里来一位紫阳船夫，茗茶间论起茶道，说汉江二百里外的上游紫阳镇新生产了一种高山云雾茶，清心明目，防癌降压，且价格便宜。孙二娘心便动摇，欲搭那船去紫阳进货。阿季说："干娘身体不好，水上行几日，风大浪急，必是太累，不如我去采购好了。"二娘说："有你这一句话，我死了也心甘，即就是某年某日我死，留下茶社交你，我也闭得下目！可你毕竟出门少，又不识茶，还是我去的好。我去三天五天，你好生经营茶社，船上的人辛苦，能到茶社，是瞧得上咱，你只能嘴甜腿快，百般服侍，别瞧不起这些下苦人，坏了茶社名声！"阿季说："这是自然，干娘放心好了！"黎明，送孙二娘上船，其时晨雾锁江，但见渡口旁江崖上古木参天，老干苍藤与秀石清泉相映,却有一只乌鸦聒噪。孙二娘又给阿季叮咛了一番茶社的事,船便一路上水而去。

阿季在茶社里手脚勤快,态度热情,里外接应,大方自如。如此过了五日,孙二娘却不见转回,每天早起开茶社大门,扫除卫生,就持帚眺望汉江上游,江上却平阔一片,荡荡浩流,两崖诸峰罗列,一痕苍青,碧宇空悬一弯残月,明迷之光铺洒身前身后。他突然觉得身冷,连连打过几个喷嚏,转身进茶社起炉生火。烧水泡茶,茶客们就三三两两来了。那些早起的船夫,喝惯了一天的第一杯茶,直嚷道:"阿季,冲酽点,清早这一壶喝了,一天头不疼的。你家干娘还没回来吗?"

阿季说:"没回家,也到回来的时候了。说不定这杯茶你未喝完,她就回来了!"

此语言中,孙二娘回来了。孙二娘回来的不是活人,尸首被席卷着抬了回来。先是孙二娘买好了三百斤新茶,依旧搭了那条船返回,在江上行了一天一夜,不想在月日滩,江风顿起,波光摇曳,船一时把握不住,斜冲向一堆屋般大的乱石,便人船俱翻了。船夫识水性,却脑袋被撞去一半,再没浮起。孙二娘不善水,双手去攀浪头,浪头将她打入江底,远远的别的船上知道此船上坐有孙二娘,见船翻后,一片惊叫,当下船划过来,却没见了孙二娘踪影。这船呼叫那船,船队全停泊靠岸,人扑进江里打捞孙二娘,打捞上来了,孙二娘却死了。

孙二娘之死,震惊了葫芦镇,满镇人人惋惜,所有的船夫全到茶社来哭。他们联合集资,为孙二娘购买了一副上等棺木,又去商店给孙二娘买了毛料葬衣。剥开席包入殓时,阿季见干娘双目紧闭,却面润如生,哇地就哭昏在棺下。众船夫用清水泼醒阿季，说："阿季，你干娘死了，她在镇上无亲无戚，无夫无子，你就是她的儿子，你万不要哭坏身子，还要给你干娘摔孝子盆，照料丧事呀！"一句话提醒了阿季，阿季似乎一下子长大了许多，将孙二娘的钱柜打开，吩咐几个船夫：去拱墓，请鬼子班，去买米买面招呼来人用膳。

第二天中午，送葬队出发，阿季披孝，泪水涟涟，将孝子盆摔在孙二娘棺前，棺木就被八人抬起。从茶社出发，前边是五十余各路船夫每人持着花圈，再是鬼子班咿咿咽咽吹打，又再是一船夫举了八串鞭炮，沿路鸣放，后是阿季，抱了孙二娘遗像，又后是八抬棺木，再后是随行的船夫，镇上的各行各业男女老少。送葬队慢慢走过河街，就沿盘绕街而上，鞭炮声中，唢呐调中，八个船夫抬了棺木前走三步，左摆三步，右摆三步，后退一步，他们为孙二娘摇船一样，鬼路上走得那么缓，那么难，一走三徘徊，一步一回头。围观的人全都伤心感动得哭了。送葬队上到岗顶，然后通过葫芦岗上几处的窄道，就直立立地登上镇外的大山尖去。抬棺的艰难了，所有送葬人全去扶棺，棺材像立栽了一般，在白花花的人头上运上去，孙二娘被埋葬在高高的山上。

阿季在坟头上培下最后一锹土，回头看见河神庙门口的瘸子驼子也来了。他是前一天买了阿季的火纸，跪在那里烧焚，焚毕，交给阿季一节挽幛，六尺白绸，上有墨迹。阿季看时，题为：过去画船虽有迹，尺来彩鹢却无形；舟行莫向葫芦镇，到此还须棹一停。

阿季继承了茶社家业，但实际上只是三间茶社房，六七十张竹躺椅，一套水壶茶具。孙二娘多年的积存，除购买了三百斤紫阳茶覆没江水外,其余全在埋葬她时一花而光。阿季有心想离开这里,却每每见船夫照样来茗茶,于心不忍,强留住下,既然做了社主,招牌依旧是"孙二娘茶社",阿季就要一心使这茶社长存葫芦镇,长驻船夫们的心!他早起晚睡,重新经营,船夫到来,就弹起孙二娘操过的琵琶,学唱着那些歌子。唱着唱着,阿季泪下来,船夫泪也下来。船夫泪下来了,阿季就不唱,说:"各位伯伯叔叔,我干娘在世时唱歌让大伙解乏,我唱了你们落泪,我干娘要知道了也是不允的。既然她死了,死了就不能活来,咱们还是行船的行船,卖茶的卖茶,唱一个'还阳'歌吧!"

阿季就唱起来。

还了阳,还了阳,
桑叶子短柳叶子长。
还了阳,还了阳,
亡者归阴我们归阳。
亡人归阴到阴曹地,
我们归阳阳满堂。

船夫们就一起唱开来。如此忙过三个月,阿季为了茶社兴旺,也没有时间再往七里坪去,没有去买麻子的火纸,没有去见那砸竹坊里拨竹绒的丑丑。

六

过罢四个月,茶社又兴旺起来,汉江上下的船只,洵河往复的筏子,凡到葫芦镇,没有不停泊靠岸,来茶社茗茶的。但是阿季却发现镇子上的闲人常常待他不恭起来,在街上碰着了,就说:"阿季,生意红火呀!"

阿季笑着说:"托大家凑红!"

那人就又说:"二娘一死,这下你可以娶个媳妇了!"

阿季还是笑了笑,立即觉得不对,不明白这人这话的含义,问一句:"你说什么?"

"你总算把她陪终了,你好本事,想得长远!"

阿季愤愤起来,回到茶社气还不匀,他知道了镇上的人忌恨了他,要说他的坏话,也要说孙二娘的坏话。但阿季清清白白,堂堂正正,气上来,偏要决心把茶社办好,越发勤苦,越发精明经营。又新盘了一台炉灶,置了二十把躺椅,添了烟糖果品买卖,生意更为红盛。他有心要在镇上再雇一名服务员,便物色了河街一个老婆婆的女儿。这女儿脸子平平,腰身却俏,手脚麻利,性情柔和,且也是唱歌子的好手。干过一星期,不想镇子上风声鹊起,议论汤沸,说是阿季和这女子乱来。又说到孙二娘在世之时,就有这风气。老婆婆的女儿羞辱不过,不告而辞了。女子一走,更落了口实,阿季上街,背后就遭人所指,茶社声誉顿跌,阿季扑在孙二娘遗像前号啕大哭,痛恨自己使茶社受累。

茶社的门暂时关闭了,阿季到镇子政府去诉委屈,要求调查落实,清白声誉。镇政府领导去查问老婆婆的女儿,一口否定,提出可以到医院体检,去调查说闲话的人,又都是你听我说,我听你说,结果不知所云,镇政府领导对阿季说:一切都是造谣,你办你的茶社吧!平反是平反了,一人手却捂不住万人口,阿季忙不过来,再去重金雇用服务员,则无一人响应。阿季到了此时,方明白麻子的话,世风真的日下,人心越来越不相通啊!阿季恨的是那些丑恶，阿季却同时被麻子所恨。阿季这时候，只觉得火纸坊的丑丑好，他迫切地想去见丑丑，要想办法娶了丑丑，领丑丑到葫芦镇，小两口就可以平平和和幸幸福福来开茶社了。

茶社的门又一次关闭，阿季离开了葫芦镇，带上了全部的积蓄，往七里坪去。搭船到了七里坪渡口，阿季跳上石岸，却看见了村中的水渠折流而下。这水渠是麻子引了沟里的溪水去转动砸竹坊的水轮的，然后废水从村旁洼地里流下汉江的，如今水直漫村前，在石板层上一曲三折，平石上织一层无数细密的倒写人字，侧石上翻一堆滚雪。阿季生疑，遥看火纸坊，石墙石顶依旧存在，却听不见了那沉重的难听的水轮轴咯吱声和木榫的起落咚咣声。

"麻子不办火纸坊了?!"

阿季心里一股冲动：火纸坊不办了，丑丑就不整日整日坐在木榫下拨纸绒了，他就更容易领走她去葫芦镇了！

土场上，万籁俱寂，阿季却突然害怕起来，觉得是那样空。砸竹坊里蹿出了狗子，直向他扑来。阿季已经从地上摸起一块石头了，但狗子并没有咬，也未吠。四个多月未见，狗子也温顺了！他叫着狗子："狗子，狗子，丑丑呢?"狗子却霎时惊恐起来，大声吠叫，森煞可惧。阿季骇绝，定睛看，看见了纸浆坊的门口，石磴子上坐了麻子和哑巴大舅，一个左，一个右，默默地在用绳子扎捆晾干的火纸，听见狗子狂吠，抬起头来，木然地看着阿季走过来，一直走到面前了，又低下头去扎捆火纸。

麻子的不热情，阿季是习惯的，但麻子的不恨不怒，阿季预感到这里的异变！

"老伯，木榫怎么不砸竹了?"

"不砸了。"

"丑丑呢?"

"死了。"

"死了?!"

阿季被铁锤击了一下,木在那里,立即奔向砸竹坊,只见水槽子垮了,水轮空静,轮板干裂,一搂粗的方形木榫立竖在原地,榫底下还是一堆未被砸好的竹绒。阿季又疯了一般冲过来,对麻子吼:"丑丑死了?!丑丑怎么死的?!"

麻子却突然扬起拳,直打在阿季的心口上。阿季倒在了地上。麻子又平平静静恢复了原状,说:"你安静下。丑丑真的死了,三七都过了。"

阿季真的被这一拳打醒了,他坐在地上,哽咽着问丑丑怎么死的,为什么死的?麻子还是一边扎捆火纸,一边低了头,慢慢地说开来,讲的好像是一宗很古很古的事情。先是麻子发觉丑丑好几日神色不安,后来就老是躲避爹,一个人到茅房去吐。麻子以为丑丑病了,让去看医生,丑丑却不去。也就在这天夜里,麻子听见丑丑在她的卧屋里低声呻吟,麻子问怎么啦,丑丑说肚子有点疼,不要紧的,后来就到茅房去。麻子以为丑丑拉肚子,并未在意,便又瞌睡了。第二天一早,起来喊丑丑去砸竹绒,连喊数声不应,到了她卧屋,炕头上放了一个碗,碗里是瓷和玻璃碴末汤,已经所剩无几了。麻子心就毛起来,他知道喝这东西,是打胎的,就往茅房跑,丑丑就死在茅房口,口里吐血,下身出血。听完了,阿季哇哇地哭叫不绝。

麻子说:"丑丑死了,我也顾不及羞辱了,你说说,是哪个贼东西勾引丑丑,使她干了这种丑事?!都怪我呀,我为什么开这个火纸坊,让那些不三不四的人来我这里,我没管好丑丑哇!"

阿季说:"你没管好丑丑?丑丑还不是让你管死的?!"

麻子说:"放屁!丑丑死了,死了也好,她要不死,怎么活人?她要不死,我也不会清醒我活该办这个火纸坊!我不办了,再也不办了,卖掉了这几百斤火纸,我什么也不办了!谁要那水轮谁拿去,谁要那木榫谁拿去,我一分钱也不要了!"

阿季说:"我要!"

麻子说:"还要什么?还买这火纸吗?"

阿季说:"我买!"

麻子说:"买多少?"

阿季说:"我全买!"

一沓一沓钱从怀里掏出来,放在地上,就进去将一捆一捆的火纸提出来,放在了那水渠旁边,又拿了板斧走进了砸竹坊,喊里咔嚓劈碎了水轮,劈碎了木榫。抱上火纸堆,阿季跪在那里,一根火柴将火纸点燃了。水养出的竹,竹制作的纸,真有火性,顿时黑烟冲起,火光燎天。丑丑砸了几年的竹,制成了百张、千张、万张的火纸,为别家的亡人烧化,没想到最后的也是最多的火纸是为自己的亡灵所化。

阿季被火燎焦了头发,燎焦了眉毛,跪在那里是一桩木头,一块石头。麻子和哑巴大舅完全被这一切惊呆,看着满天飞舞的纸灰片,落下来,黑了一地,黑了一头一身,突然干涸的眼睛里泪水肆流。

汉江的水面上,正过着一排竹筏,竹筏上垒的还是竹捆,撑筏的又是一帮一伙少年子。他们是到另一村的另一新建的火纸坊去交竹了,看见了七里坪的黑烟明火,唱起来一首古老的汉江号子：

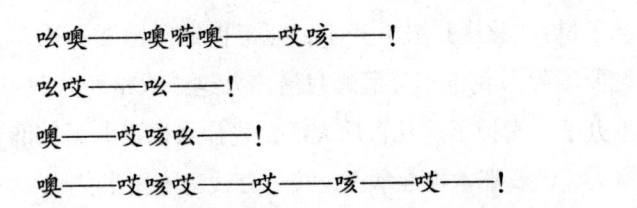

  吆噢——噢嗬噢——哎咳——！

  吆哎——吆——！

  噢——哎咳吆——！

  噢——哎咳哎——哎——咳——哎——！

《上海文学》1986年第2期

鬈 毛

陈建功

一

这个小妞儿骑着一辆橘红色的小轱辘自行车，飞快地从我的右边超过去，连个手势也不打，猛地向左一拐，后轱辘一下子横在我的车前。我可没料到这一手，慌忙把车把往左一闪，咣，前轱辘狠狠地撞在马路当中的隔离墩上。这一下撞得够狠，我都觉出了后轱辘掀了一下，大概跟他娘的马失前蹄的感觉差不多。幸亏我还算利索，稳稳站到了地上。不过，车子还是歪倒在两腿中间了。放在车把前杂物筐里的那个微型放音机，被甩到了几米以外的地方。

我拎起了车子，立体声耳机的引线和插头在下巴底下甩打着。那小妞儿回头看了一眼，停车下来了。她挺漂亮，说不定是演电影的，身材也倍儿棒。穿着一条地道的牛仔裤，奶白色的西服敞着扣儿，里面是印着洋文的蓝色套头衫。她尴尬地微笑着，一手扶着车把,另一只手扬起来,道歉似的挥了挥,推着车走回来。

我他娘的当时也不知怎么了,大概在这么一副脸蛋儿面前想显一显老爷们儿的大方,什么事也没发生似的,向她摆摆手,让她走了。

别以为往下该讲我的什么"桃花运"了。是不是我又在哪个舞会上碰到了她,要不就在什么夜大学里与她重逢。我才没心思扯这个淡呢。直到今天我也没再见她一面。之所以要从这儿说起,是因为这一下子太坑人啦,她倒好,脸一红,眼一闪,扬扬手,龇龇牙,骑上车,走了。说不定一路上还为有那么个小痞子向她献了殷勤而扬扬得意。我呢,往下你就知道了,活得那叫窝囊,全他娘的从这儿开始的。

我没想到那架放音机会被摔得那么惨。尽管它被甩得挺远,可它好像是顺着地面出溜过去的。我戴的耳机的引线还拽了它一下。它落地的声音也不大。外面还套着皮套。等我把它捡回来打开一看,我傻眼了:机器失灵了还不算,外壳上裂开了好几个大口子。看来,即便送进修理部,也很难恢复原状了。

这玩意儿是我从都都那儿借来的。

"你真土得掉渣儿了!就会听邓丽君、苏小明。听过格什温吗?"这兔崽子考上大学才三个月,居然也要在我面前充"高等华人"了。

我说,为了领教被他吹得天花乱坠的格什温,也为了领教同样使他得意扬扬的微型放音机,我得把它们一块儿借走。

"这是我爸爸刚刚送我的。"他显然为自己得意忘形招来的麻烦感到懊悔。

"放心！弄坏了，赔你！"我在他可怜巴巴的目光下戴上了耳机，又故意把他的宝贝放音机搁在自行车前的杂物筐里。格什温响起来了。"咣咣……咣咣……"破自行车在胡同小路上颤着，铁丝筐哆哆嗦嗦。回头看看这小子忍着心疼，还在装出一副满不在乎的样子，真他妈开心。

现在倒好，离我折腾他的时间也不过十几分钟，格什温的"美国人"还没在巴黎定下神儿来呢。别他妈"开心"啦，想办法，弄八十块钱，赔吧！

我推起车子，这才发现前轱辘的瓦圈被撞拧了，转起来七扭八歪的像个醉汉。我把它靠在隔离墩上，身子站到远一点儿的地方，平伸过一只手去攥着车把，屁股一拧，踹了它一脚。大概这姿势太像芭蕾演员扶着把杆儿练功了，在停车线后面等绿灯的人都笑起来。我看也没看他们，把前轱辘扭过来，打量了一眼，咣，又是一脚。这回总算可以推着走了。不过，要想骑上它，还是没门儿。好在离家不远了，就让它这么醉醺醺地在大马路上逛荡逛荡得嘞，这也算他娘的一个乐子呢。

瘸腿老马一样的自行车，在人行道上一扭，一扭。西斜的阳光，把人和车的影子推成长长的一条，投到身前的路面上，一耸一耸，一摇一摆。"吱吱……吱吱……"前轱辘蹭在闸皮上，发出耗子似的尖叫。身旁人来车往，急急匆匆。正是下班的时间，北京的马路上，就跟他娘的临下雨之前蚂蚁出洞的架势差不多。

"……就你妈？就你妈？……"自行车的队伍里，一个娘儿们在训她的爷们儿。蹬辆破车，赔着小心，和她保持着两尺距离的，是一个脸像苦瓜似的男人。

"噢——"等公共汽车的人们兔子一样东奔西窜，在汽车的门口挤成了大疙瘩。售票员故意把车门关关开开，刺刺放气，人们越发伸长了胳膊，拥来挤去，好像都淹在了河里，拼命争抢一根即将漂走的木头。

"嘿，瞧一瞧，看一看……"稍稍宽敞点儿的人行道上，"倒儿爷"们开始拿着竹竿，挑起连衣裙，招蜻蜓一样挥舞起来，"瞧一瞧，看一看，坦桑尼亚式鲁梅尼格式大岛茂菲利普娜塔莎玛莉亚花色繁多款式新颖您没到过坦桑尼亚您穿上这坦桑尼亚式您就到了坦桑尼亚啦您当不了大岛茂菲利普玛莉亚您穿上这大岛茂菲利普玛莉亚式您就盖了大岛茂菲利普玛莉亚娜塔什卡安东尼斯啦——"

…………

你要是真的相信我在这中间逛荡能有点儿什么"乐儿"的话，那才叫冒傻气呢。

实话说吧，我和我们家老爷子干架已经有年头儿了。现在，我们之间简直就是"两伊战争"，停停打打，打打停停。

当然，这不挡吃，也不挡喝。即使一个小时之前我们吵得天昏地暗，一个小时之后，我也照样理直气壮地坐到饭桌前，吃他娘，喝他娘。说不定还更得拿出一副大碗筛酒、大块儿吃肉的神气。是你把我带到这个世界上来的，不管饭行吗！可是，要让我向他开口要八十块钱，那可有点儿"丢份儿"啦。

唉，这一路我就没断了发这个愁，我怎么能弄出八十块钱来。

"下个月，你想着上电视台报到去。"

中午的时候，我已经"栽"了一回了。

老太太正在厨房里指挥煎炒烹炸，客厅里只有我们两个人。

这突如其来的一句，显然是对我说的。可他既没叫我的小名儿，也不叫我的大名儿，甚至连看都没看我一眼。他弓着背，探着身子，坐在沙发的前沿儿，十指交叉，胳膊支在大腿上，脚下那双做工精细的轻便布鞋的前掌一掀一掀。他脸上什么表情也没有，目光始终停在劈开的双腿中间，好像他吩咐的不是我，而是他裤裆里的那个玩意儿。

我正倒在沙发里哗啦哗啦地翻报纸。我才不上赶着搭理他呢。磨磨蹭蹭看完了一段球讯，这才隔着报纸问他："干吗？"

"去当剧务。先算临时的，以后再转正。"

说真的，没考上大学，真他妈待腻了。我已经考了两次，看来，和那张文凭也绝了缘分。这时候要说这差使不招人动心，那是装孙子呢。大概就因为这个原因，我没像往常那样找碴儿噎他。我没说话，算是认可了。

可紧接着他就来劲儿了。

"不过，得管管自己那张嘴。电视台的人都认识我。别给我丢脸。"

我差点儿没跳起来，把这个"临时工"给他扔回去。可我还是忍了。细想起来，我也不能算个"爷们儿"。有种儿——玩蛋去！别说一个破"临时工"了，给个"总统"也不能受这个！

我不应该把老爷子想得太坏。他再不喜欢我，也是我爸爸。我得相信他是为了我着想的。不过，我敢说，他更为了他给我的"恩德"而得意扬扬。在他的眼里，我不过是一条等着他"落实政策"的可怜虫。

"爸，给我八十块钱。"

我要是再求他这么一句，我可真成了不折不扣的可怜虫啦！

瘸马似的自行车，一拐，一拐。

太阳已经西沉了，天色还挺亮。今天也不知道是什么日子，路边的小妞儿净跟她们的相好撒娇使性儿。我已经看见他娘的不下三对儿了。拉她她不走，推她她晃悠。傻小子们一个个束手无策。我也不明白为什么心里偏偏要生出这种管闲事的念头——我几乎想走过去，一人给她一个耳刮子，把兔崽子扇到马路对面去。

过人行横道的时候，我又捅了个娄子。你说我怎么就这么倒霉！当然，我敢肯定，这是我的过错，因为我太一门儿心思算计着和老爷子之间的事情了。可是直到现在，我也没明白自己犯的是"交通管理条例"的哪一款、哪一条。

顺着人行横道的斑马线，都快走到马路中心的"安全岛"了，忽听一个懒洋洋的声音从交通岗楼顶上的大喇叭里传过来：

"那——辆——破——车——"

"那——辆——破——车——"

在北京的十字路口上，你听去吧，岗楼里发出的这种半睡半醒似的声音多啦，我哪儿知道是喊我呢！我又走了几步，那声音突然机关炮一样炸响了："说你呢说你呢说你呢……"

我站住了，抬头向四周望去。岂止是我，恐怕这远近百十米的司机、行人都吓了一跳，疑心喊的是自己。我和那些被吓坏的左顾右盼的人一样，愣头愣脑看了半天，总算明白了，他喊的原来是我。

"你活腻歪了！"他骂了一句，算是总结。那口气像在他们家厨房里训儿子。不过，有这么一句，别人总算踏实了。冤有头，债有主。没冤没仇的各奔前程。

"你才活腻歪了呢!"我都不知道哪儿来的这么大的火儿,梗起脖子回敬了一句。

我敢说,他不会听见我嘟囔了些什么,我们隔着几十米呢。事情大概坏在我的脖子上了——用警察们的说法儿,这叫"犯执拗"。我还没有走到人行横道的那一头,他已经站在马路牙子上等着我了。

"姓名。"黑色的拉锁夹子被打开了。这小子比我大不了多少,不过那模样可真威风,穿着新换装的警服,戴着美式大檐儿帽。关键是颧骨上有不少壮疙瘩。

"姓名。"又问了一遍。

"卢森。"

"哪个'卢'?"

"呃——"还挺伤脑筋,"卢俊义的'卢'。"

"哪个'卢俊义'?"

"水泊梁山的卢俊义呀。"

他翻了我一眼,写上去了。他写成了"炉子"的"炉"。

"在哪儿上班哪?"

"在家。"

"嗬,你这'班儿'上得够舒坦哪。"他的嘴角撇了撇,"我看你也像在家'上班'的。"

身后已经围过人来了,呵呵笑着,看耍猴一样。

"家庭住址。"

"柳家铺小区。报社大院。"

"噢——"他打量着我,微微点头,"还是个书、香、门、第。"他一定很为找到了这么个词儿而得意,所以要高声大嗓、一字一顿的,演讲一般,他很帅地把夹子合上了,双手捏着,捂在裤裆上,腆起肚子,前后摇晃,"知道犯了什么错误吗?"

"不知道。"我不由自主地扭脸看了看刚刚走过的斑马线,苦笑着说,"我……我好像没惹什么事吧。"

"照你的意思,是民警叫你叫错了?是吗?!我们吃饱了撑的,没事找事,是吗?……"义正词严。

"没有没有没有。我没那意思。绝对。没那意思。您……叫得很对。"

"那就说说吧,对在哪儿啊。"

这不拿我开涮吗!我默默地待了一会儿,咽了口唾沫,说:"我不该跟您梗那下脖子。"

"哄——"周围的人都笑了。

本来,我才不愿意跟民警废话呢,该认尿的认尿能过关就得了,废话多了有你的好吗?!谁想到他跟我这儿来劲儿了,我也只好跟他贫一贫啦。还挺管用,这小子不再逼我回答那个混账问题了。他踮起脚,朝人群外看了一眼,好像是想看看马路上是不是还有人应该拉来"陪绑"。然后,他沉住了气,又捂着裤裆,腆着肚子摇晃起来。

"知道咱们国家什么形势吗?"

"形势大好。"我说。

"北京呢——""呢"字,一、二、三,拖得足有三拍长。

"形势大好。"我说。

"嗯,你还挺明白。"他歪着脑袋,把围观的人扫了一圈,左脚一伸,稍息,"说说吧,你是什么行为?"

"害群之马。"我说。

"啧啧,到底是书、香、门、第!"他又高声大嗓地宣布了一遍。

"我爸在报社大院烧锅炉。"

"是吗?"他微笑了,"怪不得。我看你也像个烧锅炉的儿子。"

周围的人又笑起来。说实在的,我要是告诉他我是副总编的儿子,他得再高八度把他娘的"书、香、门、第"说上八遍。不过,我认一个"烧锅炉"的爸爸也没认出个好来。他算是找着个人把那点儿学问好好抖搂抖搂啦。他由"改革"扯到"打击刑事犯罪",由"中日青年大联欢"扯到"清除精神污染"。"你他娘的总不会扯到越南进攻柬埔寨吧!"我一边点头,一边在心里暗暗骂起来。

"你笑什么?"

"您挺忙。"我说,"我们报社大院里净是报纸。别耽误您的工夫,让我回去自己学学得啦。"

"知道自己需要学习就好。"他大概也累了,"那你就说说吧,认罚不认罚?"

"认罚。"我说,"您辛苦,收入也不高,罚点儿是应该的。"

"我一分也捞不着!全上缴国库!"他火了,"就你这种态度,还得给你上一课!"

"噢,误会了误会了,那,也好,支援四化。"

"行啦,别贫嘴啦!"看得出来,他有点儿想笑,可还在故意板着脸,"掏钱吧,两块。"

"两块?不瞒您说,一块也没有哇。"我把衣兜裤兜翻给他看,愁眉苦脸地说,"得嘞师傅,我这辆车破点儿,您要不嫌弃，先扣下得啦。"

"得啦得啦，我下了岗还想早点儿回家呢！"他看着我那拧了"麻花"的前轱辘，忍不住笑了。他这一笑我就明白：两块钱省了。

"走吧走吧，下次再有胆儿犯横，想着带钱！"

"您圣明！"昨天晚上我刚在电视里看了《茶馆》，我觉得这句台词挺棒。

他瞪了我一眼，分开众人，爬回交通岗楼里去了。

我跟在他后面，探着脖子看了看岗楼里的电钟，把车子又支起来。我抬腿坐在后货架上，噘起嘴吹了几句"啊朋友再见"。我吹得不响，长这么大了永远也吹不响，这可真让人垂头丧气。

"喂，怎么还不走？！""壮疙瘩"从岗楼里探出脑袋来，"不是让你走了吗？"

我故意看了看人行横道，苦起脸说："受了您这半天儿教育，咱们也得长进不是？您得让我在这儿好好总结总结，看看自己到底错在哪儿啦。"

"嗬，倒是没白费我的唾沫呀。"他心满意足地把脑袋缩了回去。

我他娘的倒真有这个瘾！

其实，我是成心要在这儿磨蹭磨蹭。

今天晚上，老爷子好像要去参加一个什么宴会。这会儿，说不定还没有走。

二

碰上了我在柳家铺中学时的语文老师"馄饨侯"，我才忽然明白，这个时候，待在这个路口，实在是一件蠢事。

从这儿往东,五百米,就是柳家铺中学。我在那儿上了两年高中,接着又上了一年高考补习班。我的同学全住在附近。沿学校的围墙向南拐,八百米左右,就是报社大院了。大院里的人,低头不见抬头见,熟人就更多了。正是下班时间,在这儿站着,没个清净。说不定什么时候对面就过来一位,你再腻烦这一套,也得跟他对着龇牙。

"卢森,怎么站在这儿?你爸爸好吗?"

"馄饨侯"骑着车从学校的方向过来,大概是刚刚下班。还是穿着那件皱巴巴的绸衬衣,哆里哆嗦的凡尔丁长裤。"弱不胜衣。什么叫'弱不胜衣'呢?"我一辈子也忘不了他站在讲台上,用瘦嶙嶙的手指揪起衬衣第三颗纽扣的样子。衬衣里面,仿佛只戳着一根竹竿。"这就叫'弱不胜衣',明白了?也可以说'骨瘦如柴''憔悴枯槁''病骨支离',再老点儿,就可以说'鹤骨鸡肤'啦。当然喽,好听的也有——'仙风道骨'!……"

他还是那个毛病,老远地,第一句话就是"你爸爸好吗?"或者是"你爸爸挺好的吧!"我真替他难过。

三年前,我从城里转学到柳家铺中学。他教我们班语文。当着那么多同学,老远走过来,他的第一句话老是这个。好像他跟我爸爸不是哥们儿,也是师生。巴结我们家老爷子的嘴脸我见多啦,还没见过这么傻的,我真替他害臊。可是后来,当我们老爷子写了那篇混账文章以后,一听他提起老爷子,我只有替他难过的份儿啦。

"你们哪,一点儿也不知道争气,学好。大米白面吃着,读书呢?一肚子臭大粪!……我读书那会儿怎么读的?我告诉你们——"他从黑板的下槽里抓出一把粉笔末,唰啦唰啦地翻开书,每隔几页往页缝儿里撒上一溜,"一九六一年那会儿,我在师院,饿得我呀,一天到晚栖栖惶惶的。弄了点儿炒面,就这么撒在书缝儿里,看几页,举起书,对着嘴,磕巴磕巴吃一口。有点儿好吃的,都得就着学问吃下去!……"

只要他来上课,课堂上就有笑声。这一段一段的"单口相声",乐得我们一个个都要抽筋儿。

有一次上作文课。

"九十分钟。照这个题目写吧!我也写。明告诉你们。我搞点儿自搂。给人家写小人书的脚本。你们不少人也知道,当老师的嘛,家庭不富裕。有的下了班,老婆孩子齐上阵,糊火柴盒!我不用。作文学好了,至少有这点儿好处。写这一页,一碗馄饨。不是我瞧不起你们。就你们中间,比我出息的嘛,当然有。可能吃上这碗馄饨的嘛,也不多。争口气,写吧!"

他姓侯。"馄饨侯"的外号,就是这么来的。我们班同学里,"能人"多啦。报社大院里的孩子,只有三个,都是报社迁来柳家铺以后,转学来的。其余的净是家住柳家铺北里的扛大个儿的、蹬三轮儿的后代。他们学习不行,杂七杂八的事可懂得不少。我也就是这一次才知道王府井八面槽那儿有那么一个卖馄饨的老字号,叫"馄饨侯"。这帮王八蛋给我们的老师安上啦!

我长这么大干的顶浑蛋顶浑蛋的事,就是把"馄饨侯"之类的事情告诉了老爷子。那会儿,我还是个少见多怪的小傻帽儿,回到家里,没完没了地学舌。

"格调太低了。你们的老师,格调可太低了!"听了这些事情,老爷子非但没露过一次笑脸,反而总是沉着脸,皱着眉,说这一类庄严而伟大的废话。

我从来也不认为我们这位侯老师能当上什么李燕杰。他不过就是一个爱说点儿实话,爱开点儿玩笑,还有点儿可怜巴巴的"馄饨侯"就是了。所以,老爷子根本犯不着这么认真,把这件事写进他的文章。

那篇文章的题目好像叫他娘的什么《"师道"小议》,登在他们报纸的第二版右上角,还用花边儿给框了起来。开头就由"某位老师"的"馄饨故事"说起,然后就"由此想到我们的老师应该……"然后又"由此想到"古代的一个什么鸟人的一句什么"经师人师"的鸟话。然后就"教育事业是关系到育人育才的百年大计"。然后就"是不是值得每一位老师深思呢"。

这篇浑蛋文章整个儿把我给气晕了。老爷子的笔名叫"宋为",班里的同学没有不知道的。本来,班里那些小痞子背地里没少了拿我们的"馄饨侯"开心,这会儿,倒全他娘的骂上我啦!

"鬈毛!"他们给我起了这么个外号,因为我的头发天生有点卷儿,"你丫挺的怎么这么不地道!你们老爷子装他妈什么孙子呀!"

"要是把你平常的胡扯八道整理整理送公安局,也够你狗日的一个反革命了!"

"假模假式的,还'深思'呢,没劲!"

…………

我敢说,这帮兔崽子可逮着一个"臭"我的机会啦。活该,谁让你在大伙儿的眼里一直是个牛气烘烘的总编的儿子呢。搬运工的儿子们、抹灰匠的儿子们也该挤对挤对你,撒撒气啦。再说,我们老爷子也是真他娘的没劲!没劲透了!

最让我受不了的是,那天下午我又见到了"馄饨侯"。那是个星期一,算算我们倒是有两天没见面了,可我恨不能把脑袋扎裤裆里溜过去。可气的是,他老远就看见了我,还是那么和颜悦色,满面春风:"卢森,星期天上哪儿玩去啦?你爸爸挺好的吧!"

唉,可怜的"馄饨侯",您饶了我行不?

"卢森,我还挺想你呢!"这会儿,我的"馄饨侯"老师从自行车上下来了,他很费劲儿似的把自行车搬上了人行道,他大概有点儿感冒,声音瓮声瓮气的,让人觉得充满了悲痛,"听说这次又没考取?"

他教的是毕业班。我上的是补习班。高考以后,我们没见过面。

"怎么搞的,是哪门儿没考好?"

他可真婆婆妈妈。这会儿还提出这个被一千个人提过两千次的问题。不过,我还是听得出来,这第两千零一次的提问是真诚的,不像好多人那样假惺惺。

"哪门儿都没考好。"

我懒得告诉他,考政治的那天早晨,我怎样和老爷子吵得一塌糊涂。一怒之下,我根本就没进考场。

"怎么能说是'敲门砖'?这是你一辈子受用不尽的东西!"

"是吗!我只知道我背了八个大要点,八十个小要点,八百个小小要点。还'一辈子'呢,出了考场就忘掉一半。"

"就你这态度,政治就不能及格!"

"那好那好。那我还去费这个劲儿干吗?"

……

"好好温温书,再考一年吧。""馄饨侯"伸过瘦嶙嶙的手,帮我按了按翘起的衣领。他的每一个动作都让我想起老爷子那篇鸟文章,让人觉得心里真不落忍。他又想起了什么似的说:"哦,对了,你们班的李国强,在闹市口卖牛羊肉呢,你们家缺羊肉,只管找他,挺仗义的。那个金喜儿,就在学校门口卖瓜。每回看见他,我都忘不了叮嘱两句:'你可别学那伙小流氓,拿把刀子截人家老农的瓜车去……'"顿了顿,他看着我,笑着叹了一口气,说:"你要是他们,也就罢了。现在虽说不讲'子承父业'了,可总不能让你也去卖牛羊肉吧。不能给你爸爸丢脸不是……"

"您还别跟我提他。"我受不了了,要不是看在他的面子上,听见这种"子承父业"之类的陈词滥调,我早他娘的掉屁股走了,"他有我哥那么一个儿子就足够了。知足吧他。"

"怎么,你们爷儿俩还别扭着?"

"他有他的活法儿。我有我的活法儿。"说完,我找了个借口,推起我的车,走了。说真的,我真怕听他没完没了地说下去,跑不了又是那一套大大良民的处世之道,我早就听腻了。

要是"子承父业"就是让我去学他那种活法儿,我还真不如去卖牛羊肉或者去卖瓜呢。

自打"馄饨侯"事件以后,老爷子的那套活法儿就已经让我给总结了。两个字——没劲!

就不用说他写的那些文章,做的那些报告了。说得倒挺冠冕堂皇。净是"共产主义"啦,"不计报酬"啦,我可知道,要是稿费开低了,讲课费给少了,他是个什么德行。

我要是再把那天偶然看到的，老爷子和那位年轻的女记者谈话时发生的事说出来，你就会知道我们老爷子多没起色了。

那天他们坐在临窗那对紧靠着的小沙发上。那个小妞儿郑重其事地向他汇报工作，一只手搭在靠他一侧的沙发扶手上。当时我正在客厅里接电话，一眼瞥见了那只手。不知怎么，我的心里升起一种不祥的预感。我真怕老爷子干出一些可笑的事来。你说怎么就这么灵。我的电话还没有打完，老爷子果然把他那又肥又厚的大手放在人家那又细又白的小手上去啦！还往人家的手上一下一下地拍着，笑吟吟地说："不错，不错！小秦哪，干得不错。再努努力，革命工作很需要业务尖子脱颖而出嘛……"我几乎气挺了。没劲，连他妈沾点儿骚都这么没劲！有胆儿你另找个地方，搂着，抱着，亲嘴儿，上床，谁管你啦？干这种没劲的事，还他娘的忘不了嘴里念叨"革命"，更他妈没劲！

前天晚上，宣传部长来了，和老爷子研究什么"宣传要点"，研究了两个小时。宣传部长走了，老爷子和老太太也接着"研究"开啦，不少于两个小时！研究什么？研究部长的脸子：对什么提法感兴趣啦，对什么栏目冷淡啦，还真他娘的上瘾。

"我一辈子也不当官。"我站在客厅门口向他们宣布。

"你说什么？"他们莫名其妙地盯着我。

"当你们这号官也太难点儿啦。"我说。

"唉，森森，看看你！真不该让你转学来柳家铺。看你学出了一副什么鬼样子！"每到这时候，老太太就这样抱怨，照她的意思，她的儿子是让柳家铺中学里那些野小子拐带坏了。

"怨不着人家。这是他们这一代人的时代病！"老爷子总是冷冷地反驳她。他对我早就彻底失望了，好像我只是他一个可悲的研究对象。他总要居高临下，高深莫测地总结个一二三。

我才不巴望着他对我抱什么希望呢。不过，我得承认，我这满不在乎，动不动就想寻开心的"鬼样子"，确实至少有五十次险些把他气得背过气去。在他对我彻底失望之前，有一次，他偏要拉我一起去看什么"青年演讲比赛"。"青年导师"啊，他也想给他的儿子"上一课"。可这叫他娘的什么"演讲"啊，"啊青春""啊理想""啊人生""啊幸福"……一色儿让人起鸡皮疙瘩的陈词滥调。叫"背报纸"差不多，叫"朗诵"也凑合。有什么话你就说。有什么屁你就放。磕磕绊绊都不要紧，演讲嘛。你他娘的一个劲儿"啊"什么呀！"你跟谁学的这么玩世不恭？"他对我在台下撇嘴大为不满。你不满，我心里也不那么痛快。我受的罪过大了。你不明白我为什么"玩世不恭"，我还不明白你干吗要为这些傻里傻气的"演讲"鼓掌、龇牙、磕头虫似的点头呢！……

每当到了这个时候，老爷子就几乎背过气去了。他开始一言不发，板着脸，眼睛直看前方，眼镜片上闪着冷光，胸脯却像皮老虎似的一掀一掀。说实在的，这时候我可真觉得过意不去了。甭管怎么说，老爷子养我一场不容易，年近花甲，又有冠心病，生起气来呼哧呼哧的，真"弯回去"了，可不是好玩的。不过，我得声明，我可没成心气他。这简直好像没什么办法。越在家里待着，不顺心的事越多，看着老爷子活得越没劲。憋不住的时候，你总得让我说两句，开开心吧？连开开心的权利都没有，还有活头儿吗？

…………

三

回到报社大院,天有点儿黑了。

大院门口的东侧,是报社的车队。从汽车库前面走过的时候,我特别留神了一下老爷子常坐的那辆奶白色的"皇冠"车。它已经开出去了。不过,老爷子离开的时间也不长,因为回到家属楼门口我发现,老太太还待在那里和别人闲聊。

老爷子离开报社去参加什么活动,老太太总是要亲自送出门来的。当然,我们家住在一层,说两句话就跟着出来了。可我知道,这要不是老太太过去当演员当出的"毛病"才怪呢。看着老爷子钻进那辆奶白色的"皇冠"车,要是这会儿能碰上个熟人,她更来劲儿啦。她会没完没了地跟人家瞎扯:老头儿下个月要去北欧访问了,可什么东西都没置办哪。老头子呀,血压又高了,人家说吃老玉米须子能降压,他死活不信。怎么说他好!……好像全中国的人都巴不得知道她的老头儿怎么吃,怎么喝,怎么拉,怎么撒。

我他娘的简直见不得我们家老太太和那些老娘们儿站到一块儿胡咧咧。就跟自从看见老爷子摸人家手以后,一见有小妞儿和老爷子坐在一块儿,立马心率过速一样。不过,今天我可一点儿没脾气——全他妈是那八十块钱闹的。憋了一路了,我也没憋出个更有味儿的屁来。看来,也只有趁老爷子不在,跟老太太伸手这一条道儿啦。

八十块钱对于我们家来说,是算不了什么的。老爷子和老太太的工资加起来就有三百多。老爷子发表的那些破文章,三天两头来钱。不定什么时候他又把它们剪剪贴贴,凑那么一本《和青年朋友谈人生》什么的,虽说在书店里搁臭了也没人买,千儿八百的稿费还是照拿的。再说,老太太也正巴不得有个机会为我掏腰包呢。和老爷子吵翻的时候,我老爱说:"在这个家待着可真他妈没劲,没劲,没劲透了!"大概为了让我收回这念头,她今天塞给我两张内部电影票,明天又塞给我几盒"蜂乳"。只要我能感到自己是老太太的"幸福家庭"的"幸福儿子",别说掏八十块,掏八百也行。

"哎呀森森,你这是去哪儿啦?车子怎么摔成这个样子?"

老太太的眼睛还真尖,老远就看见我了,撇开一块儿闲扯的人们,嚷嚷着迎过来。这一惊一乍的架势可真让人受不了。

"人摔着没有?……"

"年轻人哪,可得当心!"

"现在街上的交通也真成问题。"

"我过十字路口,从来是下车推着走……"

"…………"

真的假的呀?那帮老娘们儿也凑过来七嘴八舌地添乱。

我没理她们,推车进了楼门。老太太也紧跟着回来了。

"唉,别管车摔成什么样儿,没伤着你算便宜啦!"她帮我扶着自行车,好让我从横七竖八的自行车中间腾出地方来,"儿子,什么时候才能让妈妈省点儿心哪……"

听听,我都觉得,要是不张口跟她要这份钱,倒怪对不起她的啦。

可谁又敢保险,她不会借着这事,再把老爷子和我往一块儿扯?

"爸爸儿子喝点儿啤酒吧。"

今天中午，老爷子刚刚把电视台那个破差使"赏"给了我，她就举着炒勺，从厨房里跑出来。她腰间围着蓝色的蜡染围裙，站在客厅门口，笑眯眯地看着我们。

"爸爸"和"儿子"谁也没搭腔。

午饭端上来了：豆豉鲮鱼、烧排骨、西红柿汤。老太太简直和当年在舞台上跳芭蕾一样起劲儿：她不再问我们，拿过玻璃杯，倒好了啤酒，一杯、两杯，放在我们面前。连平常只会怯生生低头上菜的安徽小保姆，都抬起了眼皮，奇怪她怎么这么欢实。

"来，为森森到电视台好好干，干杯！"

我他娘的几乎顶不住她这死乞白赖的生拉硬拽啦。可"爸爸"和"儿子"看着眼前的杯子，还是连摸都没摸。

在我和老爷子中间，老太太好像永远在扮演一个费力不讨好的角色。有时候，我真有点儿可怜她。别看在整个报社大院的人眼里，老太太永远是个活得滋润、性情随和的总编夫人，在我看来，她活得才叫窝囊呢。她心里怎么想的，我可不知道。不过，我知道老太太当年可是个露过脸的人物。在她认识老爷子之前，已经在好几出舞剧里演过主要角色了。她还去莫斯科学习过。当年当记者部主任的老爷子怎么擒住她的，那又不是我能知道的事啦，反正老太太因此就急急忙忙结了婚，生了我哥，改了行，心甘情愿地当"夫人"了。细想起来，她现在的活法儿也自有她的道理，当年和她一块儿的那些姐妹儿，后来不是成了大明星，就是当了舞蹈学院的副教授。老太太要是连个体面舒坦的日子都混不上，这辈子整个儿白活啦！

想到这一层，我也觉得自己好像是有点儿"不是东西"

了。——给电影票,照看;给蜂乳,照喝;八十块钱,照要。可我能规规矩矩地给老太太当他娘的"幸福家庭"的"幸福儿子"吗?扯淡!

"她有她的活法儿,我有我的活法儿!"

最后能让我心里踏踏实实的,又他妈是这句哪儿都用的废话!

跟老太太一起进了家门,我暗暗庆幸,幸好没在楼道里急急忙忙把要钱的事对她说出来——我哥回来了。他大概也就比我早回来一步,正在客厅里一边吃饭,一边看电视。茶几上摆着他吃了半截儿的饭菜。对面的电视机屏幕里,正在跳芭蕾舞,大白萝卜似的大腿抡来抡去。

"森森,留点儿神,别把鸡骨头弄到地毯上。"

老太太和小惠端着给我留的饭菜,送到客厅里来。走过电视机前面的时候,啪,她随手把频道换了。

"……老程,改革需要你,四化需要你呀!"特写:一个大老爷们儿在号,鼻涕眼泪抹了一脸。

啪,又一下。

"马克思主义哲学最鲜明的两个特点是什么呢?……"又是那个穿中山装戴眼镜的副教授,面有菜色,听声音总让人觉得他只有半边肺。"看看,看看,党的知识分子政策不落实怎么行?!"我曾经指着他跟老爷子说。

"还是看芭蕾舞吧。"我哥说。

啪,频道又换回去,"大白萝卜"又抡起来。老太太回自己的卧室去了。

"妈要找什么节目?"

"不知道。"

其实，我太知道啦。老太太才不找什么节目呢。她就见不得芭蕾舞。不要说上剧场看演出了，就是电视上的，她也受不了。这大概跟我考大学落榜那几天差不多，简直听不得人提起关于大学的事。哪怕电视上有一个镜头，心脏都呼的一下，跟他娘的被什么东西咬了一口似的。

唉，妈妈，我又开始替你难受啦。

"怎么着，买卖亏了还是赚了？"我接过小惠送来的碗筷，和我哥坐到一条长沙发上。

"有亏有赚。"他在龇着牙抻鸡腿上的一根筋。

"别蒙我啦。别人有亏有赚，我信。区委组织部办的公司能亏了？再说，那些顾问伯伯都是干什么吃的？"

"嗬，我还以为你就会跟老爷子骂骂咧咧呢，看来，你还挺门儿清啊！"他瞥了我一眼，龇牙一乐，"你还别生这份气。这年头，靠老爷子赚钱的人多啦，我算什么。"

他总算说了句实话。要说有时候我还能和他聊两句的话，也就因为他在我这儿还时不时有几句实话。

"见着老爷子了吗？"我问他。

"没有。我没事。"

"光蹭饭？"

"也不是。"他的下巴往酒柜那边一挑。我这才看见，那上面放着一盒新侨饭店定制的生日蛋糕。

我哥回来，跑不了就是两件事。要么就是买卖上有什么难处了，得求老爷子给办办。要么就是误了饭，回来"蹭"一顿。反正家里搁着一位任劳任怨的小保姆，比回他自己那套小单元房里，让老婆忙活强多了。这可不是我说的。这是他自己说的。他的脸皮厚了去啦。不过他今天还算例外，给老爷子送生日蛋糕来了。要说也不例外，他就这么会来事儿。老爷子放个屁，他都三孙子似的接着，时不时还来块生日蛋糕什么的，把老爷子哄得团团转。

"想干点儿什么事，不把老爷子哄转了行吗！中国还是老爷子们的天下。"这也是他对我说的。

我得承认，这又是实话。可惜我不想"干点儿什么事"。更没那个瘾在老爷子面前装王八蛋。不然，从我哥这儿倒能学到不少糊弄老爷子们的诀窍。

"用现今时髦点儿的说法吧，这么着，老爷子更得把你'扶上马，送一程'啦。"我又朝那盘花蛋糕看了一眼，笑着。

"我知道我在你的眼里不是个东西。"我哥满不在乎地嘻嘻笑起来，"可你这一套也算不得什么英雄。中国人要是都像你，也早亡国啦。"

"没错儿。咱们俩都不是东西。"我说。

我们俩你看看我，我看看你，突然都笑了。我不知道他在笑的时候想到了什么，我只是觉得他笑得开心透了，只有厚颜无耻的人才能在这么一句话面前发出这样的笑。我虽然也在笑着，在他的笑声面前却感到了一种自卑。因为一边笑着，一边觉得自己的鼻子里、嗓子眼儿里有一股热烘烘的、酸酸的东西漾上来。

他吃完饭就走了，我也正盼着他走。他一出门，我就到卧室找老太太要钱去了。

"啧啧啧，你呀你呀！"老太太的反应是预料之中的。她当然少不了拿出责怪的口气叨唠几句，可更多的的确是有点儿兴奋。

不过，让人心里起急的是，接下来她开始东一句西一句和我闲扯，就是不开抽屉给我拿钱。我真疑心她是不是故意耗时间，等老爷子回来。

"妈，要是方便，快点儿把钱给我。我还打算今晚给都都送去呢。"我实在忍不住了，好在又找着了一个借口。

"瞧你！"她看了一眼挂钟，"再急，也得等明天早上上银行取吧？"

我没词儿了。明天？八个明天都行！可我他娘的早看出她要算计我什么啦。

"好吧。"想了想，我说，"那，把存折给我，明天，我自己去取算啦。"

老太太犹豫了一下，把存折找出来，递给了我。我回自己的房间去了。

老爷子是十点多钟回来的。皮鞋踩在地板上，吱吱响着。他接了个电话，又到盥洗间去洗澡。洗澡出来，老太太和他在客厅里嘀嘀咕咕。

本来，回到房间里，把存折放在桌上，这心里已经踏实了，说实在的，甚至还有点儿得意。靠在被子垛上，看《风流女皇》看得挺上劲儿。这时候外面就传来老太太和老爷子嘀咕的声音。我简直不知道从哪儿冒出来了一种不妙的预感，飞快地把书扔到桌上，脱衣，铺被，关灯。

我的手拽着灯绳正要拉的时候，老爷子来了。我把手松开了。

老爷子穿着白底蓝条的睡衣睡裤，脚下趿拉着拖鞋，身子几乎把房间的门堵严了。他面无表情，手里捏着一沓钞票。

"森森，爸爸这儿正好有现钱！"在他的身后，传过来老太太的声音。

"够吗？"

"够了。"

这回他倒没废话，趿拉着拖鞋，沙沙沙，走了。

"森森，这么晚了，就别给都都送啦，明天再说吧！"

老太太笑眯眯地走进来，帮我抻了抻床单，拿起《风流女皇》翻了翻，又帮我把灯绳拉了。临关门的时候，她又冲我说："好好睡吧。"

睡个屁！我到底让你给算计啦！

这倒还在其次。要命的是，我又一次在老爷子面前"栽"了。"栽"得可真他妈惨。

四

"森森，起床！吃饭啦！"老太太在门外叫。

我早醒了。我睡的房间窗户朝东。现在，白色的窗帘一扑一掀，太阳光噼里啪啦地跳进来。窗外的脚步声、说话声玻璃碴儿一样脆生生的。躺在床上，突然有一种躺在大马路边上的感觉。

我正蜷在毛巾被里胡思乱想。我要是把想的什么都说出来，那可太流氓啦。当然，这也没什么了不起。二十岁啦。"年轻人嘛"，老爷子爱说的半句话。啊前途。啊理想。啊四化。啊人生。你也得容忍一个小光棍儿望着对面阳台上晾挂的乳罩想入非非。

总的来说，我还是个"好孩子"。可这绝不是因为我见了小妞儿不动心。在我们那个高考补习班里，至少有三个小妞儿给我递过飞眼儿。我他娘的哪儿招她们喜欢啦？其说不一。有的说，喜欢我有"幽默感"。有的说，喜欢我这鬈毛。也有一位，简直什么都喜欢。"卢森，你的作文写得可真好。我……我都有点儿崇拜你了！"杜小曦就这么说过。她是一个挺有味儿的小妞儿。两条长腿又直又匀，爱穿宽宽松松的红色套头衫，苗实的小乳房在里面时隐时现。为了她这么一句，我几乎晕在她面前啦。可事情就坏在她"什么都喜欢"上面。"你爸爸这篇文章写得可真好！卢森，你准能当他的接班人。"这就开始让我反胃了。"卢森，你这一瘸一拐的架势都那么潇洒！"活见鬼，那几天，我正为扭伤了右脚龇牙咧嘴。高考的前一天晚上，上完辅导课回家，她好像特意藏在路边等我。她穿上一件淡黄色的套头衫，精致的小乳罩清晰地从里面显现出来。"卢森，亲我一下吧！把你的灵感给我一点儿吧！"走到一片阴影下面，她的声音绵软得让人腿杆子打晃。更是活见鬼了，我有什么"灵感"哪，"馄饨侯"叫起来当场读作文的不是我，正是她杜小曦！再说，想玩玩就玩玩，这和他娘的"灵感"有什么关系？本来我还有点儿情绪，全让她这么一个"灵感"给搅没啦。"哟！"我愁眉苦脸地说，"那我可不亲你了，我的灵感就那么点儿，挺少的。再给你点儿，我怎么办？""真傻假傻呀！"最后她哭着跑了。想起那情景，如今又怪让人遗憾的。我推着她的背往前走时，触着了她乳罩的挂钩，现在右手食指上好像还留着这感觉呢。不过我要是真的"啃"了她，再和她扯上什么"灵感"之类的混账话，那罪过说不定就受大啦。"我怎么能够把你比作夏天？你不单比他可爱，也比他温婉。"她会这样对我说。"你的甜爱，就是珍宝。我不屑把处境，和帝王对调。"我得这样对她说。我就什么也甭干，整天揉着胸脯子,捏着嗓门子,跟她对着背莎士比亚吧。

唉,这些小妞中间,哪怕有一个不像杜小曦这样,我也早就不是"好孩子"啦。

"森森!"老太太又叫了。

"听见啦听见啦!"我懒洋洋地爬起来。

我们家吃饭都在过厅里。这过厅有一间房子那么大。除了饭桌以外,还可以摆下冰箱、食品柜和碗橱。小惠正站在食品柜前,往配餐面包上抹果酱,烤三明治。老爷子已经坐在饭桌前了。还是穿着那身白底蓝条的睡衣裤,一边看"大参考",一边呷着牛奶。厨房里传出来鸡蛋下油锅的刺啦声。炸荷包蛋,老太太从来是要亲自动手的,她嫌小惠掌握不好火候。

我刚在饭桌前坐下,老太太就把一小碟一小碟的荷包蛋端出来了。

"一人两个,爸爸儿子别打架。"

咯咯的笑声。小碟子推到每一个人面前。我却觉得这一点儿也不幽默。

"老头儿,今天总算没事吧?"

"呃……"

"呃什么?今天你是寿星老儿,午饭时森森和肖雁还回来呢。"肖雁是我哥的老婆。

"不会耽误午饭的。只是……团委有个同志上午来谈点儿工作。"

"森森,你今天也……"

"我还得给都都买放音机去呢。"

"那还用得了多长时间哪。回来的时候,上自由市场给我带捆葱回来。你可别像昨晚似的。我还等着葱使呢!"

老太太的心情好极了。当然,家里的气氛不坏嘛。"幸福的生活幸福的生活比哟比蜜甜喽。"

吃完早饭,我就骑着老太太那辆旧女车上百货大楼去了。花七十五块钱买下了那个混账的放音机,送到了都都家。都都这小子还一个劲儿装王八蛋——"哎呀这是何苦坏了就坏了何必这么认真这可真不够哥们儿啦我真想骂你兔崽子啦干吗把这当回事呀……"

"那好那好。也是。哥们儿一场,就别让你不好意思啦!"我故意把放音机装回书包里。

兔崽子嘴角倒还咧着,颧骨上的肉已经他娘的冻住啦。

"别装了,看你丫挺的这份难受劲儿!"我又把放音机拿了出来。

他骂了我一句,给我拿苹果去了。

"我得跟你打听个人。"放下苹果,他又跑去关上了通往堂屋的门。他们家老爷子正在那儿给一个小柜上油漆。

我已经猜到他要打听的是谁了。说实在的,我时不时到都都这儿来臭聊一会儿,好像也有从这儿听到点儿她的消息的愿望。她和他都考上了师范学院走读班,一个在中文系,一个在历史系。我就这么贱!谁让我的右手食指上,还留着她脊梁背上那个小挂钩的感觉呢。

"你们班的杜小曦,怎么样?"

"挺好。瞧你小子削苹果的这个笨劲儿!"我说。

"你来你来。其实我在咱们学校就知道她啦,只是没说过话。这回上了一个大学,再说,我不是在作文比赛里得了个二等奖吗。她也得了个奖,表彰奖……"

"她就噘起嘴巴给你伸过去啦——啊都都,我可真崇拜你。亲亲我,给我点儿灵感吧!"

"你是听谁说的?"都都的眼睛瞪圆了,"李伟这小子真不是东西,我只告诉了他一个人,不许他传的!"

"根本不是李伟说的。我猜的。"我嘻嘻笑着,"你作文二等奖,她表彰奖,再往下……这不是明摆的事吗!"

这傻小子想了想,说:"是得服你。"

"你小子艳福不浅。"我说,"拿着你的苹果。"

他接过苹果,一边嚼,一边想着什么。

"嘿,不瞒你说,我还是第一次啃一个小妞儿的脸蛋儿呢。我的牙关都磕磕绊绊地打冷战。"

"啊都都,我……我晕……她一准儿瘫在你怀里啦。"

"哎呀,你怎么说得这么准!好像你小子也干过这事一样。"

"她要是不晕,就是早被人啃过啦。"

都都的眼珠子都他娘的放出亮儿来了!

"走啦。"我把给自己削好的苹果塞到嘴里啃了一口,"我还得上自由市场给我妈买大葱去呢。"

"森森,森森,你再坐会儿,再坐会儿,我还得请教请教你。哪怕你吃完了苹果再走呢。"

我又坐了下来。

"你说,我们之间,我们之间还会怎么样?我……我怎么,怎么和她……"

"这他妈还用问。她说:'啊,你的眼睛像星星!'你就说'啊,你的嘴唇像月亮!'你干这一套还不跟玩儿似的?再不行,预备一本《莎士比亚十四行诗选》,够使的啦。"

他眯着眼睛,一下一下地晃着脑袋,跟他娘的晕在了一支曲子里一样。

这小子还没听够。送我出门的时候,也张罗着换鞋,找车钥匙。他一定要跟着我去买那捆大葱。

这一路就全是他娘的没完没了的"杜小曦"啦。我要是把杜小曦跟我来过的那一套告诉他,他准保得连人带车翻在马路上。可我才没这心思呢。"啊,我晕!"杜小曦就是跟一百个老爷们儿玩一百遍这一套,我管得着吗?不过,有时候我也觉得自己是有点儿怪。当年杜小曦求我啃她之前,我可挺迷过她一阵儿的。我的座位就在她后面,我甚至时不时斜眼偷看她后脖颈上那淡淡的茸毛。可到了关键时刻,我他娘的一点儿情绪都没啦。现在呢,想到她倒在了别人的怀里,心里又有点儿不是滋味儿。

"……瞧一瞧,看一看,这小葱长得多聪明啊!""您哪儿找去?哪儿找去?这么便宜的大白萝卜,哪儿找去?!……""这是青口菜!您嫌老?您找嫩的去吧!""别掐!别掐!您一个一个给我掐了,我还怎么卖?"……听听自由市场里的吆喝声、讨价声、骂街声,都比听他娘的一口一个"杜小曦"中听多啦。

…………

"听说她爸爸在报社当记者?"

"嗯。"

"我老有点儿自卑。我爸是工人。我们家,底儿太潮。"都都提着那捆大葱,追着我,在人群里挤着。

"全看你自己能不能唬住她啦!"没法子,有时候还得没精打采地应付他一句。

"猪头肉！猪头肉！一块九一斤的猪头肉！不好吃不要钱的猪头肉！"

"口条，口条，酱口条！誉满全球的酱口条……"

"你说她够多少分，九十，有吗？……"

"敢情！你看她那两条腿！"

"嘿——嫩黄瓜，嫩黄瓜，一掐一股水儿的嫩黄瓜！"

"嘿——一把抓的小笋鸡儿啊，一把抓，一把抓，一块钱一只的小笋鸡儿！"

…………

我们好不容易才挤到了一个松快地方。

"行啦，今儿一上午，整个儿给你兔崽子的'杜小曦'搭进去啦！"我把他手里的那捆大葱接过来。

"把你当成哥们儿，聊点儿私事嘛，"他看了我一眼，"瞧你这不耐烦劲儿。你他娘的一点儿也不替我高兴。"

我说："谁他妈替我生气呀？我的'杜小曦'还不知道在哪个丈母娘肚子里揣着呢。"

他一愣，看了我一眼，嘿嘿笑起来："别装可怜相。我可知道，不光你们班，就连我们班那些小妞儿，都公认你是一个真正的男子汉。"

"你别他妈骂我啦！"我可一会儿也没忘了昨天晚上在老爷子面前的那个厌德行，这会儿跟我提什么"男子汉"，可不跟他娘的骂我差不多。

"也是。"他想了想，叹了一口气，这假惺惺的样子可真让人讨厌，"你在事业上是得解决呀。男儿当立志。只要事业有了着落，就不愁没妞儿追你。"

瞧兔崽子这份德行！好像考上个破大学再加上那个二等奖，也算成了什么"事业"了，丫挺的就成了有一万个美人儿追着跑的英雄似的。

不过，如今我也确实就这么整个儿地完蛋啦，谁他娘的都有资格在我面前摆谱儿，跟都都这小子还生不起这份气。不信把杜小曦叫来试试，别看当年她上杆着求我"啃"一口，现在，她用眼皮子夹我一下就不错！

自由市场的围墙外面还像是市场。马路两边摆满了卖金鱼的、卖鱼虫儿的、卖马掌花肥的、卖耳挖勺的、卖竹衣架的……各式各样的小摊。蹬着平板三轮儿送货的"倒儿爷"们横冲直撞。"老农"们推着后货架上挎有两只大荆条筐的自行车，伏下身子，在马路当中晃晃荡荡。我和都都一起，顺着人流朝外走着。

"嘿，朝那边走，顺便看看倒腾摩托车的，怎么样？"

我知道那边有个摩托车交易市场，可不知道倒腾摩托车有什么好看的。不过，顺这条路拐上大街，好像倒清静一点儿。

"你可不知道。倒腾车倒是次要的。那儿成了老爷们儿抖威风的地方啦！"

都都说得不假。马路边的那片草坪上，早已不是两年前的景象了。那时候上面稀稀落落地停了几辆"嘉陵""铃木50""铃木80"，每辆车前围着三三两两看热闹的人。现在倒好，一过来我就看出名堂了，这他娘的哪儿是买车卖车呀，这是比谁的车子棒，再比车子后面驮的那个妞儿啊！

草坪上横七竖八地停了一片红红绿绿的摩托车。男男女女们，除了我和都都这号看热闹的，也除了那些可怜巴巴地开着"幸福"啦，"嘉陵"啦，这会儿缩在一边没脸臭显的傻小子，一个个的神气不是像王子,就是像公主。突突突突……"川崎125"开来了。突突突突……"铃木AX100"开走了。搂着老爷们儿腰身,像风一样飘来飘去的,是一个个身材苗条、充满了弹性的小妞儿。

"嘿,这哥们儿又来啦,真够狂的!"

"'本田400'!小妞儿也镇啦!"

…………

人群中卷过一片赞叹声。一辆黑亮亮的"本田400"轰轰轰轰地开过来。戴着雪白"飞翔"头盔的爷们儿把右脚往地上一支,穿着牛仔裤、天蓝色绸衫的小妞儿一撅屁股,来了一个体操动作:修长的双腿向后一甩,双脚一并,跳下车来。她戴着一副蝴蝶形茶镜,一条浅灰色的皮带活像美国大兵的子弹带,松松垮垮地耷拉在胯上,双手拇指扣在裤腰里,野味儿十足。看热闹的、玩摩托车的,狼似的盯着这辆"本田400"和这位小妞儿,眼珠子都他妈绿啦!

"听听,听听人家那辆的声音,轰轰的!您这辆可好,哪哪的。趁早,换一辆。我跟您这么说吧,非'250'以上的不行!"看热闹的人中间,一位三十岁上下的瘦脸儿好像特别在行。拍着一辆"铃木100",递一根烟给它的主人。

"哥们儿,怎么自己不弄一辆玩玩?"

"谁说不想呢,这就是老爷们儿的玩意儿嘛!可……您给我钱?"

"哄——"大伙儿全乐了。

"完了完了,那您老在这儿干看干说可太没劲了。"一个十五六岁的孩子不知好歹。

"兄弟,那你可错了。其实,你不也这儿干看着呢?"

看来,瘪脸儿爷们儿是想给这位"小兄弟"上一课了。

"看不看足球?"

"看哪。"

"完了。你怎么不进国家队踢呀?"

"……"

"爱不爱看……大草原上骑马?"

"凑合。"

"完了。你哪儿弄马去?"

"……"

"看的是一种活法儿!爷们儿的活法儿!"他一伸手,啪的一声,打火机蹿起了火苗,他给"铃木100"递过去了。点上烟,斜楞着看了小孩儿一眼,拿着腔调说:"兄弟,你见过的世界还小!"

这回轮到大伙儿给小孩儿"一大哄"了。

"听过车间主任训话没有?"瘪脸儿更来劲儿了。

"瞧您说的,我是学生。"小孩子吧唧了一下嘴,摇头。

"每月月底,从会计那儿领四百二十大毛的滋味儿您就更没尝过啦。"

"……"

"要问你怎么跟老婆打埋伏,省出烟钱,您还是整个儿一个'傻乎乎'吧?!"

"废话。"

"完了完了,说你见过的世界还小不是?……活吧!"

"活吧",不知道是冲谁说的,好像是冲小孩儿,又好像是冲他自己,因为那以后他长出了一口气,那眼神里满是悲哀。

其实我不喜欢摩托车,要是真有辆特棒的摩托车,我也没这个瘾——驮个小妞儿来臭显。不过,瘪脸儿感觉是一点儿没错的。这些骑士的活法儿可太刺激人啦,这比都都那神气活现的模样更令人垂头丧气。

"怎么样,带劲吧?"都都说。

"没什么带劲的。"

"再看一会儿。"

"再看,我更觉得自己白活啦!"

我拍了拍都都的后背,一个人走了。

我还得回家去送大葱。

在五颜六色的摩托车群里,推着一辆旧女车,车后驮着一捆大葱,算是把我的德行全散出来了。

当然,我的伤心才不在于这捆大葱呢。

要命的是,我忽然间发现,我的活法儿也不过是我给老爷子总结的那两个字——"没劲!"

五

客厅里有客人。老太太正在过厅里给老爷子的生日蛋糕插蜡烛。

"谁来了?"

"轻点儿。报社新调来的团委书记。"

"研究什么?五讲四美三热爱?三学二批一端正?"

"轻点儿不行?你呀,要是跟你爸说这些,又该把他惹火啦!"

通往客厅的门是那种对开的大玻璃门。在过厅里就可以看得见客厅里的一切。

老爷子坐在迎门的长沙发上，短而粗的手指夹着一支香烟。新来的团委书记是一个二十五六岁的大妞儿，穿着一身深灰色的西服套装，双腿并拢，身板儿笔直，稍稍向老爷子坐的方向扭着身子，坐在东侧一只单人沙发的前沿儿上。沙发扶手上搁着打开的笔记本。

"卢书记，除了不准留披肩发外出采访这一条以外，您还有什么指示吗？"

这声音好熟悉。我又朝玻璃门里看了一眼。哟，怪不得，这不是上个月在人民大会堂的晚会上跟我跳过舞的那一位吗！

"你多大了？"

那天她那模样儿可真浪，穿着一条紫红色的金丝绒长裙，领口开得很低，脖子上还挂着金项链。那天她梳的就是披肩发，好像是怕跳舞时弄乱了头发，所以又用一条暗红的发带从头顶上拢下来。跳舞的时候，她的头发上散着玉兰花香。后来我发现，那是那条发带上散出来的。

其实，我顶不喜欢这种慢悠悠的交谊舞了，它老使我觉得那么装模作样。要不是和我同去的几个小子"将"我，和我打赌，我他娘的才不去请她跳舞呢。一边跳着，我还一边跟那帮小子使眼色，不管怎么说，这支曲子完了，他们就得到冷饮室请我的客啦。

我们使眼色的时候，她一定发现了，不然她不会提出这么一个不太礼貌的问题。

"我？二十岁。"我说。

"哦——那你还是个孩子呀。"她咯咯笑着,腰肢一颤一颤。不过她很快就看出我有点儿恼火,说:"可你的舞跳得这么好,真少见。"

她怎么找补也没用。这句混账话简直让我恨不能扔下她就跑。至少当时我难受了老半天,玩的兴致全没了。我不记住她才怪!

现在,她那点儿浪劲儿都不知上哪儿去啦,扎着暗红发带的披肩发梳成了盘头辫儿,正正经经地坐在我们家客厅里,和党组书记讨论"不准留披肩发外出采访"的问题。当个屁大的官也得有这一"功",你不服还不行。

我也不知道从哪儿冒出了一股"恶作剧"的念头。推开客厅的门,大模大样地进去了。我还故意冲着她,客客气气地点了点头,坐到屋子西侧的角落里,咔咔咔地拨电话。

老爷子瞪了我一眼,不过,他大概正好想去"方便方便",起身出去了。

"在讨论'披肩发'的问题,是吗?"我把话筒挂了回去。

"是呀。"她看着我,那眼神似乎是努力在记忆中寻找什么。

"干脆,连舞会上的'披肩发'也给禁了算啦!"

"噢,是你呀!"她想起来了,脸也渐渐红起来,"真没想到!真没想到!"

"您这身衣服,比那天晚上的可差多啦,像个妇联的女干部。"我故意粗声大嗓地说,"发式也是。还是披肩发好看。"

"去去去!"她的脸更红了。

厕所的水箱响了。

"你的头发,也快成'披肩发'啦。"她看了看我,突然咯咯地笑起来。

老爷子推门回来了。

"你这种精神面貌可差点儿劲儿。"她瞟了他一眼,对我说,"你别腻烦我。其实,大人都是为了你好!"

天哪,她笃定是我们家老爷子最理想的接班人啦!

临近午饭的时候,老爷子送走了他的"接班人",回到客厅里来。他又摆出了我早已熟悉的那副模样:弓着背,探着身子,两肘戳在大腿上,胸脯一起一伏。他打量着我,半天没言语。我在削苹果。看了他一眼,我猜到了他会干什么。

"如果你以为自己那个脑袋还挺美的话,以后最好回自己的房里美去。"

还是既不叫我的小名儿,也不称我的大名儿,连看也不看我一眼。还是什么表情也没有,吩咐着他的裤裆。

我他娘的早料到会有今天啦。当然,我倒没想到他的废话来得这么快,刚过了一宿,他就来劲儿啦。这还只是赏了我一个破临时工再加上八十块钱呢,再多点儿,你说,我还有活头儿吗?

这回我可没尿着,不过我要是粗了脖子红了筋跟他嚷嚷,那才丢份儿呢。

"我这脑袋怎么了?"我胡噜了一下长发,从沙发上欠起身来,也弓起背,探着身子,也把两肘戳到大腿上,把拖鞋的前掌一掀一掀。我同样不看他,同样面无表情地说:"我怎么长了这么个德行脑袋,我还得问您哪。"

"我说的不是你那卷儿。我说的是你头发的长度!"

"长度?长度怎么了?多长是革命的?多长又成反革命了?你们报纸上发过社论吗?"

他呼地站起身，出去了。

他走到客厅的门口，正赶上我哥和肖雁进门。

"爸爸，万寿无疆！万寿无疆！"肖雁和我哥真是天生一对儿，她一进门，管保能叫老爷子老太太眉开眼笑。当然，这一切都是在嘻嘻哈哈中进行的，决不会让人感到肉麻。

可今天肖雁算是撞上啦，老爷子正在气头儿上，整个儿白干！老爷子理都没理她，一扭身，回他的书房去了。

"爸爸怎么了？"

"不知道。"

她撂下挎包，立刻到厨房拜老太太去了。

"哼，要不是你又气老爷子了，砍我的脑袋。"我哥把西服挂到衣架上。

"没有没有没有。"我瞥了他一眼，慢吞吞地告诉他，"他嫌我的头发长，我向他请示，让他给个尺寸。"

我哥看着我，长长地吹出一口气。他在我对面的沙发上坐下来。

"妈妈，熟了。您尝尝……"厨房里，传过来肖雁和老太太嘻嘻哈哈的声音。

"大生日的，你把老爷子气死了，对你有什么好处？"我哥点上了一支烟。

"我根本没想气他。他自找。"

他还是默默地抽着烟。

"我不跟你废话。我知道，废话对你早他妈没用啦。"

要说我哥比老爷子可聪明多了。他承认现实，所以我们永远不会急眼。和他谈话，我甚至时不时会想起在月坛公园见过的两

065

个拳师。他们才不像《少林寺》的傻小子们那样，喊得乌烟瘴气，打得天昏地暗呢。他们不言不语，站得很近，你推过来一把，我搡过去一下，有时还面露微笑。我知道他们俩谁都摸谁的底，可又谁也不服谁。所以在这推来搡去中渐渐地都有点儿乐在其中的味道了。

"你说得可太对了。"我说，"所以，咱们家全指望你啦。你就好好伺候着老爷子万寿无疆吧，有搂钱的机会就搂钱，有搂官的机会就搂官。放心。我不眼馋，也不生气。"

"嗯，你这话倒像个爷们儿说的。不过，你干的事就未准有这份志气啦。"他有点儿得意，"真有种儿，你什么也别靠老爷子呀。弄不好，咱们哥儿俩也就是五十步笑百步。"

"没错儿。"我笑了。我知道他会用这一套来嘲笑我的，"谁让爹妈给了我这么一副骨头呢。不过，明说吧，就那个破临时工，就那八十块钱，我后悔死啦。要是不'栽'这么一回，我也不知道自己活得这么没劲。不过，你放心，我这就换一种活法儿啦。"

他不再说了，靠到沙发背上，又抬起眼皮瞟了我一眼，那眼神里的轻蔑劲儿真让人受不了。

"你说得倒挺好。看来，还想再发奋一年，考个大学？"他把烟头儿拧进烟缸里。

"说不定。"我说。

"哼，你是读书的材料吗？"

"没准儿。"我说。

他又重新点上一支烟，抽了几口。

"说不定你还想当个满街嚷嚷'瞧一瞧，看一看'的倒儿爷吧?"

"你别以为不可能。"我还是微微笑着。

"你拉得下那个脸皮吗?"

"看吧。"我说。

…………

如果不是他的轻蔑拱得我心里一阵一阵冒火,我也不至于在老爷子的生日喜宴上翻脸。"白斩鸡""香酥鸭""红烧鲤鱼""东坡肉""双沟大曲"、标着V·S·O·P的法国白兰地、五星啤酒……我还没那么浑蛋。

可是现在,我心里真他娘的受不了了。到了这个份儿上,我要是不找个正儿八经的地方把老爷子的"赏"扔回去,在他们面前,就永远甭想扬眉吐气地当个爷们儿。

"来,爸爸万寿无疆!"肖雁总算又找到一个机会发挥她的才华了。

"万——寿——无——疆!万——寿——无——疆!"我哥那两片红红的厚嘴唇无耻地咧着。

"妈妈永远健康!"甜甜的,再加上一点儿不知是真是假的胆怯。地道的中国儿媳妇给婆婆的媚眼儿。

"永——远——健——康!永——远——健——康!"哥哥的喊声和老太太的笑。

"爸爸。"我站起来,满盛着白酒的酒杯递过去。

老爷子一怔,看了我一眼,迟迟疑疑地把面前的酒杯举起来。

"您的儿子要有点儿出息啦!"我说,"您把电视台的那个差使拿回去,还人家吧。哦,还有,昨儿晚上那八十块钱,我也还您……"

"森森,你胡说什么!"老太太截住了我的话头。

我没理她,一仰脖儿,把酒杯里的酒全灌到嗓子眼儿里:"可您也别再没完没了地把我当可怜虫,一会儿嫌我嘴臭,一会儿嫌我的头发长啦……"

说完了,我转身回到了自己房里。咣,撞上门,咚,倒到床上。这回,浑身上下真他娘的舒坦透了!

六

那家小饭馆到底是在哪儿呢?想得人脑仁儿疼。

它肯定不在我常走的几条路线上。比如从我家到都都家,或是到游泳场,这一路上有几家饭馆,我是闭着眼睛也说得上来的。

我找到了一张《北京交通图》。对着它,使劲儿回忆半个月以来走过的路线。我坐103路无轨电车到美术馆看过展览。不过那天可是个大晴天,根本不是那种阴沉沉的、随时要下雨的天气。我也坐过108路到和平里的二姨家玩。可顺着和平里、兴化路、蒋宅口……一站一站地想下来,也不觉得这条路上有我找的饭馆。我还到过哪儿呢?我没有记日记的习惯,要一次不漏地把半个月走过的地方都想起来,也太难点儿了。

于是,我又换了一招儿,大概还能回想起那饭馆的名字吧?那个招牌挺唬人。本色的大匾额,墨绿色的字。什么字来着?到了嘴边,说不出来了。反正当时一看那字我就乐了:门脸儿不大,口气不小。可到底是哪三个字呢?完蛋。死活也想不起来了。幸好家里又有一本全市的《电话号码簿》,查到了"饭馆"

一栏:"一条龙羊肉馆""二龙路包子铺""三源里小吃店""四道口饭庄"……查了半天才恍然大悟。既然招牌挺新,又在招"工作人员",肯定才开张不久,就算是安了电话,也来不及上《电话号码簿》哇。

我他娘的这辈子还没费过这份劲儿呢。

我已经先把家里存的报纸翻个底儿掉了——当然,都是趁他们午饭后到院子里照相时搬过来的。广告栏上,隔十天半个月的,才能查着一份"招聘启事"。不是招翻译,就是招记者;不是要"大专文凭",就是要"本科学历"。这简直故意寒碜我呢。

我也想过是不是找人先借点儿钱。找谁?找亲戚,老爷子是不可能不知道的。再说,人家大概也不愿意掺和这种事,弄不好还他妈给我"上一课"。找同学?都都这号穷鬼就甭想了。"馄饨侯"告诉过我的那几位——卖肉的李国强啦,卖瓜的金喜啦,我跟人家也没这交情。

最后,我才想到了这家饭馆。

说来也荒唐。那家饭馆的"招聘启事",是我在电车上看见的。我还没读完,电车开了,它就被甩到后面去了。它好像贴在饭馆的一扇门上。大意是说,本饭馆招聘工作人员,有愿应聘者,前来洽谈,条件面议。当时,我可没想到有那么一天,去给一家个体户当"店小二"。当然,就算现在我找到那家饭馆了,我也没打算这辈子吃这碗饭。干个十天二十天,弄到八十块钱,理直气壮地往老爷子面前一拍,出了这口气,拍屁股走人。

"招聘启事"已经是半个月前的事了。我也实在没当回事。现在,早把那地点忘得一干二净。我他娘的上哪儿,找谁"面议"去?

第二天起床的时候，迷迷瞪瞪听见窗外的新闻广播，说一九八四年国际马拉松赛，今天上午在北京工人体育场举行。我这才想起两周前去体育场看过一场球。噢——想起来啦，那家浑蛋饭馆，就在体育场东路！人的脑袋可真怪，不开窍的时候，能把你憋死。开了窍，什么都想起来啦。我立刻又想起它的名字叫"冠北楼"，没错儿，挺狂的一个名字，再说也实在不是什么"楼"，所以我当时才忍不住笑了起来。

我着实为我的发现傻乎乎地高兴了一会儿，胡乱抹了把脸，跑到了110路无轨电车站。今天等车的人还特多，都是去看"马拉松"的。挤上车，没多一会儿就出了一身臭汗。幸好下车没走多远，果然看见了"冠北楼"那威风十足的匾额。可走近一看，那张贴在门前的"启事"呢，早他娘的让"新添涮羊肉"五个大字盖上啦！

我在门前站了一会儿，不知道是再进去问问好呢，还是干脆一走了之。

"要问我爱你有多深，我爱你有几分……"棕色的对开门儿，门框上高挂着两个大音箱，哆声哆气地唱着。唱歌的妞儿大概让她爷们儿搂着唱呢，不然干吗老像是喘不上气来。初秋的阳光，晃得人睁不开眼睛。身后乒乒乓乓从电车上蹦下来的一群小哥们儿，吆五喝六地朝工人体育场那边走。"……我的情也纯，我的爱也真，月亮代表我的心……"曲子拖着哭腔，和那令人麻酥酥的声音一道儿，驴似的嚎。

我得承认，现在我想起肖雁的话来啦。

"唉弟弟，你可真是个傻弟弟！"肖雁大概是我们老太太心中最合适的"说客"了，她永远让你觉得她是为你着想，"我要是你呀,老爷子的便宜,照占。他爱啰唆几句,从这个耳朵进去,那个耳朵出去不就行了?"

她探着脖子,闪着眼睛,两手的食指分别指着两侧的耳朵,这使我忽然想起幼儿园里哄过我的阿姨。

"老爷子的便宜可不是白占的。"我说,"至少,他得认为他到底还是我的老爷子。"

"他本来就是你的'老爷子'呀!"肖雁咯咯地笑起来。

"我就受不了他那'老爷子'劲儿!"

我吼得太凶了。她不笑了,半天没吭声儿。

"至少,你没必要把话说得那么绝。"临走的时候,她说,"工作啦,钱啦。除非你能捡个钱包,不然,弄八十块钱对于你来说,比开开心、逗逗乐、昏天黑地骂一通可难多啦!"

"我不会后悔的。"我说。

…………

现在,我当然没有后悔。不过心里确实有点儿发毛。这个混账的"冠北楼",也确实是我能想到的最后一招儿啦。

我正犹犹豫豫,胡思乱想的时候,马路上过来一辆平板三轮车,车上放着三个鼓鼓囊囊的大麻袋。蹬车的是个穿着棕色枪手服的黑脸汉子,乱蓬蓬的寸头,络腮胡子也挺重。特别引人注目的是那大腮帮子,好像能嚼得动铁。他在离我不远的地方下了车,想把三轮车推上人行道。车的前轱辘倒是上去了,后轱辘却卡在马路牙子上,他怎么也推不动。

"哥们儿,帮帮忙!"

我走了过去。"一、二、三!"在车后帮他推了一把。

"谢谢您嘞!"

他把三轮车停在"冠北楼"的门口。

"哥们儿,买卖是你的?"

"嗯。"他把麻袋挪到板车的沿儿上。那里面装的都是木炭,黑末子漏了出来。

"听说你这儿要找个帮忙的?"

"是呀。"他从头到脚打量了我一通,"那可是八百年前的事了。"

"别逗了。顶多半个月。"我说。

"哥们儿是头一回出来弄钱花吧?"他递我一支烟,我摆摆手,他叼到了自己的嘴上,"你可不知道,这是什么年头?为了一个差使,能打出活人脑子来。再说,别看到我这儿干累点儿,挣的不比高干少。谁他妈能把这便宜留到半个月以后,等你来捡?实话跟你说,没出半天,我就找着主儿啦。"

他扛起了麻袋,朝门口走去。一个挺漂亮的妞儿出来替他开门。

过了一会儿,他又回来了,挪第二个麻袋,拿起刚才塞在车把钢管里的半截香烟,抽了几口。"看见没有?就是那个妞儿。不过,每月二百块钱可不好挣哟。没白天没黑夜地干。"他故意把"干"字说得很重,说完,又吸了一口烟,眯起眼睛,突然嘿嘿嘿笑起来,整个脑袋变成了一只七窍喷烟的香炉。

看着这紫茄子似的大腮帮子,我他娘的一个巴掌扇过去的心思都有。

"哥们儿,实在抱歉啦您哪,这儿可真没您的饭辙。"扛完了麻袋,他出来收拾三轮车,见我还没走,大概以为我还指望着他开恩,"其实,赚钱的路子野了去了,您可别在我这一棵树上吊死。"

"放心。现在,您请我,我也不干啦。您那'活儿',老爷们儿干不了。"我微微一笑。

"没错儿!"他嘎嘎笑起来,"老爷们儿都得干大买卖,黄的、白的、黑的。"

"我还想好好活呢。"我还是笑着。这小子唬不了我。"黄的"是黄金,"白的"是银圆,"黑的"是烟土。我早从我们班同学那儿知道些"倒儿爷"的黑话了。

"没胆儿?""紫茄子"又咧开了,想起了什么似的,他从裤袋里摸出一张纸片儿来,"哥们儿,你要是真的没胆儿,也就配玩玩这个啦!"

这是一张印得很像邮票小型张的票子,我认得出来,这就是这场马拉松比赛的彩票。这两天,北京人为了能买到这么张玩意儿,差点儿出了人命。

"拿着,别不好意思!你帮我推了车,不报答报答你也不落忍不是?"他朝工人体育场那边看了一眼。那边,人们像蓄洪坝前的洪水,被拦在栅栏门前,人头乱拱。"跟你说,这半年来我的手气可不赖,这回,看看你有没有这个运气啦!"

"谢谢您嘞!"我接过了彩票,学着他刚才谢我的腔调还了他一句。然后,走到几步外的一个果皮箱前,哧啦哧啦,把它撕个粉碎,啪,朝果皮箱里一摔,头也不回就走了。

我的身后一点儿声音都没有。让兔崽子自己琢磨去吧。我知道他不是故意寒碜我的,不然我早把彩票的碎片儿摔他娘的脸上啦。不过,他这个德行已经够他妈流氓的了。你阔,你买得起婊子,跟你那婊子狂去。我要是个觍着脸求人家赏的玩意儿,犯得着跑这儿来？躺在我们家沙发上，早他娘的就有人赏我啦！

我躲闪着那些直奔体育场去的人，横穿过马路，到了110路电车站牌下面。这可真逗：过来一个瓦刀脸的小哥们儿，问我要不要彩票。

"多少钱一张？"我还哑巴着刚才在果皮箱前来的那一手，看着这小子手里也举着彩票，忽然觉得挺开心。

"四块。"他把价码儿抬高了三倍。

"你可真敢开呀！宰人宰得太狠啦！"

"您知道咱玩了多大命吗？"他装出一副委委屈屈的样子，撇了撇嘴，"说了也不怕您笑话，排了一宿的队，还挨了两警棍，现在想起来还哆嗦呢。要不是多了一张，四块？四十我也不卖。弄不好，还就您这张，换了个大冰箱回去呢！"

"得了得了，我送你一张——那边，果皮箱那儿，我刚撕了一张。你捡回来，拼巴拼巴。能换回冰箱的，说不定是那一张！"我笑起来。

"嗬，真看不出，您还有这份谱儿呢。""瓦刀脸"沉了下来，他根本不顺着我指的方向往果皮箱那边看，架起两只胳膊，抱在胸前，上下打量着我，"您要是掏不起四块钱，您就明说，咱哥儿俩各奔东西，谁也碍不着谁。犯不着跟我这儿穷狂——没劲！"

这可把我"将"在这儿了。就跟"紫茄子"赏我彩票时的架势一样。我要是不掏这四块钱，不真的让人看成"穷狂"了？说真的我有点儿后悔，干吗偏跟这小子开这个心。我的口袋里倒是有四块八毛五——这是昨天买放音机剩下的钱。刚才买车票花了一毛五——让这小子再坑走四块，我可就剩几毛钱啦。不过再一想，倒也没什么可心疼的了。"大数"弄不来，算计这四块钱管蛋用。更何况今天是星期天，老爷子正在家，我刚才还发愁这么早回去干什么呢。

"你就甭费这心思算计我啦，不就是四块钱吗？"我一把从裤兜里把剩下的钱抓出来，又是票子又是钢镚儿，抓在手里还显得挺"派"。我从中间拣出四张一元的，递给了"瓦刀脸"。

"哥们儿，您这才算个爷们儿呢！"他把彩票递给我，晃头晃脑地走了。

"哥们儿真的过去瞧瞧去！我撕的那张，就在果皮箱那儿呢，骗你是孙子！"我可没忘了冲着他的背影喊一嗓子。

七

我的座位是2号看台12排22号。我的兑奖号是008325。

要说我花这四块钱是奔着冰箱彩电去的，那可太冤枉人了。咱们不是被逼到那一步了，非拔这个"份儿"不可吗！不是也为了找个地方，把这半天耗过去吗！可是现在，当看清了自己的兑奖号，又掺和在人流中间，往工人体育场走的时候，我倒是有点儿巴望着自己能蒙上那么一下子了。我甚至想到了，真中了个冰箱彩电的，能不能当场出手换成钱。甭管怎么说，我的彩票比别人多掏了三块钱呢。再说，整个工人体育场，指望着中彩折钱急用的，大概也就他娘的我这么一位啦。

工人体育场我可太熟悉了。我可以算个足球迷。当然，我不算最高级的球迷。混到那份儿上，得知道国家队直到北京队每一个队员的老爹老妈兄弟姐妹家庭住址女友相貌。看球的时候你就听吧："祥福，走着！""尚斌，给呀！"听听，那关系至少都是迟尚斌、沈祥福的表弟。我也就算个凑凑合合的球迷——看球决不在电视旁，非体育场不可。所以，一看看台号，我就知道我从东门入场正好。可是我到门口的时候，栅栏门已经关上了。组织马拉松赛这帮家伙可真会算计——比赛开始前半小时关了大门，只能从西门入场。比赛开始后，干脆就不让入场了。要是不用这一招儿，我敢说，得有一大半人等到开彩的时候才露面哪。可这一招儿害苦了我了。我得从东门绕到西门。足足有三站远。入了西门，又到了体育场东边。走到看台上一看，观众们果然都满满当当、规规矩矩地坐好了。

"我×！哥们儿真沉得住气呀。"我的座位左边，一个小哥们儿在吃蛋卷。单眼皮绷着一对小眼珠子，怎么也掰扯不开似的。"地包天"的下兜齿。好像老是龇着牙、瞪着眼惊讶一切。他爱说"我×"。这是北京的小痞子们大惊小怪时的惯用语。"我"，说成长长的一声"沃——"，惊讶程度的大小，可以从"沃"的长短听出来。"我——×！您大概是全场最后一位啦。"

"哪儿啊！"我指了指身边还空着的一个位子。

"这是我媳妇的位子。她不来了。"我的右边，坐的是胖乎乎的三十出头儿的老爷们儿，他从怀里拿出两张彩票来一晃，"我一人代表就成啦。"

"您看看人家，谁不是两口子一块儿来。您说，您要是真中了个大冰箱，一个人怎么抬回去？"后排有人跟他逗乐子。

"哥们儿，您这可错啦。我早打听好了，冰箱、彩电的，人家包给送上家门儿。"看来胖爷们儿也是个爱开心的人，"跟您说实话，我们家住的，窄巴点儿。所以我跟我媳妇说了，你别去，你就在家里，把搁冰箱的地方腾出来吧！"

大伙儿哈哈笑起来。和看球时一样,找个话茬儿,哈哈一笑,顿时都成了老熟人,接下来就可以凑一块儿"穷侃"了——四川人大概叫"龙门阵",贵州人大概叫"吹牛",北京人叫"穷侃"。"十亿人民九亿'侃'。"我也忘了是我们班哪个坏小子说的了。

"我——×!您还真盼着中个大冰箱啊?我他妈能中一双球鞋就知足!买彩票的时候,我新买的盖儿皮鞋都让人踩掉了一只,回头再找,您猜怎么着,好嘛,踩成鱼干儿啦!"

"你在哪儿买的?红桥吧?是乱!那罪过受大了!那帮小流氓真可气,乱挤!你没听见警察拿着警棍骂:'你们他妈的这么没起色,一张彩票把你们折腾成这个德行!'"

"我买彩票的时候,还见着俩瞎子去买呢。警察把他们领前边去了。"

"您别说,体委这招儿还真灵,连瞎子都来看'马拉松'啦!"

"可那帮小子也不知道玩不玩'猫儿腻'。受这么大罪过倒另说,别把咱们给涮了。"

"未准敢吧。"

"那可没准儿。这年头儿谁管谁呀,我们家那边有个商店,也卖彩票。开了彩您猜怎么着?他娘的净他们自己中。"

"得了得了,您又外行了。我早打听好了,这回,由法律顾问处、各界代表,还有国际友人当众抽彩。"

"我——×!还有'国际友人'?不就是'老外'吗?中国人都不信中国人了嘿!"

…………

听这帮家伙这么"穷侃",真是一件挺够味儿的事。他们说的全是实话,决不假模假式地装孙子。不过,看这一张彩票闹腾得他们这疯魔劲儿,也太惨点儿啦。

工人体育场是这次马拉松比赛的起点和终点。看着那些五颜六色的运动衣在草坪上凑成一片,又像一群扑扇着翅膀的蝴蝶,一耸一耸地从绿色的草坪上飞起来,从体育场的东门飞出去,倒是把人们的注意力吸引过去了好一会儿。不过,接下来就是辽宁队和意大利队上场踢足球了,这可完蛋了。这日子口,谁还有心思看足球哇,再说还是女子足球。

"这帮小子,怎么还他妈不跑回来?""地包天"最先沉不住气了。

"真这会儿跑回来,那可太邪门儿啦。才出去个把钟头。你知道马拉松世界纪录是多少?我打听了,两小时八分五秒……"

"行,哥们儿这回露一手。我以为您只会打听电冰箱怎么往家运呢。"

"我——×!还得熬一个钟头哇!"

"美得你!等最后一名跑完了,再加上一个钟头也不行!"

"唉,这罪过,一点儿也不比买彩票受得少!"

…………

我敢说,这会儿要是有人敢宣布说抽彩停止了,这帮小子就敢把工人体育场给拆了。

两个小时以后,运动员们终于跑回来了,几乎全场观众——包括我身边的这帮哥们儿——全站了起来,有的还嗷嗷叫着,鼓了一通掌。要说他们全是憋得难受,等得心焦,为马上能开彩而鼓掌,也太损点儿了。因为当人们看清了跑在第三名的是个中国人以后,那掌声越发欢实起来。

"中国,加油!"

"曾朝学,加油!"

…………

"我×!真他妈不易,咱们中国的哥们儿还跑了个第三名。""地包天"说。

"瞧你丫挺的这个志气!十亿中国人,就出了个第三名,还有什么牛的?"

"那也不易,人家吃什么长大的?牛奶面包巧克力。咱们吃什么长大的?窝头咸菜棒楂儿粥。"

"倒也是。看来,希望全搁咱儿子一辈儿身上啦。他们倒是从小牛奶面包巧克力填着呢!"

"去去去,别外行了,根本不在这儿!人家非洲那儿也出赛跑冠军。那地界,连棒楂儿粥都没有!"

…………

接下来,就是争论非洲吃得上吃不上"棒楂儿粥"了,再接下来,也不知道怎么又扯到赞助比赛的"三得利公司"上来。然后呢,又他娘的拉回到彩票上来啦。

"快抽彩呗,肚子饿嘞!"看台的最高处,不知是谁在那儿吆喝。

"哥们儿,我要是中不了彩,帮助抬我一把呀!"前排一个小哥们儿高声大嗓地吩咐他的同伴。

这可把大伙儿全逗乐了。他们前面坐着的一个妞儿,笑着回头瞟了一眼。

"啧啧啧,瞧你这点儿出息!"他的同伴也故意高声大嗓地回答他,"幸亏这儿没妞儿,有妞儿,人家可就不跟你啦!……"

那个妞儿这回可不敢回头了。不过我可太知道她们了。她一准儿在偷偷抿嘴儿乐呢。

"观众同志们请注意,观众同志们请注意,'发展体育奖'马上就要开始抽奖了。现在广播注意事项,现在广播注意事项……"

本来闹闹哄哄的看台突然静了下来。

说真的,我是从来听不得什么"注意事项"的。特别是看球的时候,一会儿教给你"发展友谊是我们的愿望,讲究文明是首都人民应有的美德",一会儿号召你"观众同志们,让我们为某某队的精彩表演鼓掌"。好像我们都是一群没妈的孩子,至少也是没妈跟来,她得替一会儿。不过今天的"注意事项"也不知是哪位高人写的,绝了!

"……同志们,同志们,您中奖以后,千万要沉着,不要激动,也不要声张,以免发生意外……

"……每个看台上都有民警和工作人员随时帮助你们,你们可以找他们,求得他们的帮助……"

播音员念得庄严,认真,像是读《人民日报》的社论。越是这样,越显得那么滑稽。跟他娘的第三次世界大战要在这儿爆发似的。

抽奖也不知道是不是在主席台上进行的。远远看见一群人在那里走来走去。过了一会儿,终于宣布中奖号码了:"19904。"

体育场南面的灯光显示牌上,"19904"立即被打了出来。

几万人在一秒钟之内大概全他娘的昏过去啦。除了报号码的声音,除了民警走来走去的脚步声,什么声儿都没有。这会儿不管谁在哪个旮旯打个喷嚏放个屁,大概都会响彻二十四个看台。

"哥们儿,您还别这么大模大样的,就不怕人家给你抢了?""地包天"轻声轻气地捅了我一下。

"我对号码呢。"

"您看看,谁像您?"他往四周一指。

还真没人像我这么大大咧咧:双手抱着膝盖,彩票摊在腿上。人们都不看自己的彩票,瞪着眼睛只往灯光显示牌上看。原来一个个早把自己的彩票号码背得烂熟了。有几个年岁大点儿的呢,撩开衣襟,往内衣的胸兜儿里看,恨不能把脑袋扎进胳肢窝儿里去。我忍不住笑起来。

"63156。"

灯光显示牌又是一闪。

"我——×!""地包天"这冷丁儿的一嗓子,差点儿没吓死谁。

"中了?"

"唉,差一点儿,差一点儿,它……它怎么是'56'!我的是'65'。"

"兄弟,您别这么一惊一乍的吓人玩儿行不行?"胖爷们儿喘出了一口粗气,探过脑袋对"地包天"说,"我这儿够堵心的啦,别再让您给吓出病来。"

"堵心?堵去吧,您看看那个女的,人家可真的中啦!""地包天"往前一指,那边果然有个女的站了起来。"我——×!没跑儿,她中了嘿!"

"真的!有一位中的!"后边有人跟着嚷嚷。

"哥们儿,向她祝贺祝贺去呀!"不知是谁成心捣乱。

"谁？谁中了？""那个女的！""哪一个？""那个那个！"……看台上，呼啦一声站起来了一大片。再他娘的没人管，过不了一分钟，那女的说不定还真得让起哄的人给劈啦。

"坐下！都坐下！……"民警们提着警棍，腾腾腾地冲过来。

"我没有！真的没中！"那个女的满脸通红，一边嚷嚷着，一边夹着一个孩子，跟着警察，分开众人，过街老鼠一样顺着台阶向上跑，"这死孩子！这死孩子！他……他非要撒尿！……"

疯了，都疯了，而且，一直疯到散场。

这回，谁也别看着人家警察有气啦，要没警察拎着电警棍镇唬着，还不得出人命？

"噢——"当灯光显示牌上把"五等奖"的中彩号显示出来以后，整个体育场看台上一片"噢"声。远远近近的，扬起了一团一团的碎纸片儿，没中彩的，撕了彩票解气呀。"唰——唰——"下雪一样。

"我×！它怎么就愣是'56'？真他妈冤！""地包天"还在为他的"65"难受。

"行啦行啦，知足吧你，你还沾点儿边儿呢。我这还两张——连点儿毛儿都不沾！"

…………

夹在人群里，朝看台外挤着。"唰——""唰——"一团一团的碎纸片儿，还是没完没了地向天上扬。

"我他娘的再花这冤钱，都不是人！"

"生这份气干吗？只当逛窑子啦。"

"别这么损嘿！大丈夫能伸能屈，能亏能赚！"

"现在要是立刻再开一场，还得爆满。我就得再买它十张八张的!"

....

我这四块钱花得值当不值当,连他娘的我自己都不知道,要说带劲儿,这一上午过得是够开心的。除了这儿,哪儿找这热闹看去?要说没劲,也真他妈没劲,倒不是因为没这份运气。我一想起自己在看台上的模样就垂头丧气。我还不至于把脑袋扎进胳肢窝儿里去对奖号,可就这副德行——把彩票捂在手心儿里,时不时往里瞄两眼,巴望着能和显示牌上的数码撞上一个,这也够他娘的恶心的啦!

老爷子、我哥他们要是知道那八十块钱闹腾得我走到这一步,非得笑折了裤腰带不可。

走出看台的大门,门前的空场上,停着一排排蓝白色相间的三轮摩托警车。不少人围在四周看热闹。

"让开!让开!……"三四个民警拥着一个老头儿走过来,让他坐进挎斗里。

"突突……突突……"摩托车发动了,警笛呜呜叫起来,车子从人们闪避开的通路中间冲出去。

"让开!让开……"又有一个爷们儿被警察们拥了过来。

"哥们儿,都犯了什么事了?"我拍了拍一个看热闹的小哥们儿的肩膀。

"哪儿的话!这是中奖的。护送着领奖去!"

"哦——上哪儿?"

"不知道。"

"突突……突突……"摩托车又发动了。警灯又呜呜地转起来。

你没见着这辆警车里坐的这位呀,眼睛都有点儿发直了。哪像是去领奖啊,说是去蹲大狱也有人信。

八

在体育场的栅栏墙外面,我捡了一本书。这书大概挺有意思,《希特勒和爱娃》。这是很偶然地往那边看了一眼,发现在一株株塔松的后面,栅栏墙的水刷石基座上,摆着这本书的。和这本书并排放着的,是一张报纸。看来,它们分别给两个人垫了屁股。翻开《希特勒和爱娃》的第一页,书的主人庄严地写着:"我扑在书上,就像饥饿的人扑在面包上一样——高尔基。"兔崽子这辈子大概也没吃过几个"面包",不然干吗对这块"面包"这么认真。不过,我猜后来他扑在他的小妞儿身上,又"像饥饿的人扑在面包上一样"了,结果,这块"面包"就顾不得了。

我站在塔松的树荫里翻了翻这本书,写得确实有点儿意思。我忽然觉得丢书的傻小子把那句话写在扉页上也挺好。小光棍儿们翻几页,弄不好还真得像"饥饿的人扑在面包上"一样呢。除了高尔基会把鼻子气歪了以外,一切都挺合适。

我把书夹在胳肢窝儿里,到停在体育场外的一辆平板三轮车前,从那个穿着脏大褂的老娘们儿那儿买了四两肉包子。说来也真他妈惨,开始我还没敢买,站在旁边看。看好几个人先买了,算计出这玩意儿是一块八一斤,这才从剩下的八毛五分钱里拿出了七毛二。老娘儿们见我没粮票,又加收了我八分钱。现在我他娘的可就剩五分钱啦。

我一边往前溜达,一边吃着带有一股烂大葱味儿的肉包子。这叫什么"猪肉包子"呀,那老娘们儿不知从哪儿捡了点儿烂葱叶儿,剁巴剁巴就给包进去了。不过这倒给了我一个主意。我们柳家铺菜站外面,烂大葱、蔫菠菜的多啦,我要是还想折腾折腾老爷子,办法倒有的是。扛两筐回家,剁吧!总编的儿子这回可要给老爷子争气啦,"第三产业"嘛,"广开就业门路"嘛。我会不会真的这么干得再说了,想到我还能有好多这样的招儿,想让我们家客厅里四散着烂葱味儿,它就肯定有烂葱味儿,想让它散鱼腥味儿,它也肯定有鱼腥味儿,这又让我开心起来。

走到体育场南侧的栅栏墙边上,我发现这地方不错,树荫挺密挺浓,行道树外的马路上,来往的车辆也不多,还真是个看书的舒坦地方。我在栅栏墙的基座上坐下来。不是还想找个地方打发这一下午吗?就这儿得嘞!

东翻西翻,看完了这本《希特勒和爱娃》,太阳已经西沉了。我只好回家。

我拿最后的五分钱钢镚儿买了一张车票。上车前我还犹豫了一下,因为我知道靠五分钱的车票顶多也就能坐到东单,我想这还不如干脆不买。过去我们班那些小子净跟我吹,说他们都是"百日蹭车无事故"的"标兵"。我从来也没敢试一回,真他娘的让人逮住,那可太现眼啦。这回,没辙了,咱们也尝尝蹭车的滋味儿吧。可是一上车,我还是乖乖儿地把最后一枚钢镚儿掏了出来。这辆110路无轨大概是从东大桥发的车,我上车的时候,车上只有稀稀落落的几个人,漂亮的售票小妞儿还看了我几眼,不知为什么,这不仅使我打消了蹭车的念头,而且我都有点儿遗憾没有足够的一毛五分钱递到她的面前啦。接过她递来的车票,我甚至还沉下了嗓子,假模假式地说了一声"谢谢"。我猜这大概都是那本书《希特勒和爱娃》闹的。车到东单,我又规规矩矩地下了车，一站也没敢多"蹭"，尽管这儿离柳家铺还他娘的远着呢！

如果不是遇上了李薇，说不定我会一路溜溜达达，看着街景走回家去了，也说不定我会等一趟挤满人的车，"蹭"回去。可就当我在站牌下转悠，拿不定主意的时候，李薇来了。

"卢森！"她拎着黑色的琴盒，从一辆刚刚进站的电车上跳下来，"我可有半年没见着你啦。"

李薇比我大四岁，她爸爸过去是我们家老爷子的顶头上司。听说最近她结婚了。

"你忙啊。"我说。

"我真的忙。"

"我也没说你假忙啊。"

"你真贫。"她笑起来，"结婚能花几天哪，前前后后，也就是一个星期。我天天晚上得去演出，一散场就半夜啦。"

我挺爱看李薇的笑。她笑起来主要是眼睛好看。她一笑，眼睛就亮。她还特爱在我面前笑。"卢森，我可真爱听你胡说八道。"她笑出眼泪以后，总爱说这么一句。她考上音乐学院之前，老到我们家来玩。我妈妈有一把特棒的意大利小提琴，是我外公传给她的。"阿姨，拉您这把琴可真过瘾。"她也总爱说这么一句。老太太说过，几乎想认她做干女儿了，还想把小提琴送给她。可后来怕我姨和我舅舅不高兴，只好算了。每次到我家，她肯定要求老太太拿出那把提琴给她拉一拉。我才不管什么梅纽因不梅纽因呢，我只是觉得她拉得好，拉得挺棒，好几回听得我莫名其妙地流下了泪水，那时候我才十五六岁。我挺盼着老太太认她做干女儿，甚至觉得我哥要是和她结婚才合适呢。当然这都是傻小子的想法,现在才明白,这真是个混账念头,她要是嫁给我哥,算是把她给糟蹋啦。

"怎么,又是去演出吗?"我指了指她手里的提琴盒。如果在以前,我应该叫她"李薇姐姐"的。不知为什么,半年不见,有点儿叫不出口了。

"演出。"她点了点头。

"在哪儿?"

"那边。"

"青艺剧场?"

她摇头。

"哦,儿童剧场。"

她又摇头,微微笑了。

那边不再有什么剧场了呀。

"东、单、菜、市、场!"一字一字地说完,她还是微微笑着看我,像是等着听我说些什么。

"别瞎说了。"我举手揉了揉鼻子,"我倒听说过对牛弹琴能让它们长膘,可我还没听说过给冻鱼冻肉来一段儿也长膘呢。"

"你还是那么逗。"她扑哧乐了,"人家菜市场办的音乐茶座。"

音乐茶座我知道,这一夏天,北京的音乐茶座都他妈臭街了。可菜市场也开起茶座来,这还是头一回听说。

"卖多少钱一张票?"

"五块吧。"

"疯了,真他娘的疯了。"我说,"不知道火葬场、骨灰堂办不办音乐茶座。"

"你就胡说八道吧!"

"嘿,那也保不齐,这年头什么邪事没有哇。就说火葬场吧,前几天我从八宝山路过,你知道往火葬场去的路口上立着一块什么标语牌?……"

"什么?"

"'有计划地控制人口'。"

李薇一边弯着腰笑,一边掏手绢。大概又笑出眼泪来了。

"唉,我怎么也想象不出来,和一扇一扇的冻牛冻羊冻猪,一个一个大猪头一块儿听《多瑙河圆舞曲》是什么滋味儿。再说,那地面上黑乎乎、油腻腻的,跳舞,脚板儿下面还不得拉黏儿啊?"

"没你说的这么惨哪。不信你也去看看。我带你进去,反正不用花钱。"

其实我已经饿了。肚子里装的净是烂葱,换谁也受不了。可我还真想跟着去见识见识,那乐子比起在体育场看抽彩来,说不定也不相上下呢。

一起朝前走的时候,我心里忽然觉得有点儿不是滋味儿。

"我可没想到你会来这儿演出。"我扭脸儿瞟了李薇一眼,她那扬头挺胸走路的姿态,吸引了不少来往行人的注意,"我一直以为,给茶座演出的,都是那些'玩票'的家伙。"

"可我们,堂堂的大乐团,失身份,是吗?"

"……有点儿。"

"算了算了,我们有什么身份?演员,也就是听起来唬人。要不,就是这身衣服,这个琴盒,走大街上挺招人。我们那五六十块钱工资,还不够个体户们一天挣的。"

"别哭穷啦,我不跟你借钱。"我知道她爸爸挣得一点儿也不比我们家老爷子少,再说,她那位公公还是一位将军,"至少,你还没惨到这一步,为了东单菜市场的几块钱'外快',每天熬到半夜。"

她看了我一眼,笑了笑,没再说什么。

"我要是跟你细说,也没意思。你们男子汉才没心思听那些家长里短呢。"又往前走了一会儿,她突然站住了,"这么跟你说吧,有钱人的家里,不见得人人都有钱。更不见得人人都乐意去花那份钱,明白了?"

我没话说了。

看来,活得窝囊的,绝不仅仅是我一个。

东单菜市场里,已经够热闹的了。

我来这儿的次数不多,只记得春节时被派来买过一次笋干。大概是那时候在脚板子底下留下了一个黏糊糊的印象。这次却发现,在这儿办音乐茶座并不像我想象的那么糟。至少猪头猪脚都老老实实地缩到一块大苫布底下去了。脚底下的感觉当然跟人民大会堂没法儿比,倒也不"拉黏儿"。头顶上挂着一串串彩灯,音箱里还放着基蒂尔比的那支《在波斯市场上》。"这曲子搁这儿放还真他娘的正合适。"我想。围着菜市场中央那个卖鱼卖虾的"回"字形瓷砖池子,摆了一圈一圈的圆桌。圆桌上还铺了塑料台布。不少桌子已经坐满人了,大多是一对儿一对儿的,也有哥儿几个、姐儿几个一起来的。来这儿的人可真敢花钱,他们比赛似的往自己的桌上端啤酒、汽水、可口可乐和冷盘。奇怪的是,麦克风前面的一溜桌子,按说是最好的位置了,现在却只是稀稀落落地坐了一两个人,有的桌子干脆空着。这让人想起有时候剧场里留出的"首长席"。

"这是包座儿。"李薇说,"你就在这儿随便坐吧,他们不会每天都来的。"

我走到一张没人的桌子前,拉出椅子坐了下来。不知怎么了,周围的男男女女好像挨着个儿扭过脸来看我。过了一会儿我终于明白,原来他娘的把我也当成"包座儿"的阔主儿啦。

"包一个月至少得一百多。"一个小妞儿在悄悄嘀咕。

"哪儿打得住哇!你算吧,一天五块,三十天就得一百五。"另一个小妞儿的声音。

"得了得了,别外行了。包座儿就便宜多啦!"陪她们来的一个小哥们儿显然腻烦这个话题。

"烧包!再便宜管蛋用!能天天来吗?包子有馅儿不在褶儿上!"另一个小哥儿们简直有点儿怒气冲冲了。

"那劲头儿就是不一样。甭管早晚,来了就得有人家的座儿,还得是正儿八经的好座儿。看,又来了一对儿。看人家!看人家!……"

"就是!人家可不像咱们这么受罪:头没梳完,脸没洗完,就催得你像是火上房了——'快他妈走哇,去晚了可没座儿啦!'……"

像是成心要拱那两个小哥们儿的火儿,两个小妞儿你一言我一语,最后搂到一块儿,哧哧地笑起来。

你要是以为我还挺乐意坐在这儿充"大料豆",那可错了。口袋里有个十块八块的嘛,倒还差不多。到小卖部那边端个冷盘,拎瓶啤酒过来,也可以人五人六的装装洋蒜。可我他娘的锄子儿没有哇!更让人受不了的是,没过一会儿,我的桌前来了一个小妞儿。这小妞儿长得倒一般,不过,她的发型得把全场的妞儿们都给镇个一溜跟头。我也说不出这叫什么发型,只见那乌黑油亮的头发打着旋儿,一耸一耸就上去了,到了顶儿上,又像无数曲曲弯弯的溪水,哗地流下来。如果她穿的不是兔毛套裙,而是露膀子的晚礼服的话,我敢说,那模样和普希金的老婆差不离。我家有本《普希金传》,书我没看过,普希金老婆的照片,我可仔细琢磨过。我倒不觉得她美在哪儿,不过,她也是,那头发闹得人糊里糊涂的。这位小妞儿走到桌前,看了我一眼,就在我的对面拉出了两把椅子。然后她又到小卖部去了,来来回回好几趟,烧鸡、酱牛肉、松花蛋、啤酒、汽水……摆了一桌。她坐下来,把小挎包啪地甩到另一张椅子上,像是完成了一件多么艰巨的任务。她倒了一杯可口可乐,慢慢地喝起来。看那样子,她在等她的爷们儿。

这简直是到我鼻子底下寒碜我来啦。

我扭过身子,把臂弯儿搭在桌沿儿上,手指头随着音箱里正放的《轻骑兵序曲》一弹一弹。我故意不看她,可他娘的肚子和腮帮子不争气呀。肚子咕噜咕噜地叫起来,腮帮子也开始流口水。越是怕它叫,它还越叫,越是想着别咽口水,口水还越是往外流。我后悔透了,干吗偏听了李薇的,坐在这么个倒霉地方。早知这样,缩到哪个旮旯儿待着不好?

"卢森!"李薇一手提着她的提琴,一手端了杯橘子水,兴冲冲地给我送了过来,"喝吧,这是给演员预备的。喝完了自己去打,就是那个白搪瓷桶。"

她倒大大方方,没事似的。我知道自己的脸肯定红了。接过橘子水,偷偷瞥了对面那个小妞儿一眼。她也正斜着眼睛瞟我,抿嘴儿乐着。我他娘的就差没晕过去了。

九

乐队奏起轻松的小曲子。《小夜曲》啦，《睡美人》啦，包座儿的人三三两两地来了。

人哪，有钱的和没钱的就是不一样。钱多的和钱少的又不一个样儿。这帮包座儿的小子都跟成心要抖这份威风似的，磨磨蹭蹭到这个时候才露脸。看他们那派头，说他们"气焰嚣张"一点儿也不冤枉。穿西服的，穿猎装的，旁若无人，目不斜视，胳膊上挎的小妞儿一个比一个水灵。一进场，跟那些早到的"包座儿"们"哥们儿姐们儿"地招呼一通，嘻嘻哈哈，逗闷子起哄。这儿好像成了为他们开的专场晚会。

"噢——"他们突然异口同声地欢呼起来。

原来是一个穿着雪白拖地纱裙的小妞儿出来演唱了。

"来个甜的！"

"来个香的！"

"来个软的！"

"来个嫩的！"

…………

"包座儿"们较着劲儿地吆喝。临时买票入场的人们也跟着嗷嗷、鼓掌、吹口哨。不跟着折腾折腾，大概觉得对不起那五块钱。

我要是那个唱歌的，早他娘的把麦克风当手榴弹扔出去啦。

"抽风！"旁边的桌上，刚才怒气冲冲骂"烧包"的小哥们儿，又赌起气来。

"要的就是这个劲儿！你还戳不住这个份儿呢！"看来他的小妞儿今晚成心跟他过不去。

"有什么用啊！有什么用啊！"另一个小哥们儿替老爷们儿帮腔。

"图个痛快！平常老是'瞧一瞧，看一看'，这三孙子还没当够哇？有钱了，就得拔个'头份儿'！像你们？"

"像我们怎么了？"

"顶没起色的就是你们啦！"

两个小妞儿又搂到一块儿，哧哧笑了个够。

"……"两个小哥们儿屁也没再放一个，又蔫头耷脑地喝他们的去了。

"《美酒加咖啡》！唱《美酒加咖啡》！"

"《橄榄树》！《橄榄树》！"

…………

"包座儿"们吆喝得更上劲儿了。

我真为这个唱歌的小妞儿难受。当然也包括了坐在那儿"锯"着小提琴的李薇。在他娘的这么讨厌的吆喝声、口哨声里，还得强作笑脸——"谢谢。谢谢。"这跟卖唱也差不了多少。那个小妞把话筒摘了下来，攥在手里，故作潇洒地迈着碎步，娇声娇气地唱起了那支顶顶没劲的《美酒加咖啡》。我没想到，她怎么还能装出一副自得其乐的样子。她把麦克风凑到嘴边，唱得寻死觅活。我却觉得她更像是一边溜溜达达，一边啃着一块烤白薯。

不过，我比他们也强不到哪儿去。我为他们难受，还不知道谁为我难受呢。

你想吧，咱们好歹也算个爷们儿，端着一杯"蹭"来的橘子水，一点儿一点儿地在同桌那个小妞儿的眼皮子底下抿着。不端起杯子抿两口吧，总觉得自己像个木头木脑的傻帽儿，可还不敢动真的，真喝光了它，再跑到那个白搪瓷桶前接，没完没了地白喝，让她看见了，我的"出息"就更大啦。

不知怎么了，越是不愿意在这小妞儿面前出丑，就越是不由自主地想端起杯子来抿。抿得再少，也架不住一次接一次。没多长时间，杯子就见底儿了。我还不能拔腿就走——李薇正在那儿伴奏，我倒不讲究打招呼告别这一套，可我得从她那儿拿几毛钱。现在，乘公共汽车的"高峰"已经过去了，连"蹭"车的机会都耽误了。

"您不喝点儿别的吗？""普希金的老婆"看着我，微微笑着，漫不经心地挪了挪面前的啤酒瓶。

"我只爱喝橘子水。"我翻了翻眼皮，又向她龇了龇牙，"再说，我也该走了。"

我为自己直到这会儿还充"大料豆"感到好笑。其实，我猜这小妞儿早把我的尴尬样儿看够了！想来也真惨，甭管怎么说，今天上午我还能在"紫茄子""瓦刀脸"面前镇唬一气呢，现在，连他娘的一个小妞儿都可以出来可怜我啦！

"噢——"不知为了什么，"包座儿"们又哄了起来。

这帮小子这股子臭狂劲儿，从一开始就拱得我心头一阵一阵冒火。我得承认，这多半是因为他们叫我越发觉得自己活得太惨了点儿的缘故。你想吧，今天这一整天，为了去弄那八十块钱，我可就差没吐血了。也不知道这帮小子那钱都怎么挣的，好像全他娘的遍地捡来的一样。八十块钱，还不够他们在这儿定一个座儿的呢。搁谁身上也得憋一肚子气。不过,好像我也生不起这份气。人家有钱。人家愿花。人家拿去打水漂儿。你管得着吗?再说,隔桌那个小妞儿说的倒是这么回事,这帮"倒儿爷""板儿爷"活得也不易,就甭说今儿得哈着工商检查员,明儿得拍着卫生警察了,对哪个买主儿不得龇龇牙呀?也就剩这么个地方能耗耗财、拔拔"份儿"啦。他们需要这么一溜"包座儿",我呢,需要八十块钱,往老爷子面前一拍。说实在的,这心劲儿大概还都差不多呢。

可他们到底还是有这份钱,定得起这个座儿,到底还是有这么个地方显显他们活得那么带劲儿。我呢,比起他们,确实惨了去啦!

…………

李薇仍然坐在乐队席上,扛着她的提琴,没完没了地"锯"着。

这时候,对面小妞儿等了好半天的爷们儿来了。

我可万万没想到,来的是他娘的"盖儿爷"!

"卢森!"

"蔡新宝!"

他没叫我"鬈毛",我也没叫他"盖儿爷",要是在两年前,我们早一个比一个上劲儿地叫起外号了。不过,人家现在也确实不能说是"盖儿爷"了。他穿着一身深灰色的西装,领带嘛,俗一点儿,屎黄色的,上面还绣着一条花里胡哨的龙。可他的脑袋是真争气了——一丝不乱的偏分头。

"这可太巧啦!""盖儿爷"惊讶地看了看他的小妞儿,又看了看我。他还是老毛病——一说话就挤眼睛,"陆小梅,这就是我老跟你提的，我们班的小文豪卢森哪！他爸爸是报社的副总编，就是那个叫……叫宋为的。前天报上还登了他爸爸的名字了呢！"

他的嗓门儿可真大，像是恨不能让全场都知道。

"哦——"小妞儿抿嘴儿笑着，跟我点头。一看那神情我就知道，"盖儿爷"这小子没少在人家面前瞎吹。从我吹到我们家老爷子。

其实，我们家老爷子那些文章，他大概一篇也没看过。甚至连那篇拿"馄饨侯"开刀，几乎惹翻了全班同学的《"师道"小议》，说不定他也没看过。当然，即使他看了，也跟着一块儿把我"臭"个够，完了也碍不着他跟人家继续吹牛，说他跟报社总编宋为的儿子在一个班，混得还挺哥们儿。

有他这种毛病的人，在我们班还有好几个。这倒都不愧是"馄饨侯"的学生。不过，即便是今天，我也不觉得他们惹人讨厌。并不是因为我还拿他娘的这个"儿子"当回事，而是因为我知道，他们吹吹牛，也就是为了在别人面前挺挺腰杆儿就是啦。

比如这位"盖儿爷"蔡新宝，听人说，他老爹犯过什么事，给"发配"到大西北去了。他妈跟他爸离了婚，又改了嫁，很小就把他扔给了他爷爷。他爷爷是个老剃头匠。蔡新宝的脑袋当然是从来不进大理发店的。他的发型就永远是老剃头匠给剃的"盖儿头"了。直到高中二年级，蔡新宝圆溜溜的脑瓜子上，还像是扣着一个黑漆漆的锅盖。光这个脑袋就不知招来那些女生多少嘀嘀咕咕、嘻嘻哈哈了。蔡新宝还整个儿一个傻乎乎。有一回他甚至不自量力，给班里的一个妞儿写了情书。那个妞儿挨了奸似的把情书撕得粉粉碎。"瞧丫挺的那个'盖儿'！"听说她还对别的妞儿骂了起来。大概蔡新宝这才发现,自己整个儿让这个"盖儿"给糟蹋啦。从这以后,他留起了分头。可"盖儿爷"的外号,是无论如何也抹不掉了。

在同学们眼里,特别是在那些妞儿的眼里,我的运道和"盖儿爷"正相反。原因嘛,不说谁都知道。倒也不光因为我的鬈毛。说实话,能让小妞儿们多瞥两眼,倒是挺开心的事。可有时候我能凭直觉感到,她们净他娘的故意把我和"盖儿爷"摆一块儿,拿人家穷开心。有一次我和"盖儿爷"一起打乒乓,那帮妞儿不知咬着耳朵说了些什么,看看我,看看他,捂着肚子,笑个没完。这可太他妈不把人当人啦。我就是打这儿开始,死看不上我们班那些妞儿了。大概这也是我和"盖儿爷"后来混得确实挺"哥们儿"的原因。

"嘿,别干看着,给我哥们儿拿双筷子去呀!"

看得出来,"盖儿爷"见了我格外高兴,一会儿又吩咐他的小妞儿去添酒菜,一会儿又让她给点烟,支使得她团团转。

"哥们儿,没想到能在这儿碰上你。真有缘哪!""盖儿爷"举起了啤酒杯。

"你是不是搬家了?怎么在柳家铺北里总没见着你?"

"嗯。搬东单这儿来了。三间换两间。"

"铺面房?噢,你开买卖了?发财了吧?"

"发什么财呀!"他点着一支烟,笑了笑,"喝呀,喝完了自己倒。先当了一年'倒儿爷',弄点儿钱开了个理发铺子。凭手艺吃饭呗。丽美发廊。不远。出门奔南,再向西拐。"

"哦——"我怎么就忘了,这是人家的家传。难怪他那个妞儿往这儿一坐,那发型就镇了一片。"行。有你爷爷给你坐镇,你就干吧,现在这比他娘的'倒儿爷'还来钱呢!"

他瞥了我一眼,一下一下地点头。他好像有点儿什么事想告诉我,话到了嘴边,却又咽回去。拿过一只空碗扣在桌上,专心地把烟灰往碗底上蹭着。

"嘿,瞧我,刚才就想问你,一打岔儿,就忘啦。"他忽然抬起头,看着我,眼睛又开始挤上了,"一见你,我差点儿以为自己看错了人了。说实在的,我这心里还纳闷着呢。你跑这儿干什么来了?这儿,不是你来的地方啊。"

"哪儿是我去的地方?"

"你要想玩玩,哪儿不能去呀。人民大会堂,民族饭店。让老爷子给弄张票,还不是一个电话的事?那才是你们去的地界呢。可你……明跟你说吧,来这儿找找乐子的,全是咱这号的。但凡有点儿权、有点儿势的人就不来这儿,人都嫌这儿丢份儿!你可是邪门儿的一个!"

"盖儿爷"到底还是"盖儿爷"。直到现在,他还死心塌地在我面前认尿。我没理他,不言不语地在一边儿剥茶鸡蛋,闷头闷脑地喝酒。这时候,他的小妞儿被另外一桌上的熟人叫走了。

"既然问到这儿了,我也正好有件事,不知你能不能帮上忙。"我说。

"求我?"他的眼睛挤得更凶了。

"是呀。"

"什么事?"

"帮咱找个路子。咱也想挣点儿钱。"

"你……该不是,该不是成心骂我吧?"他疑惑地盯着我,老半天没言声,终于忍不住嘿嘿笑起来,"你用得着求我找路子?

你们家老爷子什么路子没有哇!……再说,你挣什么钱!老爷子还养不活你?再吃一年闲饭,明年考上个大学,一辈子都齐啦!你还要出来挣钱?求我?别逗啦!……"

"我可是正正经经跟你说的。"

他不笑了。

"这么跟你说吧,"我咽了咽唾沫,抬头看了看还在那儿"锯"琴的李薇,"老爷子有钱,不见得我也有钱,更不见得我乐意去花那份钱。老爷子有路子,也不见得我乐意去走那条路子。明白了?"

"什么什么什么?"

我又说了一遍。

"不明白。"他挤了好几下眼睛,想了半天,还是苦笑着摇头,"老爷子有钱,你干吗不花?有路子,你干吗不走?我这一辈子,还就恨没赶上你那么一个老爷子呢。"

要跟这小子说通这件事可真他娘的费劲儿!

"再说明白点儿,我跟老爷子闹翻啦。"

"嘿,再闹翻,他也是你老爷子不是?""盖儿爷"满不在乎地摆手,"来来来,喝酒喝酒。这下我倒明白点儿了。是不是跟老爷子闹翻了,又等着钱花?"

"差不离儿。"

"这好办。"他撩开西服,从里面的胸兜里摸出一沓票子来,拍在桌上,"这一百,拿着!够不够?要不再来一百?不管怎么说,咱哥们儿也不能让你到店里当伙计呀。那可太不地道了。再说,你也不是干活儿的材料哇。"

"你还是把钱收起来吧。"我说,"白花你的钱,我可不干。"

"我说'鬏毛',你他娘的怎么这么轴哇?这不就是互相帮忙的事吗!你还能跟老爷子掰一辈子了?指不定哪天,我还得求着你,指望你们老爷子给咱们撑撑腰呢!"

"那你还甭指望。这么说,你更该把这钱收回去啦。"

"盖儿爷"挺起腰,靠到椅背上,举起交叉的双掌,向上画了一个弧,把双掌扣在后脑勺上。臂弯儿像两只三角形的翅膀,随着音乐声一扇一扇。

"我就缺八十块钱。你能帮忙找点儿活儿,我自己挣。没活儿,就算了。"

"你过去不这样。"他迷迷瞪瞪地看着我,像看一个怪物。

他又点着了一支烟,一言不发地抽着。他拱起嘴,舌尖在嘴唇中间像蛇芯子似的一闪一闪,青烟一缕一缕地飘出来。他还时不时抬起眼皮瞟我一眼。这小子还真挺仗义。他一定在想着能让我干点儿什么,好让我收下他的钱。

"你的头发可真不赖。"冷不丁儿的,他来了这么一句。

"怎么,要我给你那个发廊当模特儿去?"这倒也他娘的算个活儿。不过,话一出口,我心里已经有点儿不是滋味儿了。

"哪能让你受这委屈呀!"他笑了起来,又想了想,说,"这么得了,一百块钱,你先拿去,算我帮了你个忙。你呢,也不白要,也帮我一点儿忙,行不?"

"明天就开始吗?"

"行啊。"

"什么活儿?"

"有个地方,还非得找个人替我去一趟不可。你要是能去,那可太好了。"

"什么地方？"

"正好，你的头发也该理理了。明儿就去我爷爷那个剃头铺理一回吧。回来跟我说说老头儿怎么样了。别让他知道是我让你去的就成。"

"怎么……你爷爷的剃头铺？"

"老头儿没跟我在一块儿。落实私房，轳轳把胡同口上的那间小破房还他了。他回那儿开他的铺子去了。"

"这干吗？爷儿俩还开了两个店？"

"没法儿说！""盖儿爷"苦笑着摇摇头，"按说老爷子这一辈子也不容易，我把他养起来不齐了？可他非要干哪。让他跟我一块儿干吧，也不行，老得听他的。他就会剃三毛钱一位的大秃瓢，四毛钱一位的小平头儿，女活儿一点儿不会，还充内行。这还赚钱哪？连粥都喝不上！"

没想到这小子跟他爷爷也闹得这么僵，各开各的店不说，连去照一面的胆儿都没有。不过，他是得找个人去看看。他是他爷爷带大的。

"好吧，我去。"我说，"光干这点儿活儿可赚不来一百块，还要干点儿什么？"

"你回来再说吧。"他不以为然地摆摆手。

"你爷爷不会把我也推成个'盖儿爷'吧？"我胡噜胡噜自己的脑袋，嘻嘻笑起来。

"那倒不至于，你又不是小孩儿。""盖儿爷"也乐了，"老头子手艺还是挺棒的。再说，哪儿不满意了，我的'丽美发廊'还给你'保修'呢。"

"你刚才说的，那剃头铺子在哪儿？"

他告诉我，在辘轳把胡同1号。

"你顺着老头子一点儿。夸夸他的手艺。用好话填他几句。""盖儿爷"一边使劲儿挤着眼睛，一边想着还有什么可叮嘱的，看得出，他有点儿不放心，可又不太好意思吩咐得过多，"记着，千万别把我'卖'出去就行啦！"

…………

十

说真的，我挺感激这位"盖儿爷"。

也就是遇见了他，我才张得开口求他帮这个忙。要是他也和别的"包座儿"一样，吆五喝六地臭狂，我才不能跌这个"份儿"呢。话又说回来，也就是他，才又掏钱又装孙地哄着我，换个别人，就我这副"大爷"劲儿，还想找挣钱的门道哇，玩蛋去吧。我得承认，"盖儿爷"哄得我挺舒坦，接下他这一百块钱，还不让人觉得丢"份儿"。"你跑这儿干什么来了？这儿，不是你来的地方啊。""求我？你该……该不是骂我吧？""哪能让你受这委屈呀！"……回家的路上，我不止一次想到他那可怜巴巴的模样，常常忍不住想笑。

可是，我仍然觉得心里的什么地方总有点儿别扭，好像丢了件什么重要的东西，却又想不起来，没着没落的。其实什么也没丢。一百块钱揣得好好的，就连那本捡来的《希特勒和爱娃》，也还装在裤兜儿里。渐渐地我才明白，这别扭劲儿说不定也正是"盖儿爷"那副贼头贼脑、可怜巴巴的模样招来的。这模样一下子使我想起他在柳家铺中学时的倒霉样儿。有一次，我给他一张人民大会堂春节联欢晚会的票，他足足美了一天。而如今，不管他怎么继续在我面前可怜巴巴,不管他怎么用"互相帮忙"来哄我,我他娘的也明摆着成了这小子花一百块钱雇来的"小厮"啦。

我一点儿也不怀疑"盖儿爷"对我的真诚,他连半点儿盛气凌人、志得意满的神色都没露。可事情就是这么一回事。我还没傻到连这个火候都看不出来。还真的让我哥说着了,从小爹妈给了这么一张脸皮,想到自己怎么就成了个"打短工"的,而且还是给"盖儿爷"打"短工",心里还真他娘的不是味儿呢。

这把我弄到了钱以后心里升起的那一点点得意冲得一干二净。回到了家,老爷子正在客厅里看报纸,这倒是把八十块钱拍还他的机会。可我哪儿还有这份心思。我一声没吭,进了自己的房间。我把钱扔进了抽屉里。

第二天早上,我还是到辘轳把胡同去了。

不知是昨天夜里还是今天清晨下过了一场雨,现在天空还是灰蒙蒙的,太阳被融化成惨白惨白的一片,路面湿漉漉。行道树下,落着薄薄一层枯黄的叶子。

那家剃头铺子就在珠市口大街拐进辘轳把胡同的把角儿处。按照"盖儿爷"说的路线,坐20路汽车在珠市口下车,沿大街照直走,果然一眼就可以看见胡同口上那两间窗玻璃、门玻璃上写满了"理发"红漆大字的小破房子。窗台下,戳着一只孤零零的煤球炉子,半死不活的样子,看不出是不是还生着。暗红色的小门歪歪扭扭,我琢磨着它一开一关时,整间屋子都得颤悠。门把手周围黑乎乎一层油垢,刮下来称称,不够二两,我死去。要是以前,让我钻进这儿来理发,您宰了我得啦!

走到门口,我犹豫了一下。因为我听见里面怎么还有人唱戏。

………………
　　将酒宴摆置在聚义厅上，
　　我一同众贤弟叙一叙衷肠。
　　窦尔敦在绿林谁不尊仰？
　　河间府为寨主除暴安良。
　　黄三泰老匹夫自夸智量，
　　指金镖借银两压豪强……

　　我对京戏一窍不通。不过，我们家老爷子爱听。所以我也还能听懂几句。特别是听他唱"窦尔敦""黄三泰"什么的，跑不了是《连环套》《盗御马》呗。从半敞的小门往里看去，屋里很暗，中间摆着一把也不知哪朝代的理发椅子。这椅子全是木料，敦敦实实，大概使到驴年马月也还是这副样子。椅子旁站着一个驼了背的老头儿。这老头儿又矮又瘦，眼睛凹陷了，腮帮子也瘪了，身上挂着一条皱巴巴油腻腻的白围裙。没错儿，这肯定就是"盖儿爷"他爷爷啦。戏不是他唱的。他拿了块抹布，没完没了地在理发椅子的前前后后擦来抹去。唱戏的人在窗户底下坐着，从外面只能看见一个剃得油光光的大秃瓢在得意扬扬地晃着。屋里不定哪个旮旯里还坐着另一位，因为当"秃瓢儿"唱完了以后，另外还有一个声音和剃头匠你一言我一语地捧起场来。

　　"够味儿啊。"剃头匠的瘪腮帮子吧唧了两下，跟真的把这点儿"味儿"咂巴进去了似的。

"老喽！没底气喽！""秃瓢儿"还挺谦虚。

"您客气！"声音里夹着咕噜咕噜的痰声。就凭这，那一位恐怕也是七十岁都打不住的主儿。"谁不知道你们辘轳把胡同的'双绝'呀，一是蔡大哥的剃头手艺，一是您忠祥大哥的二黄。今儿我算没白来。头也剃了，唱也听了，'双绝'，全了……"

"您可别这么说。我这两嗓子，跟蔡师傅可没法儿比。我这是玩票，人家是正经的手艺！"

"手艺？"剃头匠哼了一声，他继续拎着抹布，找他的椅子缝儿，"您就别提什么'手艺'啦。也就是你们老哥儿几个拿我当回事。去别处，没人给你们掏耳朵底子、剪鼻毛哇。"

老头儿们一起嘎嘎地笑了。

我拉开门。剃头匠上下打量了我一眼，说了声"来啦"，又打量了我一通。他不再看我，和老头儿们交换了一道疑惑的目光，他们又接着聊起来。

"我看，您就别为您的手艺生气啦。"那位叫"忠祥大哥"的红脸老头儿一副乐呵呵的开通样儿，"再说，我可听文化站的人说了，明年正月，要在地坛开庙会了。白塔寺的'茶汤李'都预备好他的大铜壶啦。您就预备着您的剃头挑子吧，说不定还请您出山呢！……"

"别逗了。没人请我！茶汤儿有人喝，大串儿的糖葫芦有人吃。这年头儿，谁还上庙会剃头去？"

"不管怎么说，您还时不时有个仨亲的、俩近的，就认您这一路手艺，非得求您给剃剃不可呢。我的手艺呢？我的手艺哪儿使去？这会儿，北京还有抬棺材出殡的吗？"

敢情这位"忠祥大哥"是抬棺材的！

"实话，实话。"一说话就痰喘的老头儿坐在一个小板凳儿上，背靠着一根立柱，立柱上挂着两条油亮油亮的钢刀布。他脸上的肉耷拉着，脑袋呢，一样的亮铮铮，"您不是够花了吗？孙子也给钱不是？您就拿您的手艺当个玩意儿得啦。有老哥们儿来了，剃一个。剃完了，扯扯淡，听一段儿，乐和乐和，还落个闲在呢！"

"对对对，闲在我可不怕。待着谁还有个够哇？"剃头匠无可奈何地点头。他悄没声儿地收拾了一会儿推子剪子，又看了我一眼，嘟嘟囔囔地说："可有的事也真让人看着有气。您说，我那孙子，弄了个门面，摆上两瓶冷烫水儿，贴上一张美人头，就开上什么'发廊'了。他那两下子，别人不知道，我还不知道吗？也邪了门儿了，这人还上杆着奔他那儿去。烫个脑袋您猜他要多少？十二块！好嘛，我剃了一辈子头了，打死我也不敢这么干哪！"

老头儿们又嘎嘎地笑起来。

在一旁听听他们闲扯，倒也挺开心。所以，我才不打断他们呢。不过"盖儿爷"说得不假，要是每天跟着这位剃头匠当好孙子，给老头儿们掏耳朵、剪鼻毛，剃大秃瓢，听他们唱"窦尔敦""黄三泰"，那是让人受不了。看来，我要是不来，今天这一上午也就是这俩主顾啦。大概平常是没什么年轻人来坐那把敦敦实实的椅子的，不然，他们怎么根本不拿我当回事，也不问问我是不是要推头。他们一准儿把我当成路过这儿看热闹的啦！想到这些，老头儿们的笑声里，倒好像更透着一种冷清凄凉的味道了。

我还是不跟他们搭腔，在一旁等着，听着。

"小伙子，不是来剃头的吧？""盖儿爷"他爷爷终于发现我有点儿怪了。

"可不是来剃头的！"

"您？"

"我怎么了？"

"哟，慢待了，慢待了！"他慌里慌张地拿过一条白单子，往理发椅子上啪啪地抽着。一边把我往椅子上让，一边还是像看什么怪物似的打量我。

"您看我面熟？"

"不不不。来，您往下坐点儿，再往下坐点儿。"他把单子围在我的身前，"您推分头？大点儿小点儿？……像您这辈儿人，到这儿剃头的，可有日子没见啦。嘿嘿，少见就多怪不是？"

我说："萝卜青菜，各有所爱。您还别老自觉着冷清了。手艺搁在这儿呢。要不，大老远的，怎么就知道了您的铺子？怎么就奔您来了？"

反正"盖儿爷"也嘱咐了，咱挣着那份钱哪，就拣他娘的好听的，足给他招呼吧！

"您听听，您听听！我骗没骗您？"抬棺材出身的那位"忠祥大哥"先来劲儿了，"艺不压身。有认主儿！"

"实话，实话。"那口痰还在另一位的嗓子眼里咕噜着。

"盖儿爷"他爷爷没言语，脸上也没反应。可你得看他捏小梳子的那只手。手背上虽说爬满了青筋，这会儿，手指却像个花旦一样张成了兰花形。右手呢，袖口捋得高高的，胳膊弯儿也举得高高的，悬着腕子捏着那把推子，"嚓嚓嚓嚓嚓……嚓嚓嚓嚓嚓……"他探着脖子，不错眼珠地盯着我的头发梢儿。这姿态就像个大书法家在那儿运腕行笔,擘窠大书。

"啧啧啧,您瞧,从这镜子里看您这姿势,比看电影还带劲儿!"我也够坏的,越是这时候,越想成心跟老头儿开逗。

"您过奖。我能多活十年。"老头儿终于绷不住劲儿了,晃了晃脑袋,吧唧了几下嘴,又咧开来,露出一个黑洞,发出呵呵的笑声。

"盖儿爷"算是没找错人,哄哄这老头儿还不跟玩儿似的?几句话就把他揉搓得像只脱骨扒鸡了。对我来说,这事嘛,干着也还有点儿意思——解闷儿啊。把老头儿逗开了牙,坐这儿就听吧。他从民国三十年(1941)怎么从宝坻老家进京当学徒说起:"学来这点儿手艺可不易。我住的那地界,虱子多得能把人抬起来!"说到他的"剃头挑子",他索性撇下我,回到里屋倒腾了好一会儿,真的把他的剃头挑子给我倒腾出来啦:"不容易呀小伙子,不信您挑挑看,这么沉的一挑儿家伙儿,寒冬天儿、三伏天儿,走街串巷……"我越是时不时给他一句"敢情!""没错儿!"哼哼哈哈地顺杆儿爬,他就越上劲儿。他还一点儿也听不出来我在跟他逗。其实,他这手艺呀,怎么说呢,味儿事!至少现在,让他理这个发我罪过受大啦。也不知道是因为他眼神儿不济了呢,还是因为这次总算逮着一个毛儿多点儿的脑袋了,有心理得好一点儿,露一手,反正他抱着我的脑袋,跟他娘的抱着一个象牙球在那儿刻差不多。嚓嚓嚓嚓,剪了一茬儿,嚓嚓嚓,又剪了一茬儿,东找补一剪子,西找补一剪子,剪得我满头头发渣子。他还有支气管哮喘,呼哧呼哧,我觉得自己的耳朵就跟贴在一个大风箱上一样。

要说我多么腻烦他,那倒没有。我只是觉得好笑。再说,跟老头儿这一通穷逗，我还真长了不少杂七杂八的见识呢。我算是明白为什么老说"剃头挑子一头热"了，原来这"一头"，是个烧洗头水的小炉子。我又知道了戳在炉子边上的木棍叫"将军杆"，是清兵入关时，"留头不留发，留发不留头"，挂脑袋用的！我还知道过去来剃头的人都得端那个小笸箩，接着剃下来的头发，免得让人踩了，给自己找倒霉……

你还别说，我这个脑袋还真他娘的挺值钱。老头儿抱着它，足足摩挲了半个钟头。他总算把剪子放下来了，又把它按在一盆温水里涮了涮，拿过那只铝壳的大吹风机给我吹风。要说老头儿全是老剃头匠那一套，倒也不对，人家到底有这么一个吹风机呢。"呼——呼——"他那只手在我的头发上捋来捋去，这手刚刚在水里泡了一会儿，所以手指头像一根根鼓胀的胡萝卜。这使我忽然间想起了在自由市场上见过的那个捏面人儿的老头儿。经他这么三捋两捋，我真的像一个"面人儿"似的被"捏"出来啦。"行嘞，您还是少劳这个神吧！"我心里暗暗发笑。他还没罢手，我已经发誓，一出门就得把这脑袋给胡噜了。不然，这也太他娘的像个"傻青儿"啦。

老头儿关上吹风机，解开我胸前的布单子，啪啪一抖，歪着脑袋朝镜子里左右端详。看那眼神儿，我还真成了他这辈子捏得最漂亮的一个面人儿。

"怎么样？"他像只缩脖鹦鹉似的把脑袋一抖。

"那还用说吗？您的手艺——誉满全球！"

我可没想到，逗他这么一句，又把麻烦招来啦。

"取取耳吗？"

这意思好像是问我是不是挖挖"耳底子"。这可挺悬——就他那哆哆嗦嗦的样儿，他要是往我的耳膜上捅那么一下子，那我可完了。

"朝阳取耳！"嗓子眼儿里老转着一口痰的老头儿先替他吹了，"小伙子，这还不取?! 我可是奔着蔡师傅这一手来的。"

"不够交情，我可不敢给您取。您要是上卫生局奏我一本呢？"剃头匠眯起眼睛，笑着对他的老主顾说。

照这意思，老头儿这还算是给我面子呢。得啦，您不就是高兴了，想在我这儿露一手吗？也该着我倒霉，谁让我把你那点儿得意劲儿煽起来了呢。取吧。

老头儿把理发椅子挪到窗边，让我坐好，然后，揪着我的耳朵找窗户外面透过来的亮光。敢情就他娘的这么"朝阳取耳"啊！他拿过一把三棱刮刀似的玩意儿，探在我的耳朵眼儿里转来转去。

"哎哟，您这干吗，旋耳朵？"

"傻小子！我得先用铰刀把耳朵里的毛铰净！嘿嘿……"他那黑洞洞的嘴巴里扑出一团热气，喷在我的脸上。

先是铰，再是掏，最后用一把毛茸茸的"耳洗子"把耳朵眼儿刷干净。我这耳朵也真他娘的给他作脸，让他掏出了一大堆。两个捧臭脚的老家伙又像欣赏珍珠玛瑙一样，盯着这堆耳屎，啧啧了半天。

"瞧你刚才犹犹豫豫的，还不想掏呢。"剃头匠背着手，弓着背，在屋里来回走着。不知这是休息，还是成心等着我们把他的"战果"欣赏个够。

"蔡师傅，有句话不知该问不该问。"那位"忠祥大哥"说，"您年轻那会儿，当然是没有拿不起来的活计了。可这会儿，不知有的活计还干得了干不了……"

"您说的是'放睡'？那是咱的饭辙。"蔡老头儿不当回事地笑了笑，"有什么干不了的。您没看我每天都揉搓那两个保定铁球？"

"嘿，那可真够意思了呀！"

"够意思！我也早想问您啦，可看您也呼哧带喘的了，就没敢开口……"

这回的麻烦可不是我招的了。我他娘的连"放睡"是什么都不知道哇。可这麻烦还是落我身上了。其实，拿这俩老头儿中间的任何一位练一练，他都得美得屁颠儿屁颠儿的。瞧他们那个巴望劲儿。可这蔡老头儿大概对我的光临格外高兴，所以他特别问我乐意不乐意"放放睡"。

"敢情！"我也豁出去了，跟他逗闷子逗到底了，我装得和真的一样，"您没问，我奔什么来了呀！"

"哦？你哪儿疼？"他的眼皮子耷拉下来。

"哪儿都疼。"

他扯过一把小板凳，让我坐了下来。又搬过来一只高点儿的方凳，坐到了我的背后。抬起一只脚蹬在我坐的小板凳上。"靠过来！"话音没落，他已经拉着我靠在他的腿上了。这叫他娘的什么"放睡"呀，就是晃胳膊捏膀子！哎哟哎哟哎哟，这老头儿手劲儿还真大。

"不使点儿劲儿，病能好吗？"老头儿得意地一笑，眯起眼睛，像在专心听着我的骨节儿的声音。他一会儿揪着我的胳膊没完没了地抡圈儿，一会儿又把这胳膊抓起来，一屈一弹。"小伙子，放心！闪腰岔气，落枕抻筋，包好！"

"好家伙！我还以为您没这气力了呢！"

"现今的大理发馆里，可见不着您这一手喽！"

"年轻的干不了哇，您不信问问蔡师傅，他孙子干得了吗？"

"他？他见都没见过！"

…………

"怎么样？松快了没有？"

把我浑身上下捏捏捶捶了一大通，他总算松开我，站了起来，长长出了一口气。

"松快了！松快了！松快多啦！"

我赶快站了起来，咧着嘴向他点头。我出的那口气一点儿也不比他短。

"谢谢您啦，真是太谢谢您啦！"

"您还别客气！今儿我是高兴了。不是我夸你，这年头，遇上个知好知歹的年轻人还真难得呀……"

没错儿，全北京也没第二个人像我这么"知好知歹"了，心甘情愿把您这点儿"绝活"全领教一遍。理了个"傻青儿"脑袋还不说，本来我他娘的哪儿也不疼，让您这么一通捶打，骨头架子都差不离酥了。不"难得"怎么着！

"你笑什么？"

我真该向他宣布：要不是你们家"盖儿爷"让我来哄哄你，我才不受这份洋罪呢！——假如真的来这么一下子，那可太逗了，老头子还不得当场"弯"回去！

当然，我不会真的这么干，甚至连老头儿左瞄右瞄理出的"傻青儿"脑袋，我也没按原来想的给胡噜了。因为我脑子里突然冒出了一个念头——我得留着它，让"盖儿爷"看看，他爷爷把咱哥们儿糟蹋成了什么模样。

我立刻坐上20路汽车,奔东单去了。

十一

"盖儿爷"那家"丽美发廊"在东单是很显眼的。在遇见"盖儿爷"之前,我对它已经有很深的印象了。它在东单路口的西北侧。不知为什么,这一侧的地势比长安街的路面高出一截,所以,常从长安街过的人很容易就发现,这儿昨天刚变出个什么"江苏商店",今天又多出了一个"金房子"服务中心。"丽美发廊"也属于这突然"多"出的花样儿中的一个。"发廊"的门面倒不大,顶多也就四五米宽,可装修得还挺洋——门窗框架是一色儿银灰色的铝合金。茶色的大玻璃门两边,是直落地面的玻璃窗。一边,高高低低地摆着粉红色、浅黄色、乳白色……各色各样的冷烫精、护发素、乌发乳、定型油;一边,是使着飞眼儿的、露着膀子的、拧着脖子的……一个比一个"浪"的小妞儿们留着各种发型的照片。透过橱窗和玻璃门,可以发现发廊里面的墙上全是镜子,这使它更添几分豪华。柔和的灯光。音箱里发出的迷迷瞪瞪的歌声。进进出出的,因为漂亮而傲气十足的小妞儿们。时不时飘过来的香味儿……你还别说,我不止一次从这儿走过,有时候想起了西苑饭店新楼的酒吧;有时候想到了电视广告里飘飘悠悠、哆哆嗦嗦地占满画面的披肩发;有时候还勾起了一点儿挺流氓的想入非非。比如它为什么偏叫"发廊"?名称本身似乎就有那么一种莫名其妙的挑逗味儿,甭说那些小妞儿的大照片了。就说那粉红的、浅黄的、奶白的"蜜"们、"霜"们、"露"们,看一眼,好像也和见了妇女用品商店橱窗里那越做越招人胡思乱想的乳罩们、连裤袜们一样，心里有一种难以形容的感觉呢。不过，我可一次也没想到，这样一家"发廊"，会和"盖儿爷"——总是可怜巴巴地挤眼睛的剃头匠的孙子——有什么关系。

临近"丽美发廊"时，我的心情变得很坏，刚才在辘轳把胡同和蔡老头儿逗闷子落下的那一点点开心劲儿，早没影儿了。倒不是因为刚才在公共汽车上，这个"傻青儿"脑袋招得好几个小妞儿偷偷地抿嘴儿掉转脸儿。尽管这也挺让人恼火，可这就跟浑身上下让老头儿捏得骨酥肉麻后的感觉一样，品品这种哭笑不得的滋味儿，也挺有意思。有时候，人是很难解释得清楚自己为什么烦躁起来的。这回我却知道，和昨天晚上回家时一样，全是因为当了"盖儿爷"的"短工"的缘故。比起昨在来，今天是真的给人家干上了。干的结果，是真的当上了名副其实的"傻青儿"——比当年的"盖儿爷"强不了多少的"傻青儿"。所以，比起昨天来，更他娘的觉出了一种实实在在的耻辱啦。

我推开发廊的茶色玻璃门，"盖儿爷"正在里面忙着。昨天在"音乐茶座"上见到的那个小妞儿，也穿着一件白大褂，走来走去帮忙。我用手指在玻璃门上弹了几下，他扭过脸，朝我扬了扬手，随后走了出来。

"去过了？"他看着我的脑袋，嘻嘻笑起来，然后有点儿后悔地摇摇头，说，"忘了叮嘱你一句：让老头儿少推点儿，留大点儿啊……现在，底下推得太干净，想找补都难了。"

我说："行了行了老板，用不着您可怜我。不是让我去哄哄老头儿吗？哄完啦，老头儿活得挺好，您就放心吧！"

"卢森，你可真够哥们儿！"他没听出来我的话里有气，还在嘻嘻笑着，"老头儿提起我了没有？气儿还挺大吧？"

"没气儿啦。我他娘的一个劲儿给他上好听的。他觉得自己的手艺誉满全球，美着呢。"

"对！就是这路子！老头儿我可太清楚了。鬈毛，真有你的！"

"行了行了老板，"我苦笑了一声，"您还别夸。我倒要谢谢您呢，什么'朝阳取耳''剃头放睡'的，老头子搂着我的脑袋，像是搂着个宝贝蛋，把那点儿绝活儿全给我用上啦，他还只要我三毛钱，多给他死活不收。咱落个省了钱，还享了福，他娘的福分不浅呢！您哪，还有什么活儿，快吩咐得了。"

"盖儿爷"的眼睛又开始一挤一挤的了。

"哥们儿，你今天是怎么了？左一声'老板'，右一声'老板'，叫得人怪难受的。"他迟迟疑疑地看着我，"咱哥们儿可没有花一百块钱雇你干活儿的意思。你要是这么说，可就见外了。"

他说的倒也是。可我他娘的这点儿火儿都不知道找谁撒去！

"您是没这意思。没这意思。"我说。

好半天，我们俩谁也没说话。

"昨天晚上我就说了。缺钱花，拿去。哥们儿不乘人之危。再说，你也不是干活儿的材料。你不干哪，非拿个要自己挣这份钱的架势。说实在的，老同学了，你放得下架子，我还拉不下这张脸呢，哪能真把你当雇来的小工儿使唤！""盖儿爷"把一包"万宝路"凑到嘴边，从里面叼出一支来，眯着眼睛，慢慢地抽着，"咱哥们儿没对不住你的地方啊，可你倒好……"

他越说，我也越觉得自己是有点儿不算个东西了。白送你钱吧，你不干。给你找点儿活儿吧，你又干不来。也真够难为这兔崽子的了。这哪是我给人家干活儿啊，纯粹是人家侍候着我呢。

想到这些，心里的火儿倒好像压下去点儿了。

"你他娘的怎么这么多心！我刚才说啦，你没那意思，我也没什么不痛快的。"我一扬手把他嘴里叼的烟摘下来，叼到自己的嘴里，"别废话了，派活儿派活儿！"

"你他妈的回家待着去吧，没活儿！"他又嘻嘻地把嘴咧开了。

"那你说，今儿这一趟，值多少吧。剩下的钱，还你！"

"值一百！回家待着去吧！"

"哦，变着法儿'赏'我呀。"我冷笑了，"等着，我回家拿去，钱还没动呢，全还你！"

"我×你姥姥！你丫挺的怎么还这么轴哇！""盖儿爷"一副哭不得、笑不得的模样儿，眉头皱着，眼睛挤着，嘴巴咧着，"我还没受过这份罪呢。都说挣钱不容易，谁想到往外扔钱也这么难。比他娘的养活孩子都难！"

他长长地呼出了一口气，又从那包"万宝路"里叼出了一支。

"你要是偏要较真儿，那也行。"他看着我，想了想，说，"活儿嘛，还是这个。每月帮我拿一百块钱，上邮局去，寄给老头子。然后，去辘轳把胡同理一回发，哄哄他。报酬嘛，每月二十块吧，你再去四次，行不？说定了，你他妈也别老觉得我是成心'赏'你啦！"

我看着他，没说什么。那个小妞儿从发廊里出来，催他回去。他弹了弹烟灰，朝我点点头，把手向天上一扬，做了个告别的手势，匆匆忙忙钻回那间玻璃房子里去了。

我站在"丽美发廊"的门口,老半天没运过气来。逗了半天强,却落下了这么一个结果——合算我成了兔崽子每月给他爷爷送去的那盒点心啦!他还觉得挺照顾了我的自尊心了呢!

这盒"点心"当的,我还他娘的一点儿没脾气——再拽着"盖儿爷",说我干不了吧,他非得以为我得了精神病不可。真的每月就这么去挣"二十块钱"?今天去这么一回,我还只是因为当了"盖儿爷"的"短工",脸上有点儿挂不住,别的我还没怎么多想。要是真的每月专职就是赔着笑脸,去哄老头子,这就跟"盖儿爷"他们家养的婊子差不了哪儿去啦。

…………

我顺着脚下的水泥路,朝公共汽车站的方向走着。

我是一个命里注定的可怜虫。

今天是星期一,街上的人还是这么多。这儿靠近王府井。谁都他妈比我活得滋润。

一个小妞儿,穿着高筒小马靴,挎着个亮晶晶的小皮包,小屁股一扭,一扭。一对老夫老妻,一人一根拐棍儿,四只脚板子,在路面上一蹭,一蹭。枯落的杨叶,还夹杂着几片冰棍纸,可怜巴巴地蜷在马路牙子下面,挤在树根窝窝儿里,窸窸窣窣地响着。

我助跑了两步,摆出马拉多纳罚点球的姿势,甩开右脚,啪,朝一块冰棍纸踢去。膝盖抻得生疼,我却只是蹭着了它小小的一个角。"金房子"服务中心门口那个推冰棍车的老太太,咧着鲇鱼一样的嘴巴,无声地笑起来。

"你这玩世不恭的态度真让人讨厌!"老爷子如果在边上,他又得这么说了。

"森森，你什么时候才能学学你爸爸，认认真真地做人哪！"老太太也少不了当应声虫。

这年头儿，不管活得是不是真的那么庄严，那么伟大，那么认真，大概都得拿出那么一点子认认真真的神气。

其实，依我看，像我们老爷子这样的，倒未必活得认真。别看我这副德行，我比他们活得可认真多啦。他娘的甚至太认真了，不然我也不会闹得这么惨。但凡有那么一点儿不认真，我也早他娘的像我哥似的，在老爷子面前装王八蛋啦。至少，我犯不着为八十块钱拍这个胸脯。犯不着拍了胸脯还真的要去争这口气。犯不着非得撕了那张彩票，也犯不着非得买下那张彩票。犯不着在人家"盖儿爷"面前充好汉。当然，也犯不着觉得每月去一次辘轳把胡同哄哄老头子有什么不好……

我得承认，顺着这路子想下来，有那么一小会儿，我算是他娘的想开了。折腾了好几天，原来全是我自己跟自己过不去！其实，除了昨天中午在体育场外面吃的那顿烂葱包子以外，我哪天在家里也没少吃。我倒真拿拍了胸脯当回事呢，那八十块钱，不给了又怎么着？不要说老爷子不可能追着我要，就假使他借着这事开口笑话我，我给他龇龇牙，他又有什么办法！不是说我"玩世不恭"吗？来真的，就这个！"盖儿爷"那一百块钱呢，照拿。不拿白不拿。这小子发的财还少哇？有便宜不占，王八蛋！让我给他爷爷当"点心匣子"？玩蛋去！我才不侍候呢！……不是嫌我活得"不认真"吗，这回，我可真的要当一个彻头彻尾、彻里彻外、死皮赖脸的浑蛋啦！

这念头让我舒坦透了，松快透了。我发现我这几天整个儿在干傻事。我甚至奇怪自己干吗要没完没了地算计，那笔钱是拍给老爷子,还是扔还"盖儿爷"。最妙不过的法子是:替我自己也买个放音机呀。想到这些,我有点儿庆幸昨晚没把其中的八十块拍还老爷子了。

回到家,打开我的抽屉,取出了那一百块钱,揣在兜儿里。去王府井!我还非买那种放音机不可!哪怕出了百货大楼的门儿就摔成八瓣儿了呢,也出了这几天憋在我心头这口窝囊气啦。

这可真巧,出楼门的时候,看见了我们家老爷子。

砰,他甩上了那辆"皇冠"车的车门,抱着一堆文件、材料,朝我这边走来。

想躲开,已经来不及了。

一抬头,他看见了我。

"森森,你妈在家吗?"

这可少见,真是太少见啦。他居然叫起了我的小名儿——"森森",他的眼神不再像以往那样,斜楞楞的懒得瞥我,反而温柔得像一只老山羊,还没完没了地盯着我。

"森森,别走别走,先回来一下,先回来一下。"他用空出的那只手扳我的肩膀,简直是搂着我回到家里的。

他把我按在同一条长沙发上,微笑着从皮包里拿出一小听"雀巢咖啡",他说这是外宾刚送他的,我要是爱喝,尽管拿去。这可真他娘的让人奇怪透了。他这股子热乎劲儿,总不会只是为了送我一听咖啡吧?想变一变"思想工作"的方法了,怀柔怀柔?我爱搭不理地任他在那儿跟我套近乎。我拿起那听咖啡,看那上面的说明。

"你的头发是在哪儿理的?不错。这精神状态就对头啦。"

噢,怪不得他这么热乎,怪不得他老盯着我看,原来是为了我的头发。他以为我这头发是为了他剃的呢。

"其实,你们这一代人本质是好的。"他开始发表"社论","……火气嘛,大一点儿。我也是从年轻的时候过来的,谁没有一点儿火气?没有火气了,还叫年轻人吗?……"

我翻了他一眼,突然想笑。我绷起嘴唇,磕头虫似的点头。我想起了他在演讲比赛的主席台上点头的样子,我想试试学得像不像,他点头不像一般人那样,是"点"头,他"点头"不如说是探着脖子在"扬下巴",一下一下的,显得那么"深思熟虑"。

我这一"点头",他更来劲儿啦。

"就说你的头发吧。前天批评了你,你还不通嘛。当然,我也有缺点,态度急躁。不过,火气一下去,你还是能分清是非美丑的嘛,这就证明……"

本来,我只是觉得好笑,这乐趣大概和上午哄那位蔡老头儿时的感觉差不多。可是,看着他这神气活现的劲头儿,我可笑不出来了。这些日子憋在心里的那股火儿,又呼地冒起来。

"行啦行啦行啦,您别这儿没完没了了……"我站起来,到他对面的一个小沙发上坐下来,从兜儿里摸出那沓钞票,一张一张地数着,我把八张十元的票子捻成了一个扇形,按在茶几上,"我可真纳闷儿,您干吗老跟我这头发过不去?您瞧,这是八十块钱,给您搁这儿啦。前天,我已经说过了,往后,脑袋,是我的脑袋;头发,是我的头发,我是梳大辫儿还是剃秃瓢儿,您都免开尊口吧……"

他一声没吭,坐在那儿发呆。

"您哪,整个儿的,'猴吃麻花'——满拧!"我胡噜了几下脑袋,笑嘻嘻地说,"我要是一五一十地告诉您,我怎么就剃了这么个脑袋,那得另找工夫,得等我高兴了。反正这么跟您说吧,至少,这和您那些废话没有一点儿关系!"

说完,我就走了。看来,我还是当不了彻头彻尾、彻里彻外、死皮赖脸的浑蛋。

我还是活得太认真。尽管这个世界上说不定只有我一个人这么看。

唉,那么,"盖儿爷"那儿呢?下个月还去不去辘轳把胡同1号剃脑袋了?

明儿再说吧。

《十月》1986年第3期

苍老的浮云

残 雪

第 一 章

（一）

楮树上的大白花含满了雨水，变得滞重起来，隔一会儿就啪嗒一声落下一朵。

一通夜，更善无都在这种烦人的香气里做着梦。那香气里有股浊味儿，使人联想到阴沟水，闻到它人就头脑发昏，胡思乱想。更善无看见许多红脸女人拥挤着将头从窗口探进来，她们的颈脖都极长极细弱，脑袋耷拉着，像一大丛毒蕈。白天里，老婆偷偷摸摸地做了一个钩子安在一根竹竿上，将那花一朵一朵钩下来，捣烂、煮在菜汤里。她遮遮掩掩，躲躲闪闪，翘着屁股忙个不停，自以为自己的行动很秘密。老婆一喝了那种怪汤夜里就打臭屁,一个接一个,打个没完。

"墙角蹲着一个贼!"他虚张声势地喊了一声,扯亮了电灯。

慕兰呼的一声坐起来,蓬着头,用脚在床底下探来探去地找鞋子。

"我做了一个梦。"他松出一口气,脸上泛起不可捉摸的笑意。

"今天也许会有些什么事情发生。"他打算出门的时候这么想,"而且雨已停了,太阳马上就要出来。太阳一出来,什么都两样了,那就像是一种新生,一个崭新的开始,一……"他在脑袋里搜寻着夸张的字眼。

一开门,他立刻吓了一大跳:满地白晃晃的落花。被雨水打落在地上的花依然显出生机勃勃的、贪欲的模样,仿佛正在用力吸吮着地上的雨水似的,一朵一朵地竖了起来。他生气地踏倒了一朵目中无人的小东西,用足尖在地上挖了一个浅浅的洞,拨着泥巴将那朵花埋起来。在他噼噼啪啪地干这勾当的时候,有一张吃惊的女人的瘦脸在他家隔壁的窗棂间晃了一晃,立刻缩回房间的黑暗里去了。"虚汝华……"他茫茫然地想,忽然意识到刚才自己的举动都被那女人窥看在眼里了,浑身都不自在起来。"落花的气味儿熏得人要发疯,我还以为是沤烂的白菜的味儿呢!"他歪着脖子大声地、辩解似的说,一边用脚在台阶上刮去鞋底的污泥。慕兰正在床上辗转不安,叹着气,朦朦胧胧地叽里咕噜:"对啦,要这些花干什么呀?一看见这些鬼花我的食欲就来了,真没道理,我吃呀吃的,弄得昏头昏脑,现在我都搞不清自己是住在什么地方啦,我老以为自己躺在一片沼泽地里,周围的泥水正在鼓出气泡来……"隔壁黑洞洞的窗口仿佛传出来轻微的喘息，他脸一热，低了头踉踉跄跄地走出去，每一脚都踏倒了一朵落花。他不敢回头，像小偷一样逃窜。一只老鼠赶在他前头死命地窜到阴沟里去了。

他气喘吁吁地奔到街上，那双眼睛仍旧钉死在他狭窄的脊背上。"窥视者……"他愤愤地骂出来，见左右无人，连忙将一把鼻涕甩在街边上，又在衣襟上擦了擦拇指。

"你骂谁？"一个脸上墨黑的小孩拦住他，手里抓着一把灰。

"啊？！"那灰迎面撒来，眼珠像割破了似的痛。

那天早上，虚汝华也在看那些落下的花。

半夜醒来，听见她丈夫嘴里发出嘣隆嘣隆的声响。

"老况，你在干什么？"她有点儿吃惊。

"吃蚕豆。"他哑巴着嘴说，"外面的香气烦人得很，雨水把树上的花朵都泡烂了，你不做梦吗？医生说十二点以前做梦伤害神经。我炒了一包蚕豆放在床头，准备一做梦醒了就吃，吃着吃着就睡着了。我一连试了三天，效果很好。"

果然，隔了一会儿，他就将一堵厚墙似的背脊冲着她，很响地打起鼾来了。在鼾声的间歇中，她听见隔壁床上的人被神经官能症折磨得翻来覆去，压得床板吱吱呀呀响个不停。屋顶上有许多老鼠在穿梭，爪子拨下的灰块不断地打在帐顶上。很久很久以前，她还是一个少女时，也曾有过做母亲的梦想的。自从门口的楮树结出红的浆果来以后，她的体内便渐渐干涸了。她时常拍一拍肚子，开玩笑地说："这里面长着一些芦秆嘛。"

"天一亮，花落得满地都是。"她用力摇醒了男人，对着他的耳朵大声说话。

"花？"老况迷迷糊糊地应道，"蚕豆的作用比安眠药更好，你也试一试吧，嗯？奇迹般的作用……"

"每一朵花的瓣子都蓄满了雨水，"她又说，将床板踢得咚咚直响，"所以掉下来这么沉，啪嗒一响，你听见了没有？"

男人已经打起鼾来了。

有许多小虫子在胸膛里蠕动。黑风从树丫间穿过，变成好多小股。那棵树是风的筛子。

天亮时她打开窗户，看见了地上的白花，就痴痴地在窗前坐下来了。

"蚕豆的作用真是奇妙，我建议你也试一下。"男人在她背后说，"下半夜我睡得真沉，只是在天快亮的时候，我老在梦里担心着小偷来偷东西，才挣扎着醒了过来。"

这时隔壁男人那狭长的背脊出现了，他正聚精会神地用足尖在地上戳出一个洞来，他的帽檐下面的一只耳朵上有一个肉瘤，随着他的身子一抖一抖的。虚汝华的内心出现一块很大的空白。

"要不要洒些杀虫剂呀？这种花的香味是特别能引诱虫子的。"老况用指关节敲打着床沿，打出四五个隔夜的蚕豆嗝。

傍晚，虚汝华正弯着腰在厨房洒杀虫剂，有人从窗外扔进来一个小纸团，展开来一看，上面歪七扭八地写着两句不可思议的话：

请不要窥视人家的私生活，因为这是一种目中无人的行为，比直接的干涉更霸道。

她从窗眼里望出去,看见婆婆从拐角处一颠一颠地向他们家走过来了。

"你们这里像个猪槽。"婆婆硬邦邦地立在屋当中,眼珠贼溜溜地转来转去,鼻孔里哼哼着。

"最近我又找到了一个治疗神经衰弱的验方。"老况挤出一个吓人的笑脸,"妈妈,我发觉天蓝色有理想的疗效。"

"这种雷雨天,你们还敢开收音机!"她拍着巴掌嚷嚷道,"我有个邻居,在打雷的当儿开收音机,一下就被雷劈成了两段!你们总要干些不寻常的事来炫耀自己!"说完她就跨过去砰的一声关了收音机,口里用力地、痛恨地啐着,摇摇摆摆出了门。

妈妈一走,老况就兴高采烈地喊:"汝华!汝华!"

虚汝华正在将杀虫剂洒到灶底下。

"你干吗不答应?"老况有点儿愠怒的表情。

"啊——"她从迷迷糊糊的状态中惊醒过来,脸上显出恍惚的微笑,"我一点儿也没听到——你在叫我吗?我以为是婆婆在房里嚷嚷呢!你和她的声音这么相像,我简直分不出。"

"妈妈老是生我的气,妈妈已经走了。"他哭丧着脸回答,情绪一下子低落得那么厉害,"她完全有道理。我们太没有独立生活的能力了。"

她还在说梦话似的:"时常你在院子里讲话,我就以为是婆婆来了……我的耳朵恐怕要出毛病了。比如今天,我就一点儿没想到你在屋里,我以为婆婆一个人在那边提高了嗓子自言自语呢。"

"街上的老鞋匠耳朵里长出了桂花,香得不得了,"他再一次试着提起精神来,"我下班回来时看见人们将他的门都挤破了。"

他挨着她伸出一只手臂,做出想要搂住她的姿势。

"这种杀虫剂真厉害,"她簌簌地发抖,牙齿磕响着,"我好像中毒了。"

他立刻缩回手臂,怕传染似的和她隔开一点儿。

"你的体质太虚弱了。"他干巴巴地咽下一口唾沫。

一朵大白花飘落在窗台上,在幽暗中活生生地抖动着。

他是在沟里捡到那只小麻雀的。看来它是刚刚学飞,跌落到沟里去的。他将湿淋淋的小东西放到桌子上,稚嫩的心脏还在胸膛里搏动。他将它翻过来拨过去,心不在焉地敲着,一直看着它咽了气。

"煞有介事!"听见慕兰在背后说。

"煞有介事!"十五岁的女儿也俨然地说,大概还伸出咬秃了指甲的手指指指戳戳。

"有些人真不可理解,"慕兰换了一种腔调,"你注意到了没有?隔壁在后面搭了一个棚子,大概是想养花,真是异想天开!我和他们做了八年邻居了,怎么也猜不透他们心里想些什么。我认为那女的特别阴险。每次她从我们窗前走过,总是一副恍恍惚惚的样子,连脚步声也没有!人怎么能没有脚步声呢?既是一个人,就该有一定的重量,不然算是怎么回事?我真担心她是不是会突然冲到我们房里来行凶。楮树的花香弄得人心神不定……"

更善无找出一个牛皮纸的信封,将死雀放进去,然后用两粒饭粘牢,在口子上啪啪啪地拍了几下。

"我出去一下。"他大声说,将装着死雀的信袋放进衣袋里。

他绕到隔壁的厨房外面,蹲下来,将装着死雀的信袋从窗口用力掷进去，然后猫着腰溜回了自己家里。

隔壁的女人忽然哦地惊叹了一声，好像是在对她男人讲话，声音从板壁的缝里传了过来，很飘忽，很不真实："……那时我们常常坐在草地上玩丢手绢。太阳刚刚落山，草地还很热，碰巧还能捉到螳螂呢。我时常出其不意地扔出一只死老鼠！去年热天有一只蟋蟀在床脚叫了整整三天三夜，我猜它一定在心力交瘁中死掉了……"

更善无的脑子里浮出一双女人的眼睛，像死水深潭的、阴绿的眼睛。一想到自己狭长的背脊被这双眼睛盯住就觉得受不了。

"楮树上的花朵已经落完了，混浊的香味儿不久也会消失，"她用不相称的尖声继续说，"一定有人失落了什么，在落花中寻找来着，我发现数不清的脚印……花朵究竟是被雨打落下来的，还是自己开得不耐烦了掉下来的？深夜我在房间里走来走去，看见月亮挂在树梢，正像一只淡黄的毛线球……"

一会儿台阶上响起了沉甸甸的脚步声，是她男人回来了，女人的声音戛然而止。原来那女的一直在屋里对着木板壁说话？或许她是在念一封写不完的信？

吃中饭的时候，他用力嚼着一块软骨，弄出嘣隆嘣隆的响声。"好！好！"慕兰赞赏地说，喉结一动，咕咚一声咽下一大口酸汤。

女儿也学着他们的样儿，口里弄出嘣隆嘣隆的声音，喉咙不停地咕咚作响。

吃完了，他擦着嘴角的酸汤站起来，用指甲剔着牙，像是对老婆，又像是对什么别的人说："窗棂上的蜘蛛逮蚊子，逮了一点多钟了，哪里逮得到！"

"工间操的时候,林老头把屎拉在裤裆里了。"慕兰说,一股酸水随着一个嗝涌上来,她咕咚一声又吞了回去。

"今天的排骨没炖烂。"

"你吃的是里脊肉!"她吃惊地看了他一眼。

"我吃的是里脊肉。"他看着蜘蛛说,"我是说排骨。"

"哈!"慕兰做了一个鬼脸,"你又在骗人嘛。"

夜晚,在楮树花朵最后一点残香里,更善无和隔壁那个女人做了一个相同的梦,两人都在梦中看见一只暴眼珠的乌龟向他们的房子爬来。

门前的院子被暴雨落成了泥潭,它沿着泥潭的边缘不停地爬,爪子上沾满了泥巴,总也爬不到。当树上的风把梦搅碎的时候,两人都在各自的房里汗水淋淋地醒了过来。

从学院毕业的时候,他剃着光头,背上背着一个军用旅行袋。汗从腋下不停地冒了出来,有股甜味儿。那时太阳很亮,天空就像个大玻璃盖,他老是眯缝着眼看东西。

"夜里我掉进了泥潭。"隔壁那女人又在尖声说话了,"到现在身上还黏糊糊的。天快亮的时候,咔嚓一声,树枝被风折断了。"

他很是纳闷:为什么每次都是只有他一人能听见隔壁那女人的疯话?为什么慕兰听不见?她是不是装蒜?

慕兰在低着头剪她那短指头上的指甲,连眼皮都没抬一下。

"你听到什么响动了吗?"他试探性地问。

"听到了。"她若无其事地回答,仍旧没抬头,"是风刮得隔壁的窗纸沙沙作响,这家人家一副破落相,那男的居然还放了一个玻璃缸在后面,里面养了两条黑金鱼呢,真是幼稚可笑的举动！我已经在后面的墙上挂了一面大镜子，从镜子里可以侦察到他们的一举一动，方便极了。我对他们养金鱼的做法极为反感。"

地上被践踏的花全都成了黑色。

他打开门，赫然映入他眼中的是隔壁窗口女人的头部。她也在看地上的残花，两眼贪婪地闪闪发光，脖子伸得极长，好像就要从窗口跳出去。

"花已经死了。"他用自己意想不到的声音轻飘飘地说。

"它已经过去了，这个疯狂的季节……"女人的嘴唇动了动，几乎看不出她在讲话。

"真是梦游人的生活呀，日里夜里……然而这么快就过去了。这些日子里，这些扰人的花弄得我们全发疯了，你有没有梦见过……"他还要再说下去，然而女人已经不见了。

在大玻璃盖底下，所有的东西都是一个个黄色的椭圆形，外来的光芒是那样的刺人，没有任何地方可以遮阴。

花间的梦全部失落了。

(二)

他踌躇着推开门的时候，她正坐在桌边吃一小碟酸黄瓜。桌上放着一只坛子，黄瓜就是从那里夹出来的。她轻轻地咀嚼，像兔子一样动着嘴唇，几乎不发出一点儿响声。她并不看他，吃完一条，又去夹第二条，垂着眼皮，细细地品味。黄瓜的汁水有两次从嘴角流出来了，她将舌头伸出来，舔得干干净净。

"我来谈一件事，或者说，根本不是一件事，只不过是一种象征。"他用一种奇怪的、像是探询又像是发怒的语气开了口,"究竟,你是不是也看到过?或者说,你是不是也有那种预感?"

虚汝华痴呆地看了他一眼,一声不响,仍旧垂下眼皮嚼她的黄瓜。她记起来这是她的邻居,那个鬼鬼祟祟的男人,老在院子里搞些小动作,挡住她的视线。吃午饭的时候,老况看见她吃黄瓜,立刻惊骇得不得了,说是酸东西搞坏神经,吃不得。等他上班去了,她就一个人痛痛快快地大吃特吃起来。

"当我在梦里看见它的时候,好像有个人坐在窗子后面,我现在记起那个人是谁了……你说说看,那个泥潭,它爬了多久了?"他还不死心,胡搅蛮缠地说下去,"那个泥潭,是不是就在我们的院子里?"

"死麻雀是怎么回事?"她开了口,仍旧看也不看他,掏出手绢来擦了一下嘴巴,"这几天我都在屋里洒了杀虫剂。"她的声音这么冷静,弄得他脑袋里像塞满了石头,哗啦哗啦地响开了。

"不过是因为心里有点儿发慌。"他尴尬地承认,"你知道,那些花开得人心惶惶的。有一个时候,我是很不错的,我还干过地质队呢。山是很高的,太阳离得那么近,简直一伸手就可以碰到……当然,说这些有什么意思,我们在同一个屋顶下面住了八年,你天天看到我,你看到我的时候,我就这样子。夜里乌龟来的时候,你正在这间房子里辗转,我听见床板吱吱呀呀地响,心里就想,那间屋子里有个人也和我一样,正在受着噩梦的纠缠。噩梦袭击着小屋,从窗口钻进来,压在你身上……等树上结出了红的浆果,那时就会有金龟子飞来,我们就可以安安稳稳地睡觉了,年年都这样。我夜里喜欢用两块砖将枕头死死地压住,因为它会出其不意地轰响起来,把你吓一大跳。你整天洒杀虫剂，把蚊虫都毒死了，在黑暗里，当什么东西袭来的时候，心里不害怕吗？我喜欢有蚊虫在耳边嗡嗡地叫着，给我壮胆似的……"他说来说去的，连他自己都大吃一惊，不知在说些什么了。

"我要洒杀虫剂了。"她看着他说，站起身去拿喷筒。她走了几步，又回转头来说："我在后面养了一盆洋金花，他们说这种东西很厉害，只要吃两朵以上就可以致人死命。我喜欢这种东西，它激起人漫无边际的梦想。你老婆总在镜子里偷看我们吧？要是你想谈你心里那件事，你可以常来谈，等我情绪好的时候。"

他张了一下嘴，打算说点儿什么，然而她已经在后面房里哧哧地弄响喷筒了。

她瞥了瞥镜子，看见里面那个人就像在气体里游动似的，那胸前有两大块油迹闪闪发亮，她记起是中午喝汤的时候心不在焉地弄下的。她忽然觉得羞愧起来，这是一种陌生的情绪，为了什么呢？大概是为了一件毫无意义的小事吧，她记不得了。当隔壁那个男人说话的时候，她觉得就是自己在说话，所以她一点儿也不感到怪异，她只是听着，听自己说话。她记起那些暴风雨的夜晚，黑黝黝的枝丫张牙舞爪地伸进窗口，直向她脸上戳来，隔壁那个人为什么和她这么相像呢？也许所有的人都是这么相像吧。比如她就总是分不清老况和他母亲。在她脑子里，她总把他们两人当作一个人，但是每当她讲话中露出这样的意思，老况总要坐立不安，担心她的神经，劝她去实行一种疗法等等。前天他又在和他母亲偷偷摸摸地商量，说是要骗她去看一回医生，又说如果不这样的话，天晓得有什么大难临头。他们俩讲话的那种郑重其事的神气使她忍不住哧地一笑。听到笑声，他们发觉她在偷听，两人同时恼羞成怒，向她猛扑过来，用力摇晃她的肩膀追问她有什么好笑的。"如果这样下去的话，后果全由你自己承担。"婆婆幸灾乐祸地说，"我们已经尽到了责任。"近来老况每天偷偷地将小便撒在后面的阴沟里，他总以为她不知道，把后门关得紧紧的，一撒完又装得若无其事的样子。而她也就假装不知道，照旧按他的吩咐每天洒杀虫药。

他们刚刚结婚时，他还是一个中学教员，剪着平头，穿着短裤。那时他常常从学校带回诸如钢笔、日记簿等各种小东西，说是没收学生的。有一回他还带回两条女学生的花手绢，说"洗一洗还可以用"。一开始他们俩都抱着希望，以为会有孩子，后来她反倒幸灾乐祸起来——他们这家子（她、老况、婆婆）遇事总爱幸灾乐祸。隔壁那鬼鬼祟祟的男人竟会有一个孩子，想到这一点就叫她觉得十分诧异。小孩子，总不可能像大人那样飘忽的吧？今天清早，她裸着上半身在屋里走来走去，不停地拍响肚子。"你干吗？"老况怒气冲冲地说。"有时候"，她对他揶揄地一笑，"我觉得这根本不是什么女人的肚子，只不过是一张皮和一些肮脏的肠子还有鬼知道是什么的一些东西。""你最好吃一片'安定'。"老况从她身边冲过去，差一点儿把她撞倒。

她拿着喷水壶到后面去给洋金花洒水的时候，看了一眼金鱼缸就怔住了。两条金鱼肚皮朝天浮在水面上，那水很混浊，有股肥皂味儿，她用手指拨了一下，金鱼仍旧一动不动。这当儿她瞥见隔壁那女人踮着脚站在镜子面前，正在观察她呢。她慢吞吞地捞起金鱼，扔到撮箕里面。

下一次那男人再来谈那件事的时候，她一定要告诉他，她喜欢过夹竹桃。当太阳离得很近（一伸手就可以抓到），夹竹桃的花朵带着苦涩的香味儿，开起来的时候，她在树底下跑得像兔子一样快！她这样想着，又瞥了一眼那女人肥满的背部，心里泛起一种恶毒的快意。

"你在后面干吗?"更善无飞快地将一包饼干藏进皮包，啪的一声扣上按纽，大声地说："我要去上班啦。"

慕兰从后面走出来，黑着脸，失神地说："我倒了一盆肥皂水……我正在想……我怎么也……上月的房租还欠着呢。"

"你变得多愁善感起来了。"他冷笑一声，且说且走。一直过了大街，转了弯，他才回头看了一看，然后伸手到皮包里拿出饼干，很响地大嚼起来。

他的女儿从百货店出来了，昂着头发稀少的脑袋，趾高气扬地走着。他连忙往公共厕所后面一躲，一直看着她走到大街那边去了才出来。"她已经转了弯了。"一个人从背后耳语似的告诉他。回头一看，原来是岳父。老人长着稀稀拉拉的山羊胡子，上面有龌龊的酒渍。

"你说谁?"他板着脸，恶狠狠地问。

"凤君吧，还有谁!"岳父滑稽地眨了眨一只红眼睛，伸出瘦骨伶仃的长胳膊搭在他的肩膀上，兴致勃勃地说，"来，你出钱，我们去喝一杯!"

"呸!"更善无嫌恶地甩脱了他的胳膊，只听见那只胳膊嘎吱嘎吱地乱响了一阵，那是里面的骨头在发出干燥的摩擦声。

"哈哈哈! 躲躲猫，吃包包! 哈哈哈……"岳父兴高采烈地手舞足蹈，大喊大叫。

他脸一热，下意识地摸了摸皮包，里面还剩得有三块饼干。

岳父也是一名讨厌的窥视者。从他娶了他女儿那天起，他每天都在暗中刺探他的一切。他像鬼魂一样，总在意想不到的地方冒了出来，钻进他的灵魂。有一回他实在怒不可遏，就冲上去将他的胳膊反剪起来。那一次他的胳膊就像今天这样发出嘎吱嘎吱的怪响，像是要断裂，弄得他害起怕来，不知不觉中松了手，于是他像蚂蚱那样蹦起来就逃走了，边跑口里还边威胁，说是"日后要实行致命的报复"。

"躲躲猫，吃包包……"岳父还在喊，大张着两臂，往一只垃圾箱上一扑，咯咯咯地笑个不停。笑完之后，他就窜进寺院去了。寺院已经破败，里面早没住人，岳父时常爬到那阁楼上，从小小的窗眼里往过往的行人身上扔石子，扔中了就咚咚咚地跑下楼，找个地方躲起来哈哈大笑一通。

十年前，他穿着卡其布的中山装到他们家去求婚。慕兰用很重的脚步在地板上走来走去，一副青春焕发的模样。岳母闷闷地放了几个消化不良的臭屁，朝着天井里那堵长了青苔的砖墙说："算我倒霉，把个女儿让你这痞子拐走了。"三年后她躺进了医院的太平间，他去看她时，她仍然是那副好笑的样子，鼓着暴眼，好像要吃了他一般。

他们结婚以后，有一天，两人在街上走，慕兰买了许多梅子，边走边往口里扔，那条街总也走不完似的。忽然她往他身上一靠，闭上眼，吐出一颗梅子核，说道："唉，我真悲伤！"她干吗要悲伤？更善无直到今天都莫名其妙。

岳父每次来都要绕着他们的房子侦察一番，然后选择一个有利的时机躲在后门那里轻轻地、没完没了地唤凤君出来，爷孙俩就站在屋檐下谈起话来。阳光斜斜地照着他的红鼻头，他的脸上显出恨恨的神气，眼珠不断地向屋里瞄来瞄去，肚子里暗暗打着主意。最后，在走的时候，飞快地窜进屋里捞起一样小东西跑掉了。接着是听见脚步声，慕兰气急败坏地走出来问女儿："该死的，又拿走什么啦？"

吃完三块饼干，正好走到所里的门口。昨天在所里办公的时候，他正偷偷地用事先准备好的干馒头屑喂平台上的那些麻雀，冷不防安国为在他屁股上拍了一掌，眯着三角小眼问他："你对泥潭问题做出了什么样的结论？"说完就将香烟头往外一吐，跷起二郎腿坐在他的办公桌边缘上。他惴惴地过了一整天，怎么也想不出那小子话里的用意。回家之后，他假装坐在门口修胡子，用一面镜子照着后面，偷眼观察隔壁那人的一举一动，确定并无可疑之处，才稍稍安下心来。也许是他这该死的心跳泄露了秘密？在楮树花朵扰乱人心的这些日子里，他的心脏跳得这么厉害，将手掌放在胸口上，里面嗵嗵嗵地，像有条鱼在蹦。他觉得人家一定也听到这种声音了，所以所里的人都用那种意味深长的眼光盯视他，还假惺惺地说："啊——这阵子你的脸色……"为了防止心跳的声音让人听见，他一上班就飞快地钻到他的角落里，把脸一连几个钟头朝着窗外，从包里掏出事先预备好的馒头屑来喂麻雀。今天他伸出脑袋，竟发现其他两个窗口都有脑袋伸出来。转过身来一看，原来是他同室的同事。他们背着手，把脸朝着窗外，仿佛正在深思的样子。他又心怀鬼胎地溜到走廊上，从其他科室的门缝里往外一看，发现那里面也一样，每个窗口都站着一个表情严肃的人，有的人还踱来踱去，现出焦虑不安的形状。后来同事们骚乱起来，原来是一只大花蝶摇摇晃晃地闯进来了，黑亮的翅膀闪着紫光，威风凛凛地在他们头上绕来绕去。所有的人都像弹子似的蹦起，关门的关门，关窗的关窗，有两个人拿着鸡毛帚上下死力扑打，其余的人则尖声叫着跳着来助威，一个个满脸紫胀，如醉如狂。更善无为了掩盖自己心中不可告人的私隐，也尖声叫着，并竭力和大家一样，做出发了狂的模样来。花蝶扑下来之后，原来站在窗口的那两个人马上恢复了严肃的表情，背手脸朝窗外，陷入了高深莫测的遐想之中。他忽然想起，这两个假作正经的家伙也许是天天如此站在窗口的，只是自己平时没注意，直到现在与他们为伍，才发现这一点。他们俩人像木桩子一样一直站到下班铃响，才拿起皮包回家。他注意到那两人在马路上走路的姿势也是那么一本正经，低着头，手背在后面，步子迈得又慢又稳。斜阳照着他们的驼背，透过肥大的裤管，他窥见了几条多毛的腿子。

"今天有炖得很烂很烂的骨头，你可以连骨髓都吸干净。"慕兰舔着嘴边的油脂，兴致勃勃地说。

"我对排骨总是害怕，它们总是让我的舌头上长出很大的血泡来。"他用一根小木棒拨弄着窗子上的蜘蛛网，"你不能想点儿其他的花样出来吗？"

"我想不出什么花样。隔壁又在大扫除，我从镜子里看见的。哼，成天煞有介事，洒杀虫药啦，大扫除啦，养金鱼啦，简直是神经过敏！那女的已经发现我在镜子里看她了。你闻见后面阴沟里的尿臊气没有？真是骇人听闻哪。都在传说喝鸡血的秘方，你听说没有哇？说是可以长生不死呢。"

"吃炖得很烂的排骨也可以长生不死。"

"你又在骗人！"她惊骇得扭歪了脸，"今天早上我正要告诉你我在想什么，你没听完就走了。是这样的，当时我坐在这个门口,风吹得挺吓人的。我就想——对啦,我想了关于凤君的事。我看这孩子像是大有出息的样子。昨天我替她买了一件便宜的格子布衣,你猜她说什么?她说:'谢谢,我还不至于像个叫花子。'我琢磨着她话里的意思,高兴得不得了呢。这个丫头天生一种知足守己的好性格。"

"她像她妈妈,将来会出息得吓人一跳。"他讥诮地说。

一回到家里乌龟的梦又萦绕在他脑子里,使他心烦意乱。他在屋子里踱来踱去,脚步噔噔噔地响着,眼前不断地浮出被烈日晒蔫了的向日葵。隔壁那女人的尖嗓音顺着一股细细的风吹过来了,又干又热,还有点儿喑哑。

"……不错,泥浆热得像煮开了的粥,上面鼓着气泡。它爬过的时候,脚板上烫出了泡,眼珠暴得像要掉出来……夹竹桃与山菊花的香味儿有什么区别?你能分得清吗?我不敢睡觉,我一睡着,那些树枝就抽在我的脸上,痛得要发狂。我时常很奇怪,它们是怎么从窗口伸进来的呢?我不是已经叫老况钉上了铁条了吗?(我假装对他说是防小偷)我打算另外做两扇门,上面也钉满铁条,这一来屋子就像个铁笼子了。也许在铁笼子里我才睡得着觉?累死了!"

慕兰正从砂锅里将排骨夹出来,用牙齿去撕扯。看着她张开的血盆大嘴,更善无很惊异,很疑惑。

"什么东西作响……"他迟迟疑疑地说。

"老鼠。我早上不该拿掉鼠夹子的。总算过去了,开花的那些天真可怕……我以为你要搞什么名堂。"

"什么?!"

"我说开花的事呀,你干吗那么吓人地瞪着我!那些天你老在半夜里起来,把门开得吱呀一响。你一起来,冷风就钻进来。"

"原来她也是一个窥视者……"他迷迷糊糊地想。

(三)

虚汝华倚在门边仔细地倾听着。一架飞机在天上飞,嗡嗡嗡嗡地叫得很恐怖。金鱼死掉以后,老况就一脚踢翻了她种的洋金花,把后门钉死了。"家里笼罩着一种谋杀气氛,"他惶惶不安地逢人就诉说,"这都是由于我们缺乏独立生活的能力。"现在他变得很暴躁、很多疑,老在屋里搜来搜去的,担心着谋杀犯,有一回半夜里还突然跳起,打着手电,趴到床底下照了好久。婆婆来的时候总是戴一顶烂了边的草帽,穿一双长筒防雨胶鞋,手执一根铁棍。一来立刻用眼光将两间屋子搜索一遍,甚至门背后都要仔细查看。看过之后,紧张不安地站着,脸颊抽个不停,脖子上显出红色的疹子。有一天她回家,看见门关得死死的,甚至放下窗帘,叫了老半天的门也叫不开。她从窗帘卷起的一角看见里面满屋子烟腾腾的,婆婆和老况正咬着牙,舞着铁棍在干那种"驱邪"的勾当。传来窃窃的讲话声,分不清是谁的声音。等了一会,门吱呀一声开了,老况扶着婆婆走下台阶,他们俩都垂着头,好像睡着了的样子,梦游着从她面前走过。"驱"过"邪"之后,老况就在门上装了一个铃铛,说是万一有人来谋杀抢劫,铃铛就会响起来。结果等了好久,谋杀犯没来,倒是他们自己被自己弄响的铃声搞得心惊肉跳。每次来了客人,老况就压低喉咙告诉他们:简直没法在这种恐怖气氛中生存下去了,他已经患了早期心肌梗死,说不定会在哪一次惊吓中丧命。婆婆自从"驱"过"邪"之后就再也不上他们家来了。只是每隔两三天派她的一个秃头侄女送一张字条来。那侄女长年累月戴一顶青布小圆帽，梳着怪模怪样的发型，没牙的嘴里老在嚼什么。婆婆的字条上写着诸如此类的句子："要警惕周围的密探！""睡觉前别忘了：1. 洗冷水脸（并不包括脖子）。 2. 在枕头底下放块鹅卵石。""走路的姿势要正确，千万不要东张西望，尤其不能望左边。""每天睡觉前服用一颗消炎镇痛片（也可以用磺胺代替）。""望远可以消除下肢的疲劳。"等等。老况接到母亲的字条总要激动不安，身上奇痒难熬，东抓西抓，然后在椅子上扭过来扭过去地搞好半天，才勉强写好一张字条让那秃头的侄女带回去。他写字条的时候总用另外一只手死死遮住，生怕她偷看了去，只是有一回她瞥见（不如说是猜出）字条上写的是："立即执行。前项已大见成效。"突然有一回秃头侄女不来了，老况心神恍惚地忍耐了好多天，夜里在床上翻来覆去，口中念念有词，人也消瘦了好多，吃饭的时候老是一惊，放下碗将耳朵贴在墙壁上，皱起眉头倾听什么声音。婆婆终于来将他接走了。那一天她站在屋角的阴影里，戴着大草帽，整个脸用一条奇大无比的黑围巾包得严严实实，只留两只眼在外面，口中不停地念叨"晦气，晦气……"大声斥责磨磨蹭蹭的儿子。出门的时候，婆婆紧紧拽住老况多毛的手臂，生怕他丢失的样子，两人逃跑似的离去。她听见婆婆边走边说："重要的是走路的姿势，我不是已经告诫过你了吗？我看你是太麻痹大意了，你从小就是这么麻痹大意，不着边际。"后来老况从婆婆那里回来过一次。那一次她正在楮树下面看那些金龟子，他嘿的一声，用力拍了一下她枯瘦的背脊，然后一抬脚窜到屋里去了。听到他在屋里乒乒乓乓地翻箱倒柜，折腾了好久，然后他绾好两个巨大的包袱出来了。"这阵子我的神经很振奋。"

他用一方油腻腻的手帕抹着胡须上的汗珠子,"妈妈说得对,重要的问题在注意小节上面,首先要端正做人的态度……你对这个问题有什么感想?"他轻轻巧巧地提起包袱就走了。

夜里,她把钉满铁条的门关得紧紧的,还用箱子堵上了。黑暗中数不清的小东西在水泥地上穿梭,在天花板上穿梭,在她盖着的毯子上面穿梭。发胀的床脚下死力咬紧了牙关,身上的毯子轻飘飘的,不断地被风鼓起,又落下,用砖头压紧也无济于事。不知从哪里飞来的天牛嗒嗒嗒地接二连三落在枕边,向她脸上爬来,害得她没个完地开灯,将它们拂去。

时常她用毯子蒙住头,还是听得见隔壁那个男人在床上扭来扭去,发出咯咯的、痛苦的磨牙声,其间又伴随着一种好似狼嗥的呼啸声,咬牙切齿的咒骂声。他提过泥潭的事,确实是这样。他提过的都是他梦里看见过的东西,是不是睡在同一个屋顶下的人都要做相同的梦呢?然而她自己逐日干涸下去了。她老是看见烈日、沙滩、滚烫的岩石,那些东西不断地煎熬着体内的水分。"虚脱产生的幻象。"老况从前总这样说。她每天早上汗水淋淋地爬起来,走到穿衣镜面前去,仔细打量着脸上的红晕。

"你说,那件事究竟是不是幻象?"那声音停留在半空中。

他终于又来了,他的长脖子从窗眼里伸进来,眼睛古怪地一闪一闪。原来他的脖子很红,上面有一层金黄色的汗毛。她正在吃老况扔下的半包蚕豆,蚕豆已经回了潮,软软的,有股霉味儿,嚼起来一点儿响声都没有。

"你吃不吃酸黄瓜?我还腌得有好多。飞机在头顶上叫了一上午了,我生怕我的脑袋会轰的一声炸成碎片。"她听出自己声音的急切,立刻像小姑娘那样涨红了脸,腋下的汗毛一乍一乍的,把腋窝弄得生痛。有一会儿他沉默着,于是她的声音也凝结在半空中,像一些印刷体的字。

他在屋里走来走去,到处都要嗅一嗅,他的动作很轻柔,扁平的身体如在风中飘动的一块破布。最后他落在书桌上,两条瘦长的腿子差不多垂到了地上。书桌上有一层厚厚的灰,他一坐上去,灰尘立刻向四处飞扬起来,钻进人的鼻孔里。"这屋里好久没洒过杀虫药了。"他肯定地说,"我听见夜里蚊虫猖狂得不得了。我还听见你把它们拍死在板壁上,这上面有好多血印。"

"蚊虫倒不见得怎么样,身上盖的毯子却发了疯似的,老要从窗口飞出去。我每天夜里与这条毯子搏斗,弄得浑身是汗,像是掉进了泥潭。"她不知不觉诉起苦来了。她忽然觉得,这个男人,夜里咯咯地磨牙的人,她很需要和他讲些什么亲切的悄悄话。"屋角长着一枚怪蕈,像人头那么大。天花板上常常出其不意地伸出一只脚来,上面爬满了蜘蛛。你也在这个屋顶下面睡觉,相类似的事,你也该习惯了吧?"

"对啦,相类似的事,我见得不少。"他忽然打了一个哈欠,显出睡眼蒙眬的样子来。

她立刻慌张起来,她莽撞地将赤裸的手臂伸到他的鼻子底下,指着上面隆起的血管,滔滔不绝地说:"你看我有多么瘦,在那个时候,你有没有注意到夹竹桃?夹竹桃被热辣辣的阳光一晒,就有股苦涩味儿。我还当过短跑运动员呢,你看到我的时候,我就跟你一个样了。我们俩真像孪生姊妹,连讲起话来都差不多。我做了一个梦醒来,翻身的时候,听见你也在床上翻身,大概你也刚做了一个梦醒来，说不定那个梦正好和我做的梦相同。今天早上你一来，提到那件事，我马上明白了你的意思，因为我也刚好正在想那件事。喂，你打起精神来呀。"她推他一把，那手就停留在他的背脊上了。"昨天在公园里，一棵枯树顶上长着人的头发……"

她来回地抚摸着他的背脊。

他缩起两条腿，像老猫一样弓着背，一动也不动。

"这些日子，我真累。"他的声音嗡嗡地从两个膝盖的缝里响起来，说着又打了一个哈欠，"到处都在窥视，逃也逃不开。"

"真可怜。"她说，同时就想到了自己萎缩的肚子，"楮树上已经结果了，等果子一熟，你就会睡得很熟很熟，这话是你告诉我的。从前母亲老跟我说：别到雨里去，别打湿了鞋子。她是一个很厉害的女人，打起小孩来把棍子都打断了。她身上老长疮，就因为她脾气大。不过那个时候，我还是睡得很熟很熟，一个梦也没做。"

"我到厕所去解手，就有人从裂开的门缝那里露出一只眼睛来。我在办公室里只好整天站着，把脸朝着窗外，一天下来，腿子像被人打断了似的。"

"真可怜。"她重复说，将他的头贴着自己干瘪的肚子。那头发真扎人，像刷子一样根根竖起。

后来他从桌子上下来，她牵着他到墨黑的蚊帐里去。

她的胯骨在床头狠狠地撞了一下，痛得她弯下了腰。

床上的灰尘腾得满屋都是，她很懊恼，但愿他没看见就好。

她还躺在床上，盖着那条会飞的毯子，他已经回家去了。

他坐过的桌上留下一个半圆的屁股印。

在他来之前,她盼望他讲一讲地质队的事。然而他忘记了,她也忘记了。

很久没洒杀虫药,虫子在屋里不断地繁殖起来。近来,那些新长出来的蟋蟀又开始鸣叫了,断断续续的,很凄苦,很吃力,总是使她为它们在手心里捏一把汗。老况说这屋里是个"虫窝",或许他就是因为害怕虫子才搬走的。三年前,婆婆在他们房里发现了第一只蟋蟀。从那天起,老况就遵从婆婆的嘱咐买回大量杀虫剂,要她每天按时喷洒两次。虽然喷了杀虫剂,蟋蟀还是长起来,然而都是病态的,叫声也很可怜。婆婆每回来他们家,只要听到蟋蟀叫,脸上就变了色,就要拿起一把扫帚,翘起屁股钻到床底下去,乱扑乱打一阵,将那些小东西赶走,然后满面灰垢地爬出来,高声嚷嚷:"岂有此理!"有时老况也帮着母亲赶,娘儿俩都往床底下钻,两个大屁股留在外面。完了老况总要发出这样的感叹:"要是没有杀虫剂,这屋里真不知道成个什么体统!"今天早上从床上爬起来,听着蟋蟀的病吟,拍着干瘪的胸部和肚子,想起好久没洒杀虫剂了,不由得快意地冷笑起来。下一次老况来拿东西,她一定要叫他将后门也钉上铁条,另外还要叫他带两包蚕豆来(现在她夜里也嚼起蚕豆来了)。她又想另写一张字条叫人送去。她打开抽屉找笔,找了好久,怎么也找不到,只得放弃了这个想法。

结婚以后,她的母亲来看过她一次。那是她刚刚从一场肺炎里挣扎出来,脱离了危险期的那一天。母亲是穿着黑衣黑裤,包着黑头巾走来的,大概是打算赴丧的,她吃惊地看着恢复了神志的她,别扭地扯了扯嘴角,用两个指头捏了捏她苍白的手指尖,说道:"这不是很好嘛,很好嘛。"然后气冲冲地扭转屁股回家去了。看她的神气很可能在懊悔白来了一趟。自从老况搬走之后。有一天,她又在屋子附近看到了母亲穿着黑衣黑裤的背影,她身上出着大汗,衣服粘在肥厚的背脊上,隔着老远,虚汝华闻到了她身上透出的那股浴室的气味儿,一种熟悉而恶心的气味儿。为了避免和母亲打照面,她尽量少出门,每天下班回来都几乎是跑进屋里,一进屋就放下深棕色的窗帘。一天她撩起窗帘的一角,竟发现了树背后的黑影。果然,不久母亲就在她的门上贴了一张字条,上面写着很大的字:好逸恶劳,痴心妄想,必导致意志的衰退。成为社会上的垃圾!后来她又接连不断地写字条,有时用字条包着石头压在她的房门外面,有时又贴在楮树的树干上。有一回她还躲在树背后,趁她一开门就将包着石头的字条扔进屋里,防也防不着。虚汝华总是看也不看就一脚将字条踢出老远,于是又听见她在树背后发出的切齿诅咒。楮树上飞来金龟子的那天夜里,她正在床上与毯子搏斗,满身虚汗,被灰呛得透不过气来,忽然她听到了窗外的脚步声,嗵!嗵!嗵……阴森恐怖。她战栗着爬起来,用指头将窗帘拨出一条细缝,看见了从头到脚蒙黑的影子,影子摇曳着,像是在狞笑。虽然门窗钉满了铁条,她还是怕得不得了,也不敢开灯,隔一会儿就用手电照一照床底下,门背后,屋顶上,生怕她会意想不到地藏在那些地方。她在窗外嗵嗵嗵地走过来,走过去,还恶作剧地不时咳嗽一下。一直闹到天明她拉开窗帘,才发现窗外并无一人。"也许只是一个幻影?"虚汝华惴惴地想。接下去又发生了没完没了的跟踪。当她暂时甩脱了身后的尾巴,精疲力竭地回到小屋里,轻轻地揉着肋间的排骨时,她感觉体内已经密密地长满了芦秆,一呼气就轰轰地响得吓人。昨天上午,母亲在她门上贴出了"最后通牒"。上面写着:"如果一意孤行,夜里必有眼镜蛇前来复仇。"她还用红笔打了三个恶狠狠的惊叹号。当她揭下那张字条时,她发现隔壁那女人正将脖颈伸得很长向这边看,她一转身,那女人连忙将脖颈一缩,自作聪明地装出呆板的神气,还假作正经地对着空中自言自语:"这树叶响起来有种骚动不安的情绪。"后来她听见板壁那边在窃窃地讲话。

"我觉得悲哀透——了。"隔壁那女人拖长了声音。

"这件事搞得我就像热锅上的蚂蚁。"另一个陌生的声音说,"人生莫测……请你把镜子移到外面来,就挂在树上也挺方便,必须继续侦察,当心发生狗急跳墙。"

声音很怪异,使人汗毛竖起。

"我在这里踱来踱去,有个人正好也在我家的天井里兜圈子。周围黑得就像一桶漆这已经有好几天了。"那个怪声音还在说。

门吱呀一响。她急忙撩开窗帘,看见母亲敏捷得像只黑山猫,一窜就不见了。原来是母亲在隔壁讲话!

"那母亲弄得心力衰竭了呢,真是不屈不挠哇。"慕兰用指头抹去嘴边的油脂,一边大嚼一边说:"有人就是要弄得四邻不安,故作神秘,借此标榜清高。其实仔细一想什么事也没有,不过就是精神空虚罢了。"

"撮箕里的排骨渣引来了蚂蚁,爬得满桌全是。"夏善无溜了她一眼,聚精会神地用牙剔出排骨上的那点儿筋,"我的胃里面填满了这些烂烂渣渣的排骨,稍微一动就扎得痛。"

"天热起来了。"慕兰擦了擦腋下流出来的汗,"我的头发只要隔一天不洗,就会馊了,我自己都不敢闻。"

第 二 章

（一）

第一枚多汁的红果掉在窗台上时，小屋的门窗在炎热里哗哗啪啪地炸个不停了。天牛呻吟、金龟子嗡嗡，屋里凝滞的空气泛出淡红色。擦着通身大汗，虚汝华吃了两根酸黄瓜来醒脑子。

"我一闻到酸黄瓜的香味儿，就忍不住来了。"门一开，男人长长的影子投进屋里。

"你们不是要在树上挂镜子吗？"她怨恨地说，"要侦察我呢。"

他无声地笑着。原来他的牙齿很白，有两颗突出的犬牙，很尖利，是不是为着吃排骨而生的？一想到他牙缝里可能残留着排骨渣子，她就皱了一下眉头。每一次他们家炖排骨的味儿飘过来，她都直想呕吐。

"每一夜都像在开水里煮，通身湿透。"她继续抱怨，带点儿撒娇的语调，连她自己听着都皮肤上起疙瘩，她指了指肚子，"我的体内已经长满芦秆了，瞧这儿，不信你拍一拍，声音很空洞，对不对？从前我还想过小孩的事呢，真不可理解呀。我时常觉得只要我一跺脚，就会随风飘到半空中。所以我总是睡得不踏实，因为这屋里总是有风来捣乱。人家说我成天恍恍惚惚的。"

在床上，他的肋骨紧擦着她，很短、很难受的一瞬间。

在她的反复要求下,他终于讲了一个地质队的故事。

那故事发生在荒蛮之中,从头至尾贯穿着炎热,蜥蜴和蝗虫遍地皆是,太阳终日在头顶上轰响,释放出红的火花。

汗就像小河一样从毛孔里淌出来,结成盐霜。

"那地质队,后来怎样了?"她催促着他。

"后来?没有了。只不过是短暂的一瞬,毫无意思的。有时候我忍不住要说'我还干过地质队呢',其实也不过就说一说罢了,并没有什么其他意思。我这个人,你看见我的时候早就是这么个人了。"

"也许是欺骗呢!不是还有结婚的事吗?"她愤愤不平起来。

"对啦,结婚,那是由一篮梅子引起的。我们吃呀吃的,老没个完,后来不耐烦了,就结婚了。"

"你真可怜。"她怜悯地来回抚着他的脊背,"你还没开口,我就知道你要说些什么,你这么像我自己。等将来,我要跟你讲一讲夹竹桃的,但是现在我不讲,我还有一包蚕豆呢,是老况托人送来的。"

他们俩在幽暗里嘣隆嘣隆地嚼着蚕豆,很快活似的。

一只老鼠在床底下的破布堆里临产,弄出窸窸窣窣的响声。

蚕豆嚼完了,两人都觉得很不自在。

"这屋里很多老鼠。"他说,带点儿要刺伤她的意味。

"对呀,像睡在灰堆里,一身黏糊糊的。"她惭愧地回答,心里暗暗盼望他快快离开。她瞟了一眼肚子,只觉得皱纹更多、更瘪了。她记起早上她为了他来,还在脸上擦了一点儿粉呢。她脸朝着墙,看见酸汗从他腋下不停地流出来,狭长的背部也在淌汗。他的头发湿淋淋的,一束一束地粘在一起。好像经过刚才一场，他全身的骨架都散了，变成了鳝鱼泥鳅一类的动物了。现在他全身都是柔滑的布满黏液的，她隐隐约约地闻到了一股腥味儿。

"最近我生出了一种要养猫的愿望。"他说，还是没有要起身的样子，"我已经捉到了一只全黑的、很精瘦、眼睛绿森森的，总是不怀好意地在打量我。你的金鱼，怎么会死的呢？"

"老况说这屋里凶杀的味儿太浓了，金鱼是吓死的，最近我对剪贴图片发生了兴趣，有时我半晚起来还搞一阵，贴出各种花样来。我有一个计划，将屋里糊墙纸全部撕掉，贴上各式图片。这样只要一进屋，神经就受到了图片的刺激，就不会感到心慌意乱了。你老是睡在这里，一点儿都不觉得腻味吗？"

沉默，两人都在后悔刚才的胡言乱语。

更善无一跨出门去，就踩在一块西瓜皮上，仰天摔了一大跤。他揉着屁股定睛一看，发现门槛下一字儿排开四五块西瓜皮。后来他又在厨房里发现了西瓜皮，堆成一大堆，呈金字塔形状。在他搜集了西瓜皮扔到撮箕里去的时候，看见岳父正用一把铁锹在他房子的墙根起劲地刨，已经挖碎了两块砖。他的裤腿卷得高高的，露出多毛的细腿。

"滚！"他用力一撞，撞得他扑在地上。

他爬起来，拍了拍身上的灰土，将铁锹扛在肩上，边走边啐口水，还扬起拳头。

"爹爹拿走了你的青瓷茶壶。"慕兰哭丧着脸说。那茶壶是他心爱的东西。

"人都死了吗？！"他咆哮起来。

"我本来不准，但是他威胁说他会干出谋杀的勾当来。谁敢担保呢？也许他真的就会做得出来，我看见他杀过一个小孩……他已经半疯了，这都是受了你的刺激，原来你什么才能也没有，原来你骗取了我们一家人的信任，母亲也是被你气死的……为什么？"她竟抹起泪来。

"屎从喉咙里屙出来！"他骂过就一顿脚走进屋，睡到竹躺椅上，瞪着天花板上的蛛网穗子，发着痴。

他在听，他听见鸟儿在树上喳喳叫，啄得红果一枚一枚掉在地上。他想起他说的那只在心力交瘁中死掉的蟋蟀。那蟋蟀最后的叫声是怎样的呢？要听一听才好。好久以来，他就盼望着树上的那些果子变红，因为他对她说过，等树上结出红浆果，大家就都能睡得安稳了。所以当第一枚红浆果掉在窗台上时，他简直欣喜若狂！然而他并不能睡得很安稳，当天夜里他就失眠了。他仍然受着炎热的煎熬，他在树下走来走去，用手电照着地上那些红浆果，一脚一脚地将它们踩扁。月亮很大，他的影子投在地上，怪好笑的。那女人的呻吟震响着闭得很严实的窗户，窗户底下就有那么一只心力衰竭的蟋蟀。她正在噩梦里搏斗，很柔弱、很艰难，难怪她早上总是汗水淋淋。有的人并不做梦，他们的夜是不是一团漆黑呢？有一次他忍不住问了慕兰这个问题，没想到女人直瞪瞪地看了他老半天，忽然一拍掌，号啕大哭起来，哭得他头发都竖起来了。后来她偷偷地在枕头底下塞了一只闹钟，半夜里毛骨悚然地闹将起来，她一睁眼就跳起来，倒一大杯水，逼着他吞下一粒黄不黄黑不黑的丸子，那丸子有股鸡屎味儿，他怀疑是鸡屎做的。这种把戏一直延续到有一回他在狂怒之下用菜刀剁烂那只闹钟为止。当时慕兰躲在柜子后面，吓得面无人色。慕兰传染上了他的失眠症，从那以后也睡不安了，虽然不做梦，却老在床上滚来滚去，伤心地放着臭屁，唠叨："自从认识到他的才能范围之后，消化功能就出了毛病。"黑猫又叫起来了，很饥饿、很凄惨。那只猫是女儿凤君的死敌。昨天他下班回来，看见她揪出猫的尾巴，正要举刀去剁。他一声大喝，刀子掉在地上。"我正在吓唬它呢。"她虚伪地笑着，那神气极像她外公。昨天与隔壁女人躺在床上时，他发现自己捏死了一只臭虫，他将血渍擦在床沿上，心里暗暗打定主意再不到这床上来睡觉。

"你们屋里有没有杀虫剂？"邻居麻老五探出下巴上生了一个大肉瘤的头，微笑着问。

他心中一惊，冷冷地说："早用完了。"

老头不甘心，钻进屋子，眼睛溜来溜去的。"就这个也行嘛。"他顺手拿了一瓶驱蚊水向外走。

"那是驱蚊水，我们要用的！"更善无喊道。

"很好，很好！"他假作糊涂地答道，撒腿就跑远了。

"你怎么能放他进来呀？"女人像猫一样钻进来了，"他是一个贼！他上别人家借东西，其实是去侦察形势，夜里好去偷。你真是痴呆得很！"

"我倒希望他来偷一些什么去，有什么大不了的？你父亲天天来偷，你心里还暗暗高兴呢。要一视同仁嘛。"

"有点儿什么发生，闹一闹，弄出点儿响动，倒也不错的，免得心里老是害怕。你的父亲，夜里潜伏在我们厨房里……我真想不通。"他含含糊糊地说。

"那个林老头，这是第三次拉屎拉在裤裆里了。"慕兰已经忘了刚才的龃龉，又兴致很好地说起话来。

"林老头？你们是一个人吧。"他想着心事，不知不觉说出了口。

"造孽呀。"

"我当真认为你们是一个人。"他认起真来了,"你不是老惦记着他拉屎的事吗?那分明就如同惦记自己一样。你一定带得有一个小本子,上面记着这些你要操心的事。我很赞成,这一来……"他仍旧看着窗外,盯着那只在树上摇摇晃晃要掉下来的红果,心里暗暗地为它使着劲。

"赞成什么?"她仔细观察他的表情,越来越迷惑。

"赞成你们的事吧。所有的问题都是这棵树引起的。你当然知道,首先是开花,满屋子花的臭味儿,现在又是结红果,不知还有个完没有。我已经这么久没睡觉了,有时困得发狂,简直担心自己会自杀。"

他脸上游离的表情使她没法发火,他肯定是中了什么邪,讲话才这么疯疯癫癫的。

"你和林老头其实是一个人。"歇了一歇,他又说下去,"当你在想一件事的时候,倘若你要去问问他,他一定也在想同一件事,你可以试验一下。其实你一点儿也用不着大惊小怪。比如住在我们这个屋顶下的人,就总是讲同样的话,做同样的梦……"他突然打住,因为意识到了自己是在重弹虚汝华的陈词滥调。她是不是隔着板壁在听呢?

"我和林老头怎么会是一个人呢?真岂有此理,要知道他拉屎拉在裤裆里,又是大家的笑柄。"她没有把握地辩解起来。

"那也一样。你笑他的时候,你自己就是一个笑柄,你讲起他来,我以为你在讲你自己。我看出来你心里害怕,你像小孩子一样异想天开,其实又有什么用呢?"

他老婆拼命将自己区别于那什么林老头。她们总要极力去笑别人，其实是因为心里害怕，怕暴露自己，才假装做出一副姿势，好像发现了什么惊人可笑的事。比如慕兰，就总将拉屎这类事记在小本本上，作为自己的发现，因为总得发现点儿什么，才好装出吃惊的神气。在他们认识的初期，她就开始搞这类把戏了。那时街上有一个炸油粑粑的老头，有一天，她挺神秘地将他唤到那老头的门口，要他从裂缝里朝里看，说是有"精彩的表演"。他弓着背看了好久，没看出什么名堂来，她却在一旁笑得直不起腰来了，还说什么"差点儿把我笑死"。原来她在笑他自己？他过了许多时候才明白过来。

"你干吗笑我？"他后来问。

"因为你是傻瓜。"

"那么你呢？"

"我怎么会是傻瓜？要是我是傻瓜的话还看得出你傻吗？"

"原来这样。"

他看透她了。

她却不知道，仍旧玩着那套老把戏。

所以他今天戳穿她，心里很痛快。

"吃饭前喝三口水是保持情绪平衡的有力措施。"老婆还在唠叨，"重要的是要有一种实际的态度，切忌精神恍惚。隔壁那一对是你的前车之鉴，以前我怎么观察也觉得他们的行为不可思议。那种自以为与众不同的、莫名其妙的举动导致了什么样的后果呢？这不是一个深刻的教训吗？要是……"

昨天所长对他大谈养鹦鹉的事，闪烁其词，七弯八拐地告诉他：如果他能为他物色到那种良种货色，他将会在他心目中留下良好的印象等等,要知道饲养鹦鹉,这是一种高尚的娱乐。所长说话的时候,眯缝的笑眼透出凶光。而他,竟在谈话之间显出迷惑的神态,思想开了小差,而且在末尾毫不得体地插了一句话:"您老是不是养猫?"所长拍着他瘦骨棱棱的背脊,用吓死人的音量大笑起来,一直笑得流出了两粒细小的泪珠。麻老五肯定已将那瓶驱蚊药水洒在屋里了。这可恶的老头子,裤子从不系好,动不动就掉下来,露出那可怕的东西。他养着一只脱光了毛的白公鸡。他几乎每天都要去拼命追那只小公鸡,有时还用石块朝它身上扔,将它背上打出几个肿块来才罢手。这老头极瞧不起他,每次看见他夹着公文包,猥猥琐琐地从街上走过,他就从鼻子里哼一声,说:"低能。"有时故意将这两个字说得很响,好让他听见。被这老头鄙视这件事使他万分苦恼,因为他每天上下班要经过他的家,他想过种种办法来逃避,比如躲在老头家对面的公共厕所里,看见老头一进去,马上出来从他门口一冲而过;或者拉一个同事一起走,边走边谈话,假装根本不注意他。但这麻老五竟是十分执着的人,自从看出他的逃避勾当之后,他比往常更勤快了。他往往估计好他上下班的时间,然后耐心地守候,一等他走近马上迎出来与他打个照面,然后,对着他的背影用怜悯的口气说出那使他发狂的字眼,这已经成了他一种最大的赏心乐事,哪怕落大雨大雪,他也必定准备好一把油布伞站在门口恭候他的来临。有一天他感冒没去上班,躺在床上,心里庆幸逃脱了老头的侮辱。一抬眼,看见窗外站着一个戴草帽的人影,很面熟,那人一钻就不见了。他想了好久才想起来他是麻老五,原来他化了装来调查他的病情来了。

"这屋里有点儿潮。"老婆厂里的科长在前面房里大声嚷嚷。

"那家伙是个傻瓜。"老婆叹了一口气,很烦闷似的。

"是傻瓜。"科长很响地打了一个饱嗝。

"而且又固执。"

"正是,又固执。"

"我要把你耳朵里的这两根毫毛剪下来,装在盒子里。"

"干什么?! 你说得怪吓人的。"

"做个纪念,你这小猴子。"

"别叫我小猴子,我是小公鸡。"

"小蜘蛛,小跳蚤,小蝗虫,小……"

科长忽然发出一声母鸡下蛋的啼叫,接下去又是第二声,第三声……原来他在笑。笑了又笑,整个小屋都震动起来,地面发抖,碗柜里的碟子当啷作响,空气嗞嗞地锐叫。更善无心惊肉跳地捂住耳朵,打开后门逃到外面。差不多过了十来分钟,那怪笑才渐渐平静下来。屋里又嘭的一声闷响。他从板壁缝里一瞧,看见老婆和科长抱在一起,正在床底下打滚。"原来他们俩在打架。"他松了一口气,"那床底下有蝎子呢。"

科长出去后,他和慕兰也打起架来了。开始是闹着玩,他将她推在床上搔痒。忽然他情不自禁地踢了她一脚。她尖声叫着,扑上来咬他,死死地搂住他的脖子,用尽全身劲将他的头朝壁上乱碰。他被憋得出不了气,全身厌恶得发抖。最后他终于挣脱出来,发疯地朝她身上要害部位猛踢。他的女儿进来了,冷静地在一旁观察了好久,忽然捉住那只黑猫朝他们中间扔来。他俩一愣,同时住了手。女儿鄙视地笑着,溜出去了。黑猫将他油污的裤腿当作了练功的柱子,欢快地在上面练它的爪子。

"我活得真费力,"他对慕兰说,"这都是由于失眠引起的。"

"我们应该对隔壁那女人加强监视。最近她通夜不熄电灯,我总在半夜看见板壁缝里透着灯光。我有一次偷看到她正在搜集女人屁股的图片,她的壁上贴满了这类屁股,真是不堪入目。也许她在暗地做贩卖淫画的生意?"

她出去了。他拿起她的一只皮鞋,扔到后面的阴沟里,然后嘻嘻地笑了一阵。麻老五对他的侵犯已经到了忍无可忍的地步,今天他当众死死揪住他的手臂,将一只臭虫塞到他手里,然后跳开去,向围着观看的人宣布:要将他的私人秘密公布于众。他吓破了胆,抱头鼠窜。

"我要活一百岁!"麻老五在他背后宣告。

(二)

她找出一大沓报纸,剪成细的长条,然后搬来梯子,爬上去将板壁的每一条缝都仔细地封死了。她忙乎到半夜,身上不断地流出酸臭的汗液,屋里的灰尘又在她身上画出一道道污迹。

他们闹起来的时候,她一直坐在家里。她的窗帘破了一个大洞,一只丑陋不堪的麻点蛾子从那个洞里爬进来,撒了一泡黄水,还在窗帘上密密麻麻地产了一大片卵,叫人看着身上一阵阵发麻。炎热是一天天地厉害了,她一进屋就将全身脱得精光。在镜子里面看见熟悉的、皱巴巴的肢体,她又模模糊糊地想起了那个男人,那个瘦长的身影。在她的记忆中,他就是这么一个飘浮的东西,怎么也无法抓住。她使劲地回忆他们睡在床上的情形,总是只得到一些零落的、似有似无的片段。桌上的灰已被她扫去了,连半圆形的屁股印子都没留下。也许她完全弄错了?在一开始,她的确有过一种类似欲望的东西。自从最后一次和他吃完了那包蚕豆，他讲了地质队的事之后，她觉得欲望完全消失得无影无踪了。（也许原来就不存在的，不过是她自欺的想法？）好些天来，她一直在提心吊胆，生怕他出其不意地闯进来。她将门闩好，躲在蚊帐里面，汗流浃背，懊恼不已。他们闹起来的时候，她听得清清楚楚，但是她并不关心，她正在紧张地注视那只蛾子，生怕它飞到床上来产卵。"那男的是一个鬼鬼祟祟的怪物。"她心平气和地想。她已经忘了她说过他像自己这码事了。帐子里很闷，两只大苍蝇在帐顶嗡嗡叫着，滚成一团在那里交媾。外面太阳很毒，然而白天是昏沉的。在她的记忆中，白天总是昏沉的，楮树和小屋总是沉沦在那昏沉的底里，蚊虫在紧闭的屋里唱着窒闷的歌。亮晶晶的白天只有从前才有，那是与夹竹桃的苦涩一起到来的，那时满树的叶子就像着了火，地上有一个一个的小圆圈，像撒了一地的银圆。那时听不到蟋蟀的病吟，只有两只斑鸠温柔地、梦呓般地从早到晚啼叫。她的父亲是一个工程师。"她将来要继承父业。"小时母亲时常对人吹牛。但是她没能继承父业，她成了一个卖糖果的营业员。母亲因此恨透了她，发誓："要搅得她永远不得安宁。""这家伙要了我的命。"她逢人就诉说，还哭起来，"真是一条毒蛇呀，为什么？！"她这人总喜欢耿耿于怀，或许父亲就因为这个受不了她，去和街上一个摆香烟摊子的老太婆姘居了。母亲每天上街买菜总看见他从那老太婆的矮屋檐下钻出来，但她放不下臭架子，只好装得若无其事的样子。老况昨天又托人送来一包蚕豆，这一次炒得更硬，嚼久了很不舒服，太阳穴涨得不行。下班的时候，她看见老况被婆婆紧紧地挽着臂在街上溜达。婆婆穿着一件鲜亮刺目的绉纱衣裳，头上还是戴着那顶破烂的草帽，干枯平板的身子像斧头砍出的一般。老况脸上大放油光,显出和往日大不相同的、自信的神气,劲头十足地飞起一脚,将一块路上的碎砖头踢出老远。"生活要有明确的奋斗目标。"听见婆婆斩钉截铁地说,还把烂草帽自负地从头上摘下来,胸有成竹地抖掉上面的灰。她经过他的面前时,婆婆看见了她,镇定地,蔑视地向她点了两下头,然后目标明确地挽着老况,从她身边一擦而过。"这顶草帽对于我有非同寻常的意义……"她的语气那么热切,为的是掩饰内心的空虚。"原来她还搽香水呢。"她一看到这两个人在一起那种一本正经的神态,总忍不住要笑。但这次她不敢笑,因为她发现谁家窗帘在抖,有人躲在帘子后面观察她。那人推开窗,弄虚作假地漱了好久的喉咙,朝外面吐了口唾沫,翻着白眼打量了她一眼,又关上了窗,兴许还躲在帘子边上。婆婆他们已经走远了,声音还是顺着风不停地传到她耳朵里来:"保持心明眼亮,就会产生使不完的劲儿……"

白天是昏沉的,在白天,桌上居然有成群的老鼠穿梭,跳出弹性的、沉甸甸的脚步声。她一闭眼,立刻就看见向日葵的花盘,一个又一个,热烘烘的、金黄的……

"我真活不下去了呀。"他的声音拖着哭腔。她看见他头上的皮屑将肩头弄出一片白色。

"你一点儿也不冲动,别装样了。"她打开门,两臂交叉,傲慢地瞪着他,"你这种样子不是太可笑了吗?这上面有一只怪蛾子,老巴着不肯走,你替我打死它吧。"她指了指扫帚。

他猫着长腰接近蛾子的所在,用扫帚猛地一扑,蛾子掉在地上。

"也许,我是太不坚强了。"他发着窘,"当然你都听见了的，并没什么大不了的事，是这样吗？我的样子就像一个卖老鼠药的婆子。"

"完全是自作多情。"她舒了一口气，一脚踏死了蛾子，"你变得像我母亲了。我母亲这种人活得真不容易，一天到晚老是那么愤愤的，老是那么上蹿下跳，辛苦得很呢。我有时真想不出她怎么还能活到今天，也许她终究要得癌症死掉的。"

"最近我没做什么梦。"他嗫嚅地告诉她，退到了门边，似乎打算去开门。

"当然，你忙得不得了。"她谅解地说，"你一直想变一变看看。我想你或许会有成效的，你一直在努力，这有多难，无法想象……"

"难极了，我简直是一个白痴，"他满腔忧愤，站住不动了，"所有的人，讲什么话，做什么事，都规定得好好的。而我，什么也不是，也变不像，哪怕费尽心机模仿别人走路，哪怕整日站在办公室的窗口装出在思索的样子，腿子站断。其实我也是被规定好了的，就是这么一个什么也不是的人。"停了一停，他又说："几十年来，我一直这样，你怎样？"

"我？啊，我老是想不起你来。在我看来，你是一个影子一类的东西，你的确什么也不是。其实我也这样，但是我不为这个苦恼，也不去想变的事，我已经干涸了，我早告诉过你，长满了芦秆。我只有一件要苦恼的事，就是这条毯子，我打算睡觉前将它钉在床沿上，免得它再飞。在我们这类人里，有的想变，成功了，变成了一般的人，但还有一些不能成功，而又不安于什么也不是，总想给自己一个明确的规定，于是徒劳无益地挣扎了一辈子。我觉得你也不能成功，你的骨头这么笨重，又患着关节炎，你在人前转动你的身体都十分困难，你看，我就这个样，我吃腌黄瓜，过得很坦然。"

"邻居假装来跟我借杀虫药剂，当我的面把驱蚊药水抢走了，我老婆说这屈辱得很呢。"

"这一点儿也不屈辱，其实你也一定没感到屈辱，对不对？干吗要来这里装样呢？这多不好。你根本用不着那么怕他，我是说那个邻居。在黑暗中，你听见树干发出的爆裂声没有？这棵树真是狂怒得很呢，我看见满树的叶子都爆出了火星……"

"我这一向没做什么梦，我得走了。"他出去了，没有在桌上留下半圆形的屁股印子。

他说"我得走了"的时候，那种做贼心虚的神气，她看了觉得挺开心的。她注意到他身上的那件汗衫已经十分脏，十分油腻了，靠腋窝处还有个地方散了线缝，他穿着它，显得可怜巴巴的。他的女人大概已经跟他闹翻了，才不肯帮他补汗衫，而他，还要假模假样地说什么"一个梦也没做"，真是怪事。

其实他听见了树干的爆裂声，也看见了叶片上的火星，他说"没做梦"是因为心里羞愧。当时他跳起来关紧了窗户，因为数不清的蛾子正带着火星飞进屋里来。在窗外，惨白的月光下，一动不动地站着一个披头散发的裸体女人，那身体的轮廓使他蓦地一惊，身上长满了疹子。他想来睡，后脑勺刚一接触枕头，就被什么尖锐的东西扎了一下。他将枕头拍打了一阵，翻了一个边，刚一躺下，又被更狠地扎了一下。"哎哟。"他失口叫出了声。那女人正站在窗玻璃外面，干瘪的乳房耷拉下来，浑身载满了火星。她无声地动了动嘴唇。

"你折腾些什么？"老婆重重地踢了他一脚。

"红果不停地掉在瓦片上，你一点儿也没有听见？你看看窗外吧，有样怪东西站在那里。"

"胡说，"她趿着鞋走到窗口，打开窗向外探了探头，说，"呸！别吓人啦，大概是我白天挂的那面镜子的反光。它扰得你不能睡觉？你的神经真是太脆弱了，你怎么这样娇气，我上去把它取下来。"她嘟嘟囔囔地走出去，又嘟嘟囔囔地进来了，"明天是不是去找那法师来驱一驱邪，有人私下告诉我，说我们这小屋闹鬼，已经闹了好久了。你知道我干吗要用镜子来侦察隔壁的举动吗？我一直在怀疑！他们驱过邪，不管用，后来那男的才搬走了的，你注意到了没有？那女的肯定已经被缠上了，有天夜里我听见她在屋里跟什么东西厮打，弄得乒乒乓乓直响呢！你千万别朝她看，她的眼睛里面有一根两寸长的钢针，我看见她朝一个小孩身上发射，那小孩痛得哇哇直叫。"

因为和所长的那次谈话，他成了众人的笑柄了。那一天，安国为在办公室里大喊大叫地冲他说："喂，你有没有良种猫？请捐献一只！"其余的人都在交头接耳，挤眉弄眼，其中一个还用指头蘸着唾沫，大模大样地在蒙灰的玻璃上画了一只猫。他怔怔地站着，那伙人却又追赶起一只老鼠来了。叫叫嚷嚷，碰碰跌跌，还乘机将他推过来，撞过去，一下子将他挺到墙上，一下子又将他挺到桌子边。

"我并不养猫……"他揉着碰痛了的腰，吞吞吐吐地说。

"他说什么？"所有的人都停下来，老鼠也不追了，满怀兴致地朝他围拢来，死死地盯紧了他。

"你说什么？"

"我正在说……我打算说——我有一种特殊的自我感觉。"他胆怯地看着这一伙人。不敢往下说了。

"天老爷!"所有的人都蹦起老高老高,乐得要死,"他说他有特异功能!同志们!这家伙不是在吹牛吗?哈哈哈!!"

"哈哈哈。"他也迟疑地笑起来,因为总得表示点儿什么。

老鼠又从桌子底下跑出来了,大家一窝蜂地去追老鼠,他忽然觉得自己仿佛也成了他们当中的一员,于是也去追老鼠。

"且慢!"安国为抠住他的脖子,"我要把这事报告所长,你并不养猫。"他笑眯眯地说。

他心怀鬼胎地熬了好多天,所长却没来找他,甚至远远见了他都要绕弯避开。只是有一回,他偶然在办公室门外偷听到了所长对他的评价,他说他是"一只滑稽的老鹦鹉",说过就又用那种吓死人的音量大笑起来。"我的脚指头为什么这么痒?呃?"他上气不接下气地说,"我一笑脚指头就痒得不行,该死的东西!"

一个雨蒙蒙的早晨,麻老五又当街拦住他,还将发绿的鼻涕甩在他的裤管上。于是他下定决心要脱胎换骨了,他鼓起勇气朝所长家里走去。

屋里乱糟糟的情况使他大吃一惊,他还以为走进了废品收购站。五花八门的东西一直堆到了天花板上,两个大阁楼全被压得摇摇欲坠,他使劲眨了眨眼,从那数不清的、蒙灰的什物堆里认出一个盛酒的坛子,一把没把的铁锹,一串念珠,一摞粗瓷碗,一个鸟笼(里面站着两只半死不活的鹦鹉),一大束女人的长发(颇为吓人地从阁楼上垂下来),一张三条腿的古式床,一大堆生殖器的石膏模型,一副鲨鱼头骨,一只断了的拐杖,等等。在一个角落里,所长和他夫人正在吃饭,饭菜都摆在一个竹制鸡笼上面,鸡笼里还养着一只黄母鸡。所长的夫人像一个墨黑的泥人,眼珠子一动也不动。

"我也许能……"他讷讷地开口。小心地挪动脚步,绕过那些杂物,"我想过了,我有办法搞到那种良种货色。"

"嘿嘿?"所长翻着白眼,停止了咀嚼,将酒糟鼻子伸到他衣服上仔细地嗅了几嗅,"你觉得印象怎样?这下我可让你大开眼界了吧?你看见那副鲨鱼骨头没有?你有什么感想?现在你可以到所里去吹牛啦,你真运气!不过我这两只东西确实糟透了,哪里是什么鹦鹉,简直是乌鸦!我说你别坐在那张床上,它只有三条腿,你可以坐在这个鸟笼子上面,我们有时将它当凳子坐,在有客人的情况下。等你帮我搞来良种货色,我就让你参观我后面两间房里的东西,不过现在还不行,你得先交良种货色,我可不打算给你白看,看了好去吹牛。你也别想打这种鬼主意,老弟,他们说你鬼得很,对不对?也许你在偷偷地干搜集邮票的勾当,好一鸣惊人?呸,这种事你得跟我好好学。"

"实际上,我有一种很严肃的想法,我正打算脱胎……"

"嘘!别说话!近来我的心脏跳得很不正常。这就对啦,这就对啦。"他宽宏大量地拍拍他的背脊,忽又想起了什么,"你至迟不能超过后天,要是超过了后天,我就不让你参观我后面房里的宝贝了,你听明白没有?要是看不到我的宝贝,你要后悔一辈子的,一直后悔到坟墓里去!"他竖起一个胖指头,警告地在他脸上戳了一下,"第一流的!举世无双的!明白了没有?"

近来他感到自己日渐衰老了。偶尔他还记得地质队的事,然而那些情景都已经退得极遥远,缩成了一个模糊的小光斑。时常在白天里，他发现自己在干一些不可思议的事：有一次他打算用一把锯把床脚锯断，还有一次他把尿撒在老婆的袜子上面。隔壁的女人竟能旁若无人地吃她的酸黄瓜，这件事想一想都使他心绪缭乱。他听见蚊虫在她那个房子里拥挤着，简直像开运动会。虽然板壁缝贴上了纸条，仍然可听到她的髋关节在床板上嘎吱地磨响的声音，还有那种衰弱的喘息。他的耳朵怎么反而越老越灵敏了呢？比如慕兰，就从来听不到什么。她听不到红浆果落在瓦片上，也听不到树干的爆裂声，她听不到蚊虫在隔壁房里喧闹，也听不到女人在床上辗转。她每天夜里都在床上放着消化不良的臭屁，从前她母亲放屁的毛病遗传给她了。有时他卑怯地问一问她听到什么没有，她总要大发脾气，说他这种人"天生一副卑微相貌""心里藏着见不得人的鬼事"。他喂的那只黑猫已经从家里出走了。偶尔它也回来，阴谋家似的嗅来嗅去，献媚地朝他叫两声，又匆匆地逃离了。他注意到它的尾巴只剩了半截，是不是女儿剁了呢？这么看来她终于得手了。当他假意用玩笑的口吻谈起这件事的时候，女儿竟怪模怪样地哭起来，还说要跳到后面的井里去淹死，说她对这个家已经看够了，早就不耐烦了，倒好像她自己有多么清高似的！

终于有一天，当黑暗的窗口飘出热昏了的人的谵语时，最后一只红果嚓的一声，落到了瓦缝里。

（三）

"灵魂上的杂念是引起堕落的导火线。"这句话母亲已经说过五遍了，她正在吐唾沫。自从他搬回来以后，看见母亲每晚都坐在大柜后面的阴影里，朝一只纸盒里不停地吐唾沫，从来也不上任何地方去,也没人到她这儿来。开始他很惊讶,后来母亲告诉他:"我正在进行灵魂上的清洗工作。"于是从那天起,他迷上了搜集名人语录的工作。两个月来,他已经搜集了两大本,而且越干越有劲儿。"名人的思想里有无穷的奥妙。"他跟人说话开始使用这样的口吻,"只要想一想都叫人诚惶诚恐,五体投地。从前在我没有找到生活的宗旨的时候,我心中是一片漆黑,真不知怎么活过来的。现在一切都有了一种不同的情景,生命的意义已经展现出来……"本来他是一个沉默寡言的人,现在竟出乎意料地变得像老婆子一般,逢人就唠叨心中的事了。"新的生活使他很振奋,"有一天他听见母亲跟摆香烟摊子的老太婆(那老太婆是跟一个瘦骨伶仃的秃头工程师姘居的,她说他是一个妙不可言的人,"有种说不出的高级派头")说,"这就像一种崭新的姿态。你想一想吧,活了三十多岁,忽然整个生活的意义一下子展现在眼前!"每天傍晚他都和母亲到街上去散步,手挽着手,趾高气扬,他心中升起一种从未体验过的新奇感和自豪感。当这种情绪在他胸中涨满起来的时候,他总恨不得踢一脚路边的石子,恨不得捶一顿路边的电线杆,然后哈哈大笑,笑得浑身打战。有时他也不由自主地回想起楮树下的小屋里的生活,那就如一个朦朦胧胧的梦境,那种嚼蚕豆的不眠之夜,那种挣不脱的恐怖,现在体验起来仍然使他脸色发青,汗如雨下。"一切都是由酸黄瓜引起的,"他向母亲说道,"不正常的嗜好常常引起罪恶的欲念。我有一个同事的老婆,每天要吃臭豆腐干,有一年冬天买不到,她馋得发了疯,竟把她丈夫干掉了。真是沉痛的教训哪。""你老婆这种人并不存在,"母亲一字一板地从牙缝里说,那门牙上有两个蛀洞,"她终将自行消失。"然而她到现在还没消失,她在阴暗发霉的小屋里像老鼠一样生活，悄悄地嚼着酸黄瓜和蚕豆，行踪越来越诡秘。他每星期给她送去蚕豆，那惭愧的心情就如同喂着一只老鼠。"分开后感觉怎样？"有一天她口里吐着蚕豆壳随随便便地问他，好像他是她的一个邻居。"也许身心两方面都健康得多。"他红光满面地回答，同时就涌上一股莫名其妙的负疚情绪，他冲口而出又补充了一句："你也可以搬过来住。"她冲他古怪地一笑，说："现在这屋里的蚊虫简直像开运动会，你在夜里听见没有？在刮南风的时候，那声音兴许能传到你的枕边。"后来母亲称他那种负疚情绪为"残余的龌龊念头"。从那里搬出来之后好久，他才隐隐约约地听人讲起小屋闹鬼的事，他当晚就在床上捣鼓了一夜没睡，弄得好几天头昏脑涨，背心出冷汗。有的时候，他躺在窗旁，看见浮云从天边逝去，忽然很感动，甚至涌出了眼泪。"做到老，学到老。"他喃喃地自言自语，为一下子想到了用这句成语来形容自己的情绪而高兴。"你必须试一试吃蚕蛹。"母亲说，两只睁得圆圆的小眼很像鸡眼，"我的一个熟人试过了，简直有起死回生的作用。"

前天他从学校回家，看见岳母鬼头鬼脑地在酒店门背后将脖子一伸，伺候着他走进去。他转身拔腿就跑。她在后面追着，高声大叫："骗子手！道德败坏的东西！我要送你上监狱去！"还捡起路边的碎石头投他呢。结婚以来，她一次也没上他们的小屋来过，从来也没承认过他是什么女婿。自从他从家里搬出之后，她却忽然对他们的私生活感到极大的兴趣，整日整日在那小屋附近转悠，有时还当街拦住他，挥着拳头对他说，要将他的卑劣行径向学校领导做一个详细汇报。如果他不赶快醒悟，将是自取灭亡。边说还边跺脚，脸上沉痛的表情使他迷惑不解。"她一直等着这一天,"他去送蚕豆时虚汝华微笑着告诉他,"她的头发都已经等白了,你还没发现吗?现在她认定时机到了,就跳将出来。多少年来,不管日里夜里,她总在不断地诅咒,她这人太执着,太喜欢耿耿于怀了,看着她日子过得这般艰难,我都替她在手心捏一把汗哪。她快完蛋了,也许在做垂死的挣扎吧,我觉得她近来气色很坏。"他一回去就向母亲诉苦了:"那屋里的蚊虫就如强盗一般迎面扑来,朝你身上乱叮乱咬。喷筒啦,杀虫剂啦,全不知扔到什么地方去啦。我不知道她心里全在想些什么,真是岂有此理,都是酸黄瓜引起的,当初我竟会依着她吃……"母亲从鼻眼里吭吭了一阵,说:"有人告诉我,那屋里半夜传出狼嗥,真是阴森可怕呀。""对啦对啦,"他摆弄着名人的语录本,愁眉紧锁,"首先是金鱼的惨死,接着是暖水壶的失踪,当时我为什么不把所有的事联系起来想一想呢?我看了这么久,原来她已经完全无可救药了,原来事情是一场骗局,我完全弄错了。她一直企图咬死我……""这种女人终究会自行消失。"母亲又一字一板地说,"因为她从来就不存在。"

　　媒人介绍他们俩认识的时候,她已经是嫁不出去的老姑娘,短头发乱蓬蓬的,从来不用梳子梳理,只用指头抓两下了事。然而她一点儿也不固执,甚至像小孩一样毫无主见,正是这一点使他怦然心动。在她面前,他觉得自己仿佛是一个男子汉。他把她带到楮树下面的小屋里来,满脑子又空又大的计划,想要在屋前搭一个葡萄架,想要在后面搭一个花棚,这些都没来得及实现,因为蟋蟀的入侵把他拖得精疲力竭了。随着岁月的流逝,他才惶恐地发现,原来老婆是一只老鼠。她静悄悄的,总在嘎吱嘎吱地咬啮着什么东西,屋里所有的家具上都留下了她那尖利的牙齿印痕。有一天睡到半夜，他忽然觉得后脑勺上被什么东西蜇了一下，惊醒过来之后用手一摸，发现了手上的血渍。他狂怒地推醒了她，吼道："你要干什么?!""我?"她揉着泡肿的眼，揉得手上满是眼屎，"我抓着了一只小老鼠，它总想从我手里逃脱，我发了急，就咬了它一口。""原来你想咬死我！""咬死？我咬死你干什么？"她漠然地对着空中喃喃低语，然后打了一个哈欠，倒下睡去了。他灭了灯，在黑暗中仔细倾听，听出来她的鼾声是虚假的，听出来她紧张得全身发抖。从那天起他就失眠了，不久就变成了神经官能症。后来她还咬过他好几次，因为他很警惕，伤势都不重。有一回咬在肩膀上，他醒来后她仍旧死死咬住不放，他只好扇了她一个耳光，把她从床上打落到地下去。他让她张开嘴巴，于是发现了牙间的瘀血，原来她之所以死死咬住不放，是在吸他的血！有时他一下子意志软弱，怀疑起她是不是一个妖婆来，但他很快又打消了这种想法，他怕别人讥笑。他只好硬着头皮去捉蟋蟀，她则像机器人一样执行命令：每天喷洒三次杀虫剂，用棍子没个完地捣毁蟋蟀的巢穴，每天早上做几百下舒展动作（这是他熟识的一个医生的忠告），实行蚕豆疗法，睡觉时头朝东，等等。这些方案一点儿也没有起到应有的作用，他终于看着她一点儿一点儿地萎缩下去，变成了一颗干柠檬。她的牙齿慢慢地松动了，她不再咬啮什么东西，却开始吃起酸黄瓜来，而且腌了一坛又一坛。有时夜里一觉睡醒还起来吃一阵，整天嚼个没完。当他在屋里的时候，只要听见牙巴间嘎嘣一响，闭着眼也知道她在干什么勾当。虽然她尽量轻轻地嚼，那响声还是搞得他暴跳如雷，那一次他一下就砸烂了五个坛子，满屋子腌黄瓜气味儿熏得他通夜失眠，痛苦已极。她看着，若有所思，愁苦不堪。后来不知哪一天他发现，床底下又悄悄地摆起了五个新坛子。在他离开的前几天，她唆使他将屋里的窗子都钉上了铁条，说有个小偷在附近转悠，是不是要破门而入？他一边钉一边心里却在想：她是不是以疯作邪，打算在他熟睡时给他一下子？不然她讲话的当儿为什么眼里冒出那种邪火来呢？那几天睡觉他一直只睁一只眼闭一只眼，到母亲接走他的时候他的神经已快错乱了。

"喂，"母亲端着纸盒，从大柜后面阴影里走出来了，一边吐一边说，"我的灵魂清洗工作结束了。我跟你讲一桩奇事，是摆香烟摊子的老太婆（她从来不提她的名字，也许不知道？）告诉我的。她说只要过了夜里十二点，王鞋匠的家里就传出桂花香，整条街都香遍。昨夜十二点，我使劲嗅了嗅，果然有那么一股味儿。今天中午我一直在考虑这事，弄得烦躁不安，午睡都没睡成。今天夜里我一定把这事调查个水落石出，说不定是搞什么阴谋呢。你吃过晚饭后不要闩门。我打算在他家门外守候到十二点，必要时还要查看他的耳朵，看看香味儿究竟是不是那里散发出来的。是不是报纸上讲的那种特异功能呢？要是那样倒也放下一桩心思。"

"妈妈，你看出来虚汝华现在变成什么东西了没有？"

"那个女人？"她将鸡眼凑近，从头到脚细细打量他。

"你没注意到吗？她早就变成一只老鼠了。人要是常模仿什么也许就会变成什么。过去她常模仿老鼠，在屋里咬来咬去的，现在果然变成了老鼠，一只牙齿松动的老鼠。有时我竟会起了这种念头，想在蚕豆里拌一点儿砒霜送去，悄悄地，就如毒死一只老鼠，这不是很卑鄙吗？"他迟疑了一下，害羞地补充说，"要是能离婚，其实我是很逗女人喜欢……"

"那种卑鄙念头你从来没起过,也不会去干。你怎么会起那一类念头呢?你从来也学不会自作主张去干一件事。那女人早就活得不耐烦了,她迟早会从这世界上消失得无影无踪,你时常软弱起来,以致丧失了信心。如果你每时每刻留心自己的一举一动,睡前别忘了服用消炎镇痛片,每天坚持灵魂的清洗工作,就会慢慢地强壮起来。别再提那种蠢事,你要我们成为大家的笑柄吗?你从小就很孱弱,很迟钝又特别喜欢想入非非,自作多情,忘乎所以,像你这种人根本不能结婚,当初你怎么会没意识到这一点呢?幸亏我——"她陡地截住话头,板着面孔不作声了。此刻她心里大概对他的愚钝觉得分外憎恨。她大声地、威胁地漱着喉咙,用力朝纸盒吐去,翻着白眼看了他一眼。

"妈妈说得对,我完全是发了疯了。"他在母亲的目光下沮丧地缩成一团,变成了一个大肉球,微微颤抖着。

"这就好了。"母亲缓和地说,两眼变得像毛玻璃那样混浊无光了。

他非常害怕母亲生气,只要母亲一对他生气,他就吓得走投无路,痛苦得活不下去。当天夜里他做了一个噩梦,梦见有人把他睡的那张床从身底下抽走了,他悬在半空中,落又落不下去。

"你没命地扑打些什么?"母亲在隔壁发问。

"床底下蹲着一只野猫,不断地要爬上床来,我正吓唬它呢。"

"你在心里背诵几条语录吧。"

月光像铺在地上的一长条尸布。

"你有没有碰见过野猫?"他说,竭力做出狰狞的鬼脸,"要知道野猫是很厉害的呢,你睡着了,它冷不防抓在你脸上。"

她陡然变了脸，向着天花板很快地说："你找什么东西呀？你的喷筒和杀虫剂，我全扔到垃圾堆里面去了，因为你不在，这些东西放在那里挺碍眼的，还是扔了干净。我倒是很能习惯在蚊虫里面过活的呢。蚊虫喜欢围着我嗡嗡并不咬。听见蟋蟀叫，我就觉得很亲切似的。你走了之后，蟋蟀的叫声越来越自信，有力了。现在我睡得很安稳，用不着为它们的心力衰竭日夜操心。"

"墙上怎么巴着这么多蛾子？"

"是飞进来产卵的，很可怜，不是吗？"

"我拿来的蚕豆，你好好嚼烂吧，有人说这屋里闹鬼呢！"

"闹鬼的也许是我。我总是半夜里起来，将毯子甩得呼呼作响。要是你不搬走的话，说不定会被吓死，你的性格太软弱了。"

"或许是这样，"他伤心地叹了一口气，"你一直想咬死我。"

"……"

"你早就疯了，我怎么会没发觉。"

"……"

"你母亲就有疯病，你是遗传的。我从前还打算种葡萄呢，那些蟋蟀差点儿要了我的命。我一回忆往事就出冷汗，发夜游症，我母亲老说我患了迫害狂。"

"……"

"你好好嚼蚕豆吧。"

"你下回不要亲自来了。隔壁的在大树上挂了一面镜子，你来的时候看见没有？他们从镜子里观察你的形迹呢。我实在弄不清他们的用心何在，挺可怕的，对不对？说不定他们打算搞谋杀吧？"

(四)

当她闭上眼嚼着盐水豆的当儿,天花板上的石灰又剥落了一大块,这一次是露出里面的木条来了。八年来,她一直在这幢房子里苟延残喘,奇怪的是总不死。每次发病之后,她总能用细瘦的腿子颤颤巍巍地支起沉重的身躯,重又在屋里扶墙移动。稍一恢复,她就在天井里用箩筐捕麻雀,整天整天地守候。在天井里的墙上,钉着几十只麻雀的尸体,一律是从眼珠里钉进去的,外人看了无不目瞪口呆,满身鸡皮疙瘩。不久前她忽然食欲大增,一天一天地强壮起来了。有人告诉了她那边小屋里的事,她闻讯后立刻精神抖擞,全副武装,开始了她的监视活动。"原来如此!"她对卖油饼的老婆子嚷道,"想一想吧,八年的痛苦!凄惨的晚年!每天夜里臭虫的咬啮!你们有谁受过这种折磨?现在他终于看出了这条毒蛇了!有一回我在街上看见他,好小子,他的一边脸古怪地抽搐着,脖子上伤痕累累,浑身散发出狐臭,可怜的家伙,他怎么会落到她手中的呢?这就好比苍蝇落进了毒蜘蛛张开的网,她吸干了他的血!这事到死都是个谜。也许他是一个白痴?我觉得他走路的姿势很特别,邻居说他把葡萄架搭在卧房里,我的天!"在她小的时候,她也曾对她抱过期望的,然而她天生的性格卑贱,歪门邪道。"汝华呀,你又把菜汤滴在衬衫前襟上面了!真腻心哪!你的脚步跺得那么响,我疑心你的鞋底是不是钉着铁掌呢!"那时她总是心烦气躁地喊。她明明听到的,却一声不响,仍旧低头弯腰,沿着墙根找蚂蚁的巢穴。她吃起东西来毫无顾忌,满不在乎地嚼得牙巴大响,完全酷似她那疯疯癫癫的父亲。有一回她用棍子打她,她忽然跳起来咬了她一口,刚好咬在虎口上。咬得很轻，像是被什么鸟儿啄了一下，那伤口竟肿了一个多月。后来她细细查看了她的牙齿，发现那些牙齿生得很古怪，十分尖利，过于细小，简直不像人的牙齿。在她睡着了的时候，她多次起过一种欲念：想用锤子敲掉她几颗牙齿。有一次她已经举起了锤子，不料她睁开了眼讥笑地瞪着她，原来她一直在装睡，在肚子里暗笑。自从她丈夫与街上摆香烟摊子的老太婆姘居以来，她一直视而不见，生怕女儿知道。有一天她从那家路过，听见里面欢声笑语，好不热闹。从板壁缝里一瞧，原来两人在里边喝茶呢。而在家里，他们一家人从来也没有一道喝过茶。桌上摆着几样小吃，一面大镜子吓死人地反着光。老头儿笑得嘴角流出了涎水，两条麻秆儿似的细腿在桌子底下蹭着那婆子墨黑多毛的大粗腿，女儿也在傻乎乎地笑，装模作样地捂住肚子。那老太婆已经老得如一棵枯树，皱巴巴的，满嘴大黑牙，成天一支接一支地抽烟，只有精神失常的疯子才会看上这样一件货色，而她的丈夫就是一个疯子，现在疯病又传给了女儿。"真是一对活宝哇。"当时她从牙缝里咕噜了一句，喉咙里有一种吞了蛆的感觉。到她一成年，就将她这做母亲的当成了生死仇人，一味地胡作非为，想尽办法来刺激她的神经，而且装出一副麻木不仁的神气，来掩盖内心的快意。那次她患肺炎，她本来算好她一准完蛋，报复的好时机来了，谁知到头来又是空喜欢一场。"妈妈呀，"她故意嗲声嗲气地说，"您何必来看我？还好得很呢，离死还远着呢，您就放心了吧。您想想看，像我这种人怎么能死得了呢？"不久前她忽然心生一计，想跟那男的订立盟约，来共同对付她女儿。她满脑子幻想，在厕所的墙下边等了好久看见他来了，仍旧是那种白痴模样。她冲上去拽住他的衣袖，滔滔不绝地诉说起来，什么"同病相怜"哪，"孤苦伶仃"啊，"要采取有力的措施来自卫"呀，等等。"我一直在心里把你当我的亲儿子，做梦也在担心你的生命安危呢。"她谄媚地说。他骨碌碌地转动钝重的眼珠，总也听不明白她的意思。"果然是个白痴呀。"她想。最后，他好像忽然下了大决心似的，脸色一变，用猛力甩脱她，粗声粗气地问："喂，你是什么人？我怎么从来没见过？也许你是想来谋财害命的吧？别打错了主意！我母亲可厉害啦，我要喊她来教训教训你！""你是我的女婿呀。""你别来搞诈骗，我不是你的什么女婿。你当街拦住我，眼珠不怀好意地盯着我，这是怎么回事？你再欺侮我我可要告诉我母亲，让她来给你真颜色看看！"他边说边逃跑，追也追不上。

　　他的腿的确是细得像麻秆儿一样了。好多年以前，他也曾是一个高大的汉子，脸上红通通的。有一天，他正在做一个梦，梦见窗前的美人蕉发了疯地怒放，太阳又高又远。忽然他被什么东西扎了一下，痛醒了过来。他看见老婆正在吸吮着他的腿子，做出猫吃肉的种种姿态。她的舌头上生着密密麻麻的肉刺，刚才在梦里他就是被这些肉刺扎得痛。他想缩回腿子，无奈她使出从没有过的蛮力按得紧紧的，用力咬着，像要将小腿上的大块肌肉全撕下来吞进肚里去。他只好闭上眼，忍着恶心，听之任之。没想到这种把戏竟继续下去了，而且变本加厉。每天早上起来，他身上都是青一块紫一块的，有时还肿起老高。他的身子一天天变细，肌肉一天天消融，淋巴结像一个个鸽子蛋。他时常疑心他身上的肌肉是不是在睡着的时候被她吃掉了。因为她已经在不断地发胖。"你，干吗老吃我的肉？"他说。"呸！"她嚷嚷起来，"势利小人！算计者！我的天哪……"她老不洗头发，她一接近他，头发上那股酸臭味儿就猛冲他的鼻孔。后来有一天,她拿盆子来洗头了。大块的污垢连着发根从她脑袋上掉下来,落在盆子里,所有的头发全脱光了。她要他朝她头上浇水,他的手抖得厉害,瓢落到了地上。她跳起来,口里骂着污秽的粗话,光着发红的秃头,叉着腰追赶他,提起一桶冷水从他头顶上淋下去。他在床上躺了一个星期,发着高烧,不断地摸着脑袋,嚷叫有人要剥他的头皮,又说头皮剥开就会露出里面的脑髓来。病好之后,他逃到了摆香烟摊子的老太婆这里,老太婆浑身冒着葵花子味儿,卧房又大又黑,他觉得十分安心。她起初夜里还来找,从窗眼里窥视,将门敲得嘣嘣地响。

"妈妈的头发长出来没有?"汝华小的时候,他总问她这个问题。

"没有。你没看见她包着头巾吗?我看见她每天晚上按摩头皮,她怕伤风怕得要命。也许她会死掉吧?"她天真地分析着。

"可怜的人。"他沉思了一会儿,立刻又害怕地加了一句,"说不定她打算报复我吧?"

"昨天我轻轻地咬了她一口。"

他震惊地啊了一声,像梦游人那样伸出手来抚摸她的头发。"这些头发长得很结实,"他说,"你要经常洗涤它们。你睡觉时有没有看见天花板裂开过?"

"天花板?"

"对呀,天花板。那栋房子很大、很旧,墙壁里常常传出什么人厮打的响声。睡觉的时候,天花板会出其不意地在上面裂开,伸出许多细小得如蛇头的人脑袋……当然,我在骗你了,你该不会害怕的吧?我喜欢讲这些惊险的故事。"

最近有一次，他和汝华在街上劈面相遇，他竟没认出她来，一直从她身旁走过去了。后来他的同事告诉他这件事，他还觉得莫名其妙呢。汝华竟会去结婚，他想她一定是神经错乱了，要不就是受了坏人的利诱。这孩子从小就是一副自甘堕落的派头，和他自己一样无所作为，懒懒散散。女婿是个流氓加白痴，恋爱的头一天就跑到他这里来搞讹诈，异想天开地要他负担费用。

"原来你是一只大乌龟。"他一字一顿威严地说。

"你，你说什么？"那蠢材还摸了摸后脑勺呢。

"我说你是一只大乌龟！我女儿跟所有的男人都搞！听明白了吗？"他更加威严地逼近了他，"滚！"

他吓得屁滚尿流，一点儿也弄不清发生的事。然而还贼头贼脑地溜着眼珠，威胁说要"解除婚约"，假如他不负担费用的话。他一走，他就没命地大笑起来，笑得在床上打了三个滚。

后来他还和这女婿常见面，每次都是他来索钱，每次都被他讥笑一顿，空手而归。但这家伙脑子有毛病，总抱着希望，想入非非，而且态度老是那样不可思议地理直气壮。

"你得给我钱。"他又来这一套了。

"我偏不给。"他感兴趣地用一只眼斜睨着他。

"你在耍流氓。"

"什么？你跟流氓来要钱？啊？"

"你是她父亲，你得给钱。"

"我是一个流氓，我偏不给钱。"

"我咒你马上就暴死！"

每次他都气得发疯：看来他是狂躁型的。

女婿从家里出走后，他马上跑到女儿那里跟她说："你以为他跟你结婚是为了什么?"

"不知道。"她提防地瞄着他,"他说是为了在门口搭葡萄架,恐怕他是在说谎。"

"呸!他跟你结婚是为了谋害我!他一开始看中的就是我这老头子而不是你,绝不是你!他一直误认为我藏得有大宗钱财。夜里我睡着了,他还在我房子周围转悠,烦躁地跺着脚,我知道他骗你说是起夜来着。你怎么这么自信,居然去结婚。他等了八年,一直没机会下手,现在是等得不耐烦了才走掉的。"

"说不定连你也弄错了吧?"她嘲笑地看着他,"我倒认为他看中的不是你的什么钱财。他看中的是你现在的老婆,我看见她向他卖弄过风情呢,这事很出乎你的意料吧?"

"胡说八道!"他觉得自己上了当,脸都红了,"你讲起话来真武断。刚才我在路上正在想你母亲的事。听说她在夹墙上挖了一个洞,天天将死雀子塞进去!什么东西老在她天井里嘤嘤地哭,我一经过那里总听见。她这人真是歹毒。"他很愿意讲一讲他前妻的坏话,这一来精神很畅快似的。

"从前你总说你是中了妈妈的计,怎么能使人相信呢?太出奇了。有人说你是想骗取她的私房积蓄,这很难听,是不是?我完全不相信那种中伤,至于你怎么会跟她结的婚,那是一个很微妙的问题。"她摆出一副局外人的轻松派头,使他觉得有条虫子在咬啮他的牙根。

他很懊恼。本来是要谈女婿的事,刺激一下女儿,陶醉陶醉,没想到反被她抢白了去,改变了话题。近来她变得像蛇一样灵巧了,像他这种脑筋迟钝的老头子休想斗过她。

"他时常到我那里去搞侦察,想嗅到钱财藏在什么地方。"他还不甘心。

"我梦见你变成了一只麻雀,叽叽喳喳地叫个不停。他干吗老说葡萄架的事?这是一个弥天大谎。你也在向我说一个弥天大谎。你和他一定合得来。"

屋里很暗,一些小东西在墙根和屋梁上窜来窜去,弄出很大的响声。墙上巴着的五六只大蛾子忽然呼的一下全飞起来,在他的头顶绕圈子,撒下有毒的粉末,弄得他眼发直脚发抖。女儿裸着的上半身裹在一条破毯子里,在屋里大踏步地走来走去。毯子飘扬起来,使她看上去很可怕。

他忽然失去了主张,嗫嚅地说:"我要走……"然后打开门撒腿就跑,一直跑到拐弯的那堵墙后面才停下来,回头一看,女儿的房门已关得紧紧的,有一个黑影从小屋后面钻出来,躲在大树后面,他发现那是前妻。窗帘抖动了一下,又毫无动静了。

她听见有人在拨屋顶上的瓦,哗啦哗啦的,阴森恐怖。她拨开窗帘,看见母亲矮胖的身子,她正踮着脚用一根竹竿在干这勾当。"你想标榜一下自己吗?哼……你必须给一个明确的答复。听明白了没有?"她低语着,呼吸困难。她则在屋里踱来踱去,检查铁护栅的牢度。哗啦哗啦的声音越来越大,越来越蛮横,有几片瓦落到了天花板上,砸得粉碎。母亲近来特别放肆,昨天半夜她已经在屋顶上弄了一个洞,她还扬言要把所有的瓦全掀掉,冻死她,以解心头之恨。她还拾来毛毛虫,臭鱼烂虾,从板壁裂缝里塞到屋里来。父亲一来,就意味深长地打量屋顶,不怀好意地说:"刮风的时候,这棵大树该不会把屋子砸垮吧?昨天你那个流氓又到了我那里,跟我说巴不得你马上死掉,又说要是你死掉了,他说不定要发大财。他时常来找我讲他心里的话,从一开始就这样。你不相信,以为我骗你,你太自负了。他甚至还提出要和我交朋友呢,当然是为了钱财,也为了要我和他一起来对付你,我经过考虑,决定答应他的要求。不过他休想从我这里搞到什么,他远不是我的对手。你那个流氓也和你一样,目中无人,骄横得不得了,但是他蠢得很,简直是一个白痴,他老在我面前诽谤你……"他一啰唆起来就收不了场,坐下又站起,站起又坐下,一会儿搔屁股,一会儿搔背心,像有数不清的跳蚤在咬他似的。她打断他的话,撩拨他说:"你认识卖鼠药的婆子吧?"

"我干吗要认识她?"他又上当了。

"没什么,我不过说说好玩。"她审视着天花板,假装在研究那些蛛网。

"好嘛!!"他恍然大悟了。门口的大树会将屋子砸垮,所有的人都这么说。

第 三 章

(一)

她听见枯叶沙沙地掉在屋顶上、地下,她听见体内的芦秆发出哗哗啪啪的爆裂声。她已经有一星期不曾大便了,也许是吃下的东西全变成了芦秆,在肚皮里面支棱着。她从桌上的玻璃罐里倒出水来喝,她必须不停地喝水,否则芦秆会燃烧起来,将她烧死。有一忽她张开嘴巴,一股焦味儿从口里喷出来,她大口吐着,一下子口里就冒烟了,还夹着一些火星。

"你必须喝些水。"黑影在窗外说。

她将整整一玻璃罐水全喝了进去,然后去打开门。影子飘了进来,有一股向日葵的香味儿。

"你身上有一股向日葵的味儿。"她背对着他说。

"对啦,刚才我正在想着一些遥远的事,长长的山坡上栽着一行向日葵,山脚下流着泉水。因为我在想那些事,我身上才有向日葵的味儿,你也是在想象中闻到了那股味儿吧,那不是真的。"

"我只好不停地喝水,否则我会被烧死。"她又倒了满满一玻璃罐水放在桌子上,"我体内出了什么岔子。"

"我已经放弃了那些努力,"他发着窘,"你算得真准,我终于什么也不是。我贴着墙根钻来钻去,把屎拉在裤裆里。时常天晚了,我的影子在地上拉得很长很长,我就哭起来。"

"这就对啦,"她体贴地凝视着他,在她的眼里,他的形象越来越模糊,"你看我,多么安然。我不受外界的刺激,我的烦恼是另一样的,我的体内出了岔子。我只好不停地喝水,真窝心。在外面的太阳里面,一个什么地方,蝉在树枝上长鸣,单调而平和。已经是秋天了,树林子里是不是枯燥得燃烧起来了呢?"

"你将壁缝全贴上了纸条,我还是听见芦秆在你体内哗哗啪啪地爆裂。你说你有一星期不曾大便了,这是真的吗?"

"不仅这样,连汗也出不了。从前我总是通身大汗从床上爬起来的。我喂在瓦罐里的一只小蟋蟀,昨天死了,它还没有长大起来呢。也许这屋里的蟋蟀都是长不大的,从前我没注意过这一点,很可惜。你有一个女儿,这是怎么回事呢?"

"这事我也觉得很诧异。我在这里闭上眼想,怎么也想不出她的模样来。你想要说她根本不可能存在,因为我也是一个虚飘的东西,对不对?"

"在林子边上挂着一轮血红的太阳,红得很恐怖。我碰巧到那里去看,一直看得两边的太阳穴胀痛得不行。麻雀在我头顶上喧闹,枯叶不停地落下来,落在我的头上,肩膀上,有一个人从路上走过,怒气冲冲地朝我吐了一口痰,脚步重重地踏在水泥路边上,咚咚直响。"

"在同一个时候我也去看过,我在林子的另一边,我一直站到太阳落下去。那时蟋蟀用力鸣叫,周围的草木像活着一样荡动,我的周身熠熠生光。那些蟋蟀,也许是最后一批了。"

他们躺在那里,听见秋风匆忙地从屋顶上跑过,听见谁家小孩用弹弓将石子打在瓦上,听见最后一只小蟋蟀在瓦罐里呻吟,他们恐惧地相互搂紧了,然后又嫌恶地分开来。

"你的圆领汗衫在腋窝处有一股汗酸。"

"汗衫是今天早上换的!"

"也许,但是我闻到了。你以前说是一股甜味儿,可能你那时弄错了,只不过是一股酸味儿。不会有那么高的山,就算在山顶,也不会抓得到太阳的,你完全弄错了吧?"

"但是我爱说一说这些,总得说一些什么。"

"对,我也爱说,也可能我们都弄错了,也可能我们是故意弄错的,这一来就有些什么东西说一说了。比如刚才你来,身上就有向日葵味儿,我们就说这个向日葵,其实那都没有的,你也知道。"

"我的岳父唆使他女儿不断地将屋里的东西偷到娘家去,他们以为我不知道,像演戏似的。"

"其实你根本不在乎。"

"我假装看不透他们的把戏,做出愤怒的样子。有时看见老人撺掇女儿的怪模样,真恨不得躲起来大笑一阵呢。昨天我的女儿跑来跟我说,她恨死了她母亲,再也不能忍受了。她一天到晚对她施加压力,睡觉前把老鼠藏在她的枕头底下,把她写给朋友的信偷去烧毁,还让她穿得像个叫花子,她一出门她就盯梢,看她是不是向谁卖弄风情,搞得她没脸见人,她反去跟她的同事们吹嘘,说她女儿正在发奋成材,不久就会有大出息。又说家里的东西都是她母亲和外公串通了弄出去的。"

"你怎么说?"

"我?我决不上当!我鼓圆了眼大喝一声:'滚蛋!'她吓得魂飞魄散,过了老半天才委委屈屈地说:'我来向你告密,你倒吆喝起来了。''谁让你告密来着?!'我气势汹汹地说,"干这种奸细勾当!小小年纪倒学起这一手来了。'她惊恐地看了我一眼,一溜烟跑了。果然到晚上老婆就发起脾气来,说我怀疑她是贼!我冲到女儿睡的房里,在她床上乱捣一阵,捣出一个纸盒,里面装着半条猫的尾巴,我将猫尾巴朝女儿脸上掷去,她突然发了抽搐!这些人真是疯了。"

"你说得好像煞有介事。你说在同一个时候,你刚好站在林子的另一边?你还看到了一些东西。"

"我站在那里的时候,看见了长长的烟柱,整个城市都在红光中晃动,空中噼啪作响。一个什么东西,蹒跚地在泥浆中爬着,背上摔了一条裂缝,暗红的血迹拖出长长的一条。"

"满天红光?"

"满天红光弄得我头晕目眩,我心里懊恼地想着那东西也许爬不到了，一块最近的突出的石头将会把它弄个四脚朝天。它要爬到哪里去呢？"

"它要爬到哪里去呢？"她像回声似的应着。

风把窗帘吹开了，桌上那层细细的、白色的灰尘被风吹散，满屋子飞扬。玻璃罐里的冷水叮当作响。他们死死地按住线毯，免得它飞到空中去。一架飞机飞过来了，沉重地嗡叫着，像是在他们头上凝住了似的。风把两个男人讲话的声音送到他们的耳朵里，那声音时而遥远，时而贴近。

"所有值钱的东西都在屋后那口井里，老朋友。"一个甜蜜蜜的声音劝诱道，"你将一夜之间发财，如果你能借来抽水机。你等了多少年了呀，我有时真怕你会悄悄窜来割下我的脑袋呢。"

"你完全弄错了，我一点儿也不想发财，我只要属于我的那一份。你总是无中生有，编些故事说给人听。"另一个声音硬邦邦地说。

"干吗不发财呢？人应该有雄心壮志嘛。在我年轻的时候，总有一个找到一块金砖的念头诱惑着我，后来我就去干盗墓的勾当。在那些夜里小枞树嘶哑地怒叫着，鬼火像落下的星子一样浮在你周围，数不清的黑影在那些乱冢间出没，我看见了那块金砖，它在地底下闪闪发光……这些年来，你每天夜里都用注射器抽出我女儿的骨髓，装在床脚一个玻璃瓶里，还泡上蜈蚣，我女儿一洗澡，你就将瓶子里的东西倒在澡盆里，你把她彻底搞垮了。你跟我交朋友，以为这些事我完全蒙在鼓里，其实我女儿每天到我这里来，把你的勾当告诉我，讲完以后还痛哭流涕，你是因为从我这里弄不到钱才这么干的，对不对？"

"我要把你对我的污蔑告诉我母亲，让你领教一下她的厉害，她可不是好惹的，她每天晚上吐的痰存装在一处可以把你淹死。你们一家人都是阴谋家,你女儿嫁给我以前早就疯了,我这老实人竟没看出,呸!你想想看,八年来,她一直偷偷地在屋里饲养蟋蟀和蜈蚣,真肉麻呀。我日日夜夜担惊受怕,不断地买回杀虫药水,跟这些毒虫整整斗了八年,弄得我自己差不多都神经错乱了。八年青春!一生中最好的时光!我的天!你现在可以去看看,那里早就成了虫窝了,要是睡上一夜,虫子会把你啃得只剩了骨架。"

"你不要逗得我笑死。'八年青春?一生中最好的……'你装给谁看呢?不害臊吗?我女儿每天都向我揭发你,有时半夜还把我叫醒,诉说你的罪行。要是我把她讲的讲给你听,你说不定要吓得做噩梦死掉……

两个男人的脚步声渐渐地远了,消失了。两只大苍蝇窜到蚊帐里面来,不断地绕圈子,想叮他们的脸,赶也赶不开。他懊丧地站起身,将出汗的背脊冲着她,开始来穿圆领汗衫。那汗衫被压得皱皱巴巴,上面还黏着一只麻点蛾子,他害怕地用猛力一抖,蛾子跌在地上。她盯视着他狭窄的出汗的背脊,想象着自己的眼光变成了一只蛾子,然后打了两个腻心的嗝,伸手拿起玻璃罐,仰头喝了一个饱。等她放下玻璃罐时,听见他的脚步声已下了台阶。在他睡过的枕头上有一个凹下去的半圆,她拿起来嗅了几嗅,有一股汗酸味儿,她将枕头往墙角一扔,重又倒头睡下。有人在后面的沟里撒尿,噼里啪啦的声音肆无忌惮地响起来,很长的一泡尿。她走到窗眼那里往外一瞧,看见了那件圆领汗衫,他正在若无其事地扣裤子前面的扣子,还擤了一把鼻涕。她连忙往旁边一闪躲起来,听见他在大声打哈欠,同时就从窗玻璃上看出汗衫被绷开了线缝,露出了腋窝里的黑毛。后来她闭上眼,竭力沉入到一种热烘烘的想象里面去,在她的这些画面里,总有一个穿粗呢大衣的成年男子,一会儿慷慨,一会儿温柔地说出一些动听的话语来,一直说得她的耳朵嗡嗡地叫起来。已经是黄昏,夕阳昏昏地照在窗玻璃上,许多小虫正在上面爬来爬去,好像在举行一个什么集会。远处什么地方有一支送殡的队伍,一个老女人拖长了嗓音滑稽地号叫着,恶劣地模仿着悲哀。在黄昏里总是有无数细小的声音响起,骚乱不安。在这一切的后面,是那巨大的、无法抗拒的毁灭的临近。曾经有过一次,她在黄昏试着哼了一支从前的曲子,结果那支曲子像冰柱儿似的冻结在她的嘴唇上面了。她睁开眼扫视了一下房内,摸摸铁栅的牢度,冲着隔壁那男人"喂"了一声。男人惊奇地转过身来,对站在灰蒙蒙的玻璃后面的这个女人审视了好久。一丝自信的冷笑浮上了她的嘴角。天花板上的蛾子惊恐地飞下来,又被毯子撞落在地,做着垂死的挣扎。她喘着粗气,停下来的时候,瞥见衣柜的镜子里有许多溃烂的舌头。她害怕窗玻璃上那昏然的夕阳光线,那黄黄的一条,刺得她的眼珠十分难受。她用深色的毯子蒙上玻璃,然而还是透出零零星星的光点。

"今天我不想吃炖排骨,能不能想出一点儿新的花样?比如萝卜干炒辣椒什么的。"隔壁那男人说。

"炖排骨怎么也吃不厌,"那女人回答,声音里含着讥讽,"要是再加些肉块,就更鲜了。我怎么也想不出,你竟会讨厌炖排骨,那是只有疯子才这么想。你这可怜的人,也许神志不清了吧。"

(二)

她把窗帘掀开一角,阴沉沉地看着外面那几个人,然后试着掰了几下铁的栅栏,向他们扮了一个放肆的鬼脸,放下了窗帘。"除非太阳从西边出!"她在屋里挑衅地喊道。

门外的四个人先是一愣,然后一齐扑上去摇门,直摇得整个小屋颠动起来。忽然约好了似的,四个人一齐停下,面面相觑。

"我们斗不过她。"沉默了好久,老况终于沮丧地开口说,"所有的门窗全钉上铁栅了,是她事先唆使我钉的,原来她早就起了这种卑鄙的意图,她老是欺骗我。"

她在前面蹒跚地走着。她身上的水分老是排不出去,这使她全身变得沉甸甸的,皮肤绷得十分难受,手和腿的屈伸也很困难。她老是吃利尿的药,今天一早起床还吃来着,医生曾多次警告她不能连续吃,但她的确是十分难受。

他想要赶上她,他的麻秆儿似的细腿哆嗦着,瘦小的影子犹犹豫豫地与她那庞大的黑影忽而叠在一起,忽而又分开。他看出她被浮肿折磨得十分痛苦,她那张衰老的白脸激动地颤动着。

"原来她欺骗了我们大家。"到他同她并肩而行的时候,他开口说,"真是一个历史的误会呀,这下她给我们当头一棒!"

她一怔,似乎要停下脚步,后来又改变主意,默不作声地同他走起来。

"你怎样看?这不是耻辱吗?人家会如何看?我们俩的名誉在外面会变得怎样?万万没料到哇!这下可不是什么都完了吗?啊?"他高高兴兴地搓着胸口。

"我要把那座小屋捣毁。"她一字一顿地从牙缝里说。他闻见她身上透出衰老的躯体特有的那种气味儿。

"我们两人要联合起来。"他毫不迟疑地宣布,然后向四周溜了几眼，挺神秘地叽喳起来，"首先得弄清她的动机。是什么动机促使她将自己封闭在小屋里，与世隔绝起来的呢？这真是一个微妙的问题，我有一些线索，这些线索都与那个流氓女婿有关。不知你有没有注意到，每天夜里，他都在街上蹓来蹓去，搜集过路行人遗下的唾沫，装在一个随身的公文包里面。有一天他跟我吵起来，扬言要用他搜集的唾沫淹死我！从那以后我就睡不好了，小腿不住地抽筋。"

她将眼光移到他的身上，她的眼光里流出一丝暖意，然而她脸上的每一个皱褶里都含满了阴森的气息。她喘着气，用力提起岩石样的腿子，痛苦地扭曲着嘴唇说："我就像一大块吸饱了脏水的烂肉。"

他们踏进那座尘封的老屋的时候，听见天花板上的石灰在每个房间里嚓嚓地落下，老鼠们在房里嘎嗒嘎嗒地赛跑。他又坐在昔日的藤靠椅上面了，刚一坐下，壁上的闹钟就吓人地响了起来，空洞而悠长，一共响了十二下。"这钟现在老是骗人。"她说，脸上泛出冷笑，"房里的每样东西都跟我作对。有一天我打开了窗子，结果风把墙头上青苔的气味儿刮进来，弄得每件家具上都沾满了那种味儿。当夕阳照到天井里的时候，我就开始将麻雀钉在墙上，这工作很不顺利，羽毛弄得到处飞扬。你刚才说什么？她这一手是怎么回事？我可以告诉你，她的目标只在我，她要让我身败名裂，像她朝思暮想的那样。谁也猜不透她打的什么主意，我却再清楚不过了。我站在窗外，她正在帐子里恶狠狠地磨牙，她咬过我一口，你还不记得吗？那一回我几乎丧了命。也许你想和我一起用饭？长期以来，我就不做饭了，我一直吃着从店子里买回的泡面，他们说我的浮肿是因为缺乏维生素。我强壮过一段,本来可以和她较量到底,但现在彻底垮下来了,因为她想出了这么一招。你看见我脸上的黑斑没有?我活不长了。要是今晚打雷,我一定要去看看那棵树的情况……"

从朽烂的地板下面传出一种沉重的、闷闷的声音,震得灰尘跳跃起来。他从座位上弹起来,脸色发白,声音哽在喉咙里:"什么声——音?"

"石磨。"她低声回答,"巨大的、阴森的怪物,日夜不停地磨,碾碎一切。你别怕,习惯了就好了。你看这些老鼠,它们也习惯了。"

已经是下午,屋里的光线暗下来了。他们断断续续地谈了那么多的话,喉咙嘶哑了,对方面部的轮廓也变得模模糊糊,像是从颈部割断了似的浮在空中。壁上的挂钟每隔半小时就敲响一次,挂钟一响,他们的思路就被打断,然后又艰难地、费尽心力地重新起头。最后,他们心神不定地沉默下来了,头部像岩石一样沉重地落到脖颈上面。这当儿一只麻雀从朽烂的纱窗的洞眼里闯进来,在房内绕了半个圈子,飞快地钻到了床底下,在那里弄出鬼鬼祟祟的响声。

"每天都有麻雀从那个眼里钻进来。床底下摆着母亲的骨灰坛子呢。"她的声音颤抖了一下,解脱似的舒了一口气,似乎要站起来找什么东西。

"麻雀钻进房里来!你怎么能允许这种岂有此理的事?到处都是这种吓人的鬼东西,石磨!麻雀!说不定还有游尸吧?你居然活到了今天,这件事本身就叫我全身起鸡皮疙瘩。"

"我昨天把尿屙在一只从前的酒杯里,丢了两只臭虫进去,结果打了整整一夜的嗝。"她微笑着陷入了回忆之中。

他像被狗蚤咬了一样跳起来,摇摇晃晃地跑出去。"你应该去死!"他回过头来喊道。

巨大的石磨转动起来了。老女人脸上呈现冻结的微笑。

"妈妈,我们大祸临头啦!"

她严厉地盯了他一眼,她的眼光像两把锥子将他刺了个透穿。鸽子咕咕叫着,弹棉厂的碎花像密密麻麻的一群群飞蛾一样从窗前飘过。她鄙视着他,庄严地端起痰盒子,用力朝里面吐了一口痰。

"我从前是一个小姑娘来着。"

"是,妈妈。"

"我胸口有一个肿块,已经长了十年啦,近来它里面发生了脓肿,一跳一跳地痛得慌。我一听到你对我说话就难受得要死,精神上失去平衡,你不要轻易对我开口,这对我的身体很不利。我有一个建议,我们将中间这道门钉死,各自从自己房里的门出进怎么样?这样一来就可以防止相互打扰,可以保持内心的平静。"

"是,妈妈。"

他佝偻着背出去了。她看见他的裤带从衣服下摆那里掉了出来。

前不久的一天夜里,她正在做一个捕蝗虫的梦,忽然梦里的一声雷鸣将她惊醒过来,她扯亮电灯,又听见了第二声,第三声……她披上衣,朝儿子房里走去,看见他像一个肉球那样蜷缩着,雷声原来就是从那个颤抖的肉球里面发出来的,轰隆隆,轰隆隆……

整整一夜,她在窗外那条煤渣路上踱来踱去,脚下喳喳作响,胸中狂怒地发出呻吟。

"谁?"一个算命瞎子朝她抬起黑洞洞的两眼。

"一个鬼魂。"她恶狠狠地回答。

一直到天亮,雷声才渐渐平息下来。

然而第二天夜里,一切又重演了。开始是蝗虫的梦,然后又是惊醒……

她大踏步走进儿子的房间,猛烈地摇醒了他。

"好大的雨呀,妈妈。"他迷迷糊糊地说,"我正在田里捕蝗虫,忽然一声惊雷,接着就下大雨了。"

她目瞪口呆地听着他的梦呓,然后,瞥了一眼连通两个房间的那扇门,明白了。原来他的梦就是从那扇门进入她的房间,然后进入她的身体的。

那扇门从那天起成了她的心病。

他贴着门缝在倾听隔壁房间里的动静。

封门后的那个傍晚,白头发的乞丐就来了,他的一只手探在怀里捉虱子,口里大声说:"这屋里怎么这么闷?"然后直瞪瞪地看着他,鞠了三下躬,在床沿上坐了下来了。"我今晚要在你这里睡下。"他又说,一边脱下他的鞋。他的身上散发出老鼠的气味儿。

"妈妈!妈妈……"他惶恐地小声呼道,在屋里转来转去,然而门是封起来了。

他嘟嘟囔囔地抱怨了一整夜。床很窄,老人的臭脚不时伸到了他的嘴边,虱子一刻不停地袭击着他。

"你干吗不关电灯?"母亲在隔壁威严地漱着喉咙。

"妈妈,这里有一个人……"

老人忽然下死力踢了他一脚,刚好踢在他的要害部位,他痛得几乎晕了过去。

听见母亲恶毒地诅咒着,一会儿就响起了鼾声。那天夜里她肯定睡得很死。算命的瞎子又来了,敲了几下她的窗子,里面毫无反应。

然而他一个梦也没做。黄黄的灯光照着老人的脸,他的很长的白发向四面张开,如同一些箭,那面目狰狞可憎。他将他挤到了床边,还用枯干的细腿夹住他,他的身上落下许多灰质鳞片,弄得到处都是。黄的灯光照着,屋里有种隐秘的邪恶。天快亮的时候,老人下了床,一瘸一拐地走出去了。

"妈妈!妈妈……"他捶打着房门,声音细弱得如同婴儿。

当夕阳从琉璃瓦屋顶那里沉下去,风在空中烦人地吹响哀乐的时候,老人又来了。仍旧带着那只长长的破布袋,一进屋就坐在床上,脱掉鞋。

破布袋神秘地动弹着。

"里面是什么?"

"眼镜蛇。"

疯狂的、恐怖的夜晚。蛇从袋子里探出头来。

他裹着毯子,紧贴那张门守候了一夜。他的鼻孔里长满了米粒大小的疖子。

"我们斗不过她,"他绕到那边门口,扯住母亲的衣袖哀哀地说,"她将要制造奇迹,所有的门全钉上了铁栅,是我亲自钉的。"

"啐!"她朝痰盒子里吐了一口痰,迎着他呼的一声关上了门。现在她每天夜里都睡得沉。她儿子独自一个在墙那边捕蝗虫。

打雷的那天夜里,他打着油布伞站在楮树下的小屋外面。屋内一片墨黑,隔着窗户听见了里面沉重的喘息,那喘息令他想起冒烟的烟囱。他爬上窗,借着电光一闪往里看,见她正在仰头喝那玻璃罐里的水,果然有两条浓烟呈螺旋状从她张得大大的鼻孔里冒出来。

"巴在窗户上的是一只大蜘蛛吗?"她在里面用嘲弄的口气问,然后奇怪地哼着,居然哼出一支歌子来。那只歌子哼了又哼,冗长单调,老是提到一只没有胡子的瞎眼白猫,提到一个婴孩被这只猫咬去了大拇指,鲜血淋淋,惨不忍睹。

"你干吗不关灯?"
"我怕,妈妈。"
"看见灯光从壁缝里透出来,我误认为你房里起了火。好好注意自己的灵魂吧。"
"不要撇下我,妈妈,我在田里爬呀爬的,蝗虫把我的腿子咬得满是窟窿。"

(三)

他将一砂锅炖排骨泼在门前的台阶上面了。慕兰摆好餐具,叫他吃饭的时候,他默默地走过去端起砂锅,将排骨砰的一声泼在台阶上,动作干净利落。

他坐下,看着妻子讥诮的眼光,心里直想呕吐。

"一只死雀从隔壁屋顶的破洞里掉到了天花板上。没有人射,雀子怎么会死的呢。"她毫不在意地说着。

她出去了,麻老五笑眯眯地走进来。

"没有杀虫药剂。"他连忙抢先说。

"是这样吗?"他不相信地扫了他一眼,假装亲密地挨着他坐在床沿上,悄悄地对着他的耳朵说,"今天我坐在屋里的靠椅上想了整整一上午,我弄不清楚,你和我到底是一种什么样的关系呢?你是我的邻居,又是朋友,对不对?我时常感觉,你和我有一种很老很老的关系,还在娘肚子里,你和我就被决定了是要唇齿相依的。你搬来的第一天,我就看着你很面熟似的,那一天有火烧云,我正在追赶我饲养的十来只公鸡,忽然你来了,穿着灰不灰蓝不蓝的衣服,可怜巴巴的,我心里涌起一种很亲切的情绪,就像一种甜糯糊。你呢,你毫不懂得,你认为我是在缠你?我的胯间长了一个瘤子,你看,在这儿,我知道你要幸灾乐祸的,不过医生说了不要紧的,我来告诉你,免得你有种得了解放似的感觉。这是一定要好的,医生下过保证了。你我唇齿相依,这是在娘肚子里就被决定了的。"他站起身,若有所失地向四周看了一遍又一遍,然后悻悻地离开了。但走出房门时裤子再一次掉了下来。麻老五最近对他的侵犯越来越忍无可忍了,昨天他在当街死死揪住他,将臭烘烘的脸凑到他面前亲了几下,然后跳开去,哈哈大笑。他又一次向围观的人说:要将他的私人秘密抖搂于众。当时他面如土色,吓掉了魂。然而此刻,他并不觉得有得了解放的感觉,他呆呆地瞪着他的背影,看见他的裤子落下去,露出劈柴般的大腿和胯间的黑毛(他明明是故意让裤子掉下去的),心里像吃了老鼠药一般地倒腾。他一点儿也不幸灾乐祸,他像一只快被毒死的瘦猫一样抽着风。

"你的眼镜到了哪里去了?"所长拍拍他的肩膀说,"噢,原来你在混日子!你干得真巧妙!同志们看吧,这真是一种奇异的社会现象!这个人,他每天坐在这里,究竟是怎么回事?从前我有一个同事,每天白天坐在办公室里,夜里却在干着盗墓的勾当,神不知鬼不觉……哈!"

老刘头凑近他嗅了几嗅,怀疑地摇着头咕噜道:"有什么东西不对头,极不对头……这人究竟是怎么了?该不会发羊痫风吧?"

他听见隔壁女人从玻璃瓶里倒水的叮当声,以及喉咙里咯咚咯咚的响声。他忆起她谈论过的林子里看到的事,只觉得周身燥热,痛苦不堪。那些事是他极力要忘却的,他愿意自己完全摆脱的。麻老五的这一招将他彻底打垮了,他的裤子掉下去的时候,他全身像蚯蚓一样扭曲着。他听说过肠穿孔这种病,他自己会不会得了肠穿孔呢?

"那老头被送到医院里去了。"慕兰凝视着他,放了几个闷屁。

"谁?"

"还有谁。他还给邻居留下话,说千万不能让你知道他住院的事。他们要锯他的腿子了。你们之间究竟是怎么回事?邻居已经在议论这件事,说你见了他就像老鼠见了猫,又说你是不是一个男性这件事很值得怀疑,因为谁也没亲眼看见过,所以没法证实……"

"我患了肠穿孔。"他说完又倒在地上抽起风来。

"从那以后,多少时间过去了呀!"那女人的声音呲呲地从板壁缝里钻出来,"你注意到了没有?树叶已经枯透了,用脚一踩，立刻碎成齑粉。落雨的那天，我梦见它的根膨胀得纷纷裂开了，它干吗喝得那么凶呢？现在这些水分全部蒸发了。火是从内部烧起来的，连着这些天不落雨，根部又全部成了红炭。今天早上撩开窗帘，看见青烟从树顶袅袅上升，枝丫痛苦地张得很开、很开。那火是虚火、阴火，永远烧不出明亮的火花来……昨天中午，老况梦见了树底下的葡萄架，他一来，我闻见他身上的味儿，立刻猜出他做了什么梦，为此他恼火得要命。"

"如果再等一等，会有什么事情发生呢？"他在心里反驳着她。

"麻老五就要变成一个肉团。"妻子的声音像苍蝇在耳边嗡嗡，"想一想吧，那样一团东西在地上滚来滚去，滚来滚去，你干吗怕他？"

"我的门窗钉得多么牢！现在我多么安全！他们来过，夜夜都来，但有什么法子？徒劳地在窗外踱来踱去，打着无法实现的鬼主意罢了。太阳升起，我的心就在胸膛里呼呼直跳，我要把窗帘遮得严严的，他们说我是一只老鼠，这话不错，我的确喜欢躲在阴暗的地方咬啮家具，我的牙齿也曾由此磨得十分尖利。老况说他想用老鼠药毒死我，也不过就想一想罢了，他一点儿胆量也没有，他是一条圆滚滚的蛔虫，我看见他夜里钻进母亲的肠子，十分惬意地巴在那上面了。说不定有一天他母亲会把他屙出来的，一想到他被他母亲从肛门挤出来的样子就好笑。"

她的声音一天比一天微弱，那床破毯子却一天比一天凶狠地怒叫着。

慕兰抬起头，做出倾听的样子，然后嘘了一口气说："那女人已经完蛋了。我很奇怪，她怎么能做到一天到晚不弄出一点儿响声来的？我贴着板壁听，听不出一点儿细微的响动，好久以来就这样了。有几回我以为她完蛋了，但半夜又亮起了灯。昨天夜里电灯没亮，你注意到了没有？"

"你应该将这件事记在你的小本本上。"

"你这是什么意思？"

"我这是什么意思？我已经记不得我要讲的话的意思了，结果我讲了一句自己也不懂的话。我总在想一些不想干的事，比如刚才，我就正在想我们是不是在后面砌一个蓄水池来养鱼，我又想到墙壁会不会爆裂开，从里面钻出蛇的脑袋来，我整天被这些想法纠缠不休，辛苦得不得了，闹得自己患了神经衰弱。你已经睡着了，我却睁着眼，倾听虫子在衣柜里咬啮衣物的声音，那声音日夜不息。"

老婆一走开，岳父的红鼻头又从窗眼里伸进来了。当然，他们是串通好了的。

"你以为我和她是串通好了的吗？"他滑稽地皱着鼻子，"你弄错了，女婿。我一直恨死了她。每次你们吵起来，我总恨不得让你把她杀了才好，我躺在门后暗暗为你使劲呢。但是你不敢，你这人怎么这么屠头。我每回来拿东西，她就大惊小怪地叫起来，说我是贼，其实你一点儿也不明白内情。我从这里拿了东西回家，她就半路上截住我，强迫我和她平分，折价付钱给她，有一回吵起来，还把我的脑袋按进烂泥里面。她有许多情夫，她把情夫带到我家里去和她睡觉，逼我老头子站在门外帮她放哨，哪怕落大雨淋得透湿也毫不怜惜。你的事情，我在寺院的楼上看得清清楚楚，不管什么情况都逃不脱我这双老眼。比如你的心头之患我就了如指掌，你最怕的人是麻老五，他总是当街出你的洋相……"

"我要杀你!"他突然跳起来抠住老头的衣领,眼珠发了直。

"嘘!你怎么回事?!啊?"他用力甩脱他的手,"对不起,我要走了,我唠叨些什么呢?对于白痴,你还有些什么好期望的?"

十二点一过,那两个幽灵又来了,在月光下踱来踱去,将枯叶弄得痛苦地沙沙作响。隔着窗户,他听见他的疲惫的低语。

"我在来的路上,一条腿陷进一个很深的烂泥坑里面去了,拔也拔不出,有什么东西咬在腿肚子上,针扎似的痛。这屋里新生的一窝鼠崽又长大了,你听见它们窜来窜去的脚步声没有?我们真像荒野里的两匹狼,对不对?"

"刚才我从床上撑起来,简直提不起脚,利尿药把我害苦啦。这些个日日夜夜,每半点钟我就听见壁上的挂钟发了疯地敲,现在它里面的齿轮已经锈坏了,快要咬住了,它这种临终前的挣扎把我吓坏了。"

"我们都这样,我昨天也没睡。我一直在等着什么事发生,我看见夜气里浮着许多冰钩儿,一只猫在墙角像人一样叹着气,踏踏踏,踏踏踏……数不清的小偷在窗外钻来钻去。奇怪,我怎么能活得如此长久,我们不是早就垮了吗?"

"我的头发是怎么掉的你清楚吗?那个秋天老是落雨,到处湿漉漉的,我坐在摇椅里读报,她像猫一样溜进来了。我有一种预感似的打了一个寒战,这当儿她闪电一样跳起来在我头皮上啄了一下,然后逃跑了。从那天起我的头发就大块地脱落,头皮全部坏死了。你摸一摸这树,像是烧着了一般烫手……对啦,我的全部灾难正是从那个秋天开始的,那时所有椅子上的油漆都坏了，一坐上去裤子就被紧紧地粘住，脚板也老出汗，鞋子里又冷又潮，脚一伸进去全身都肉麻得不行。"

那两人呻吟着，痛苦地踩响着地面："踏——踏——踏——踏……"

他在床上抽着风，被单像鞭子一样抽打在他赤裸的背脊上，他学会了像蛇一样蠕动。

清晨，他的全身肿得紧绷绷的，僵硬难受。

(四)

她的一条腿像被钉在床上似的不能动弹了。昨天她烧好了水到浴室去洗澡，因为常年不打扫，浴室的地面溜溜滑滑，她一进去就摔倒在水泥地上了。当时她听见左腿里面有什么东西发出瓷器破碎的声音，那声音很细弱，但是她听到了，她用手撑起来，爬回卧室，和着黏糊糊的有腐烂味儿的衣服倒在床上。现在死亡从她的伤腿那里开始了，她等着，看见它不断地向她的上半身蔓延过来。麻雀一只又一只地从纱窗的破洞里钻进来，猖狂地在半明半暗中飞来飞去。她用尚能活动自如的手在床上摸索着枕头，向这些中了魔的小东西投去。外面也许正出着大太阳吧？屋顶上的瓦不是被晒得喳喳作响吗？石磨在地板底下发出空洞干涩的声音，她将死在太阳天里，她的死正如这座阴森的老屋一样黑暗，她终将与这老屋融为一体。壁上的老挂钟最后一次敲响是在昨天夜里，那是一次疯狂的、混乱的敲打，钟的内部发生了不可思议的爆炸，其结果是钟面上的玻璃碎成了好几块。现在它永久地沉默了，带着被毁坏了的死亡的遗容漠然瞪视着床上的她。她的身体从伤腿那儿正在开始腐烂，那气味儿和浴室里多年来的气味儿一模一样,她恍然大悟,原来好多年以前,死亡就已经到来了。她挣扎着想要脱掉这件浴室里跌脏了的衣服,然而办不到,衣服紧紧地巴在她身上,与她的皮肤不可分割,那气味儿也已渗透到她身体内部的器官里面去了,这件衣服将跟着她一道死亡。床底下的骨灰坛子抵着了她的背脊,像冰条一样袭人。她母亲的死亡也是发生在这间卧室里,在最后的日子里,她的躯体也是在这个床上慢慢消融掉的。她记得她抱怨那只挂钟的声音,说一下一下就敲在她的心脏上,但是谁都认为她是神经错乱,没人理会她的话。她死于心脏破裂,她临终的那种怨恨表情至今留在她的脑子里。她想痛哭,她的泪腺堵塞,喉咙里发出近似小猫叫的怪声音。她早已忘却哭的方法了。昨天夜里,她和她的前夫突然跳起来,拼着命用头部朝那棵树的树干撞去,后来两人一齐摔倒在地。女儿房里的灯亮了起来,那灯光是古怪的酱油色,他们从深色窗帘的隙缝里看见了她木乃伊似的身体,她全身一丝不挂,灰白的皮肤上长着许多绿的斑点,斑点上似乎还有很长的毫毛。

"外面有两条饿狼。"女儿鄙夷地说,"那孩子完蛋了,瞎眼猫最后一口咬断了他的脖颈。"

"那真是一个伤心的日子,瘦弱的金银花纷纷飘落在地……"

她一停下来,嘴唇立刻冻僵了,眉毛上也长起了白霜。她划燃一根火柴,吻着那火苗,口里哈出寒冷的白气。火苗熄灭了,她似乎冷得更厉害了,全身硬邦邦的。她找来许多报纸,在地上堆成一大堆,用火柴点燃,让那火苗舔着她的胸膛、背后。火苗越蹿越高,她的身体也越来越柔软、灵活,皮肤泛出玫瑰的红色,鼻孔里冒出烟和火星,眼睛里燃着火,恐怖地睁得很大很大。当火苗几乎舔到了天花板的时候,借着晃动的亮光,她看见前夫像一摊蜡一样融化着,越来越矮下去,头部痉挛地一伸一伸,悲惨地打着呃逆,眼珠渐渐收缩为两个细小的白点。"我的脑血管破裂了……"他可怜地哼了一声,吐出一口黑乎乎的东西。

她的光光的头皮痒得厉害,她使劲去抓,直到抓出了血。她忘不了她失去头发的那件事,那个湿漉漉的秋天,树上的枯叶红得像要滴血,墙壁上渗出黑水,她坐在摇椅里面,惶惶不可终日……然而石磨再一次响起来了,干涩刺耳,震得墙上的石灰纷纷剥落,两只受惊的麻雀被天花板撞伤,破布一样坠落在地,床底的骨灰坛子在跳跃,死人在坛内艰难地辗转。有什么东西落入两片磨盘之间,发出脆弱的一响,像是一声轻微的啜泣,很快又被无情的噪音吞没了。

在街上,前夫紧紧地跟着她,用阴谋家的眼光反复打量她,表情沉重地说:"我们老成什么样子了呀!"

她的眼光从浮肿的眼缝后面挣扎出来看着他那顶有窟窿的帽子,浑身打着冷战说:"你记得我们活了多久了吗?"

"我怎么也记不住,我的脑子早就坏了。这些日子,窗外树上的枯叶一直不肯放过我,沙沙沙,沙沙沙……我们活了多久了?"

"我梦见过一些事,全是与那个雨天有关的……我一下台阶就滑倒了。"

她的眼光摇摆不定,像一只风筝那样在他脸上掠过。天上出着太阳,光线太强,她失去了最后一点儿劲儿,风筝回到了她的眼眶里。

"我眼前一片漆黑。"她诉着苦,扶住了电线杆,"我很快就要瞎了。我真后悔,我把它们用得太苦了。"

"谁?"他大吃一惊。

"我的眼睛呗。"

"也许有那么一天,你从你的房子里走出来,踱到天井里,那时天上飘着蒙蒙细雨,一只猫蹲在天井的墙角里哀哀地哭,于是你说:'够了。'好,一切都会结束。你回到屋里,马上入睡了。"

一列火车在远处奔驰而过,悠长地叫着,然后是轮子擦在铁轨上的声音,一节又一节车厢,一节又一节……

"你怎么如此肯定?"她生气地说,"正好相反,根本不可能有什么结束。它们就在我的神经里,挤得满满的,只在做噩梦的时候一点儿一点儿钻出来。我记不得这有多久了,反正一切都不会结束。我照过了X光,肾脏里面全是小石子,我一弯腰,里面就哗啦作响。"

他沮丧地瘪了瘪嘴巴,似乎就要哭起来。"啊,一直到死!一直到死!"他绝望地惊叹道,"沙沙沙,沙沙沙……我的梦里也充满了那个声音。从前在黎明,我老听见一个人在煤渣路上踱步,原来那人也受着这种可怕的折磨。他不得不踱来踱去,一直到挪不动脚步,于是末日来临了。万一我们活得很长久?"

她匆匆地要赶到前面去,他拽住她的衣袖,苦苦地哀求着:"再说一点儿什么吧,再说一点儿什么吧,我心慌得发抖。"

他的手指缝里渗出许多黏液来,像胶水一样巴在她的袖子上,甩也甩不掉。他的鼻孔、眼角也开始流出那种黄色的黏液。他唏嘘着,还在说个不停。太阳从寺院的屋顶上沉下去了,空中刮着不吉祥的风。她看出来,他一点儿也不想死,他唠叨不停的原因正是怕死,他对自己的小命如此珍惜这件事,使她感到十分惊骇。他的手指在她衣袖上抽搐着,活像几条丑陋的泥鳅。

"我看不清你的嘴脸。"她开始说。

"说下去,说下去!"

"我跟你说过了头发的事,还有一件事是你不知道的。"

"说下去。"

"那是关于被我钉在墙上的麻雀的事。"

"好极了。"

"在黑暗里,麻雀在墙上叽叫着,扑腾起来,口中流出一滴滴黑血。我把头从被褥里探出来,开始呕吐,我吐出的东西的气味儿和我浴室里的气味儿一模一样,月亮照着纱窗,窗棂苦苦地呻吟。有一个东西在天井里走来走去,像是一只狗,麻雀们立刻沉默了。在西头那间小杂屋里,天花板上又剥落了一块石灰,一只老鼠飞快地从屋当中穿过,跑到厨房里去了。"

"有一天夜里,我用钥匙开开了你的大门,在天井里走来走去,一直到天亮。我没有看见麻雀,因为那天没有月亮,四周一片漆黑。"

"当时我正在呕吐,月光照在纱窗上。"她恶狠狠地一摇头,"你闻到一种刺鼻的气味儿了吗?"

"周围那么黑,我就像掉进了一个细颈瓷瓶的底部,我呼吸不到足够的氧气,只好大张着嘴,像一条憋坏了的鱼。"

石磨缓缓地转,越来越阴沉,越来越杀气腾腾,麻雀在被碾碎前发出的惨叫,隐没在暴怒的、压抑的雷声里。

隔壁房里的天花板整个地塌下来了,她闻到一股刺鼻的石灰味儿,一只雀子啪的一声掉在她的被褥上,还拼命地扑腾了一阵才死。

她听见在远处的什么地方惊雷劈倒了一棵大树。

结　局

她还在梦中，就已经闻到了很浓的焦木味儿，她梦见抽屉里的蛋糕全都化成了油光闪亮的臭虫。她撑起来用最后一点儿干肉喂一只母鼠。她把干肉扔在床底下，倾听它嘎吱嘎吱的咬啮声。父母昨天没有来，也许就因为这个，她被虫牙折磨着。每隔一点钟，她就往床底下扔一小块干肉，让那只老鼠咬出响声，借以减轻神经的剧痛。到天明，干肉全部扔完了，牙痛也慢慢减轻，这时她忽然记起那两人昨夜没来，觉得诧异。大树是在清晨被雷劈倒的，滚滚的浓烟冲天而起，里面夹着通红的火星。现在它倒在地上，内部全部烧空了。隔壁的男人和女人一齐走了出来，到那零乱地散在地上的枝条中去寻找从前挂在树干上的一面镜子。两个人都把屁股撅得高高的，浮肿的嘴脸几乎凑到了地面，畏缩地用两个指头拣出那些镀了水银的碎玻璃片。她从窗帘后面打量这一对，听见发僵的脚尖在地上跺来跺去，看见紫胀的手指伸到口里含着，眼里溢着痛苦的泪水。一夜之间，男人的头发全部脱光了，苍白的头皮令人作呕，隔着窗子，她隐约地闻见了熟悉的汗酸味儿，就是他称作"甜味儿"的那种气味儿。烧完报纸以后，再也没有什么可烧的了，虽然外面出着大太阳，骨头却像泡在冰水里，早上起来几乎全身都冻僵了，必须用毛巾发了疯地擦才能让腿子弯转来，不然就像干竹子，一动就啪啪乱响。她不敢用力出气，一用力，鼻尖就出现冰花，六角形的、边缘很锐利的冰花，将嘴唇都割出血来。大柜上的镜子已经用一匹黑布遮住了，好久以来她就不愿照镜子。那一天她突然觉得身上的衣裳宽荡荡的，她剥下衣裳一看，才发现自己已经变得像干鱼那么薄，胸腔和腹腔几乎是透明的，对着光亮，可以隐约看出纤细的芦秆密密地排列着，她用指头敲一敲，里面发出空洞的响声："蓬蓬蓬的蓬！"她拿起玻璃罐从水缸里舀出最后一点儿发黑的水，仰头一饮而尽，她清楚地看见涓涓的细流从胸腔流到腹腔，然后不可思议地消失不见了。她有一个多月没有尿。老鼠终于丢弃了肉块，拖着沉重的身子回到洞里去了。她像一条干鱼一样在粗毛毯底下发着抖，嚓嚓嚓嚓地擦着毛毯响个不停。南风从瓦缝里灌进来了，毛毯鼓满了风，裹着她一起飘离床铺，在半空中悬了一会儿，然后又啪的一声落回床上。南风里有股腥味儿，她一闻到那股味儿脑子里就出现野兔的幻象，它们总是躲在很深的草丛里。萎缩症已经蔓延到下肢，很快她就要下不了床了。她算了一算，她已经两个月零二十天没吃任何东西了，因为这个，她的肠胃渐渐从体内消失。现在她拍一拍肚子，那只是一块硬而薄的透明的东西，里面除了一些芦秆的阴影空无所有。很久以来，她就分不出白天和黑夜，她完全是按照内心的感觉来划分日子的，照她算来，她把自己封闭在房子里已经有三年零四个月了。在这段时间里，粉虫吃掉了一整把藤椅，只剩下一堆筋络留在墙角；没有喷杀虫剂，蟋蟀却全部冻死了，满地僵硬的尸体；水缸里长满了一种绿色的小虫子，她在喝水时将它们喝进了肚子；一个早上醒来，她发现她的线毯变成了一堆烂布，用指头一点那布就成了灰；房子中央好久以来就在漏雨，不久就形成了一个小水洼，天一晴，水洼里蹦出几只小蛤蟆。她的腿子里面发出干竹子的裂响，她拖着脚步在房子里走了一圈，看来看去地看了一遍，然后用一根麻绳束起她那一头鼠色的长发,打开抽屉,找出一瓶从前使用过的甘油,将干裂开叉的指头轮流伸进去浸泡,直到指头重新弥合,然后她小心地上了床,盖好毛毯,决心不再挪动了。她的眼光穿透墙壁,看见那男人将身体摆成极其难受的姿势,在他的长筒套鞋里面,长满了滑溜溜的青苔,那些瘦骨伶仃的脚趾全冻成了青色,发疯地抽搐,他极力要站稳,脚板在巨大的鞋子底部滑来滑去。"所有的碎片都烧焦了……它的有花纹的背上渗出陌生的向日葵的味儿,泥沙割破了暴出的眼珠,忽然,漫天红光,泥浆里翻腾着泡沫,那就像一个真正的结局……哦,哦!怎么回事呀?"他咯着血,身体慢慢地倾斜,向铺满了腐叶的地上倒去。她的眼光变得那样深邃,她看见了母亲住的老公馆,那上面爬满了一种绿色的毛毛虫。在一叶纱窗上面,有一个很大的破洞,麻雀从破洞里鱼贯而入。一阵南风刮来,毛毛虫纷纷从墙壁上掉落地面,被无数蚂蚁袭击着。在一只破烂的木桶下面有一双开裂的木板拖鞋,她当小姑娘的时候穿的拖鞋,而现在那上面奇怪地长着一排木耳。父亲在天井里摸索着滑溜溜的墙壁绕圈子,指甲深深地抠进青苔里面。他的双眼患了白内障,从他脸上神气看出,他根本不认为自己在兜圈子,而是觉得自己在沿着一条笔直的、黑暗的通道不断地前行。他在天井里已经走了三天三夜了。她看不到母亲,但是她能够听见她的声音从破棉絮里隐约传来,那声音就仿佛母亲在咀嚼自己的舌头,痛得直打哆嗦。父亲听见了母亲的呻吟,一丝笑意埋藏在他深刻的皱纹里面,他扶着墙走得更起劲了,简直像在疯跑,他的手指甲里渗出一滴一滴的血珠,脚板底长满了鸡眼。"妈妈也许会死掉的,"她听见自己的声音从天井的墙缝里钻出来,那声音稚嫩,带着热切的企望,

"要是她死了,这院子里就会爬满毛毛虫。"但是父亲听不见她的声音,父亲的耳朵已经中了魔,他在听母亲的呻吟,一些遥远的模糊的呼唤传到他耳朵里来,他的面色豁然开朗,全身的神经跃跃欲试,自发可笑地往脑后飞扬。墙上的青苔被他不断地抠下,纷纷掉落在地,他还在跑——朝着臆想中的通道。她听见石磨碾碎了母亲的肢体,惨烈的呼叫也被分裂了,七零八落的,那咔嚓的一声大约是母亲的头盖骨。石磨转动,尸体成了稀薄的一层混合胶状物,从磨盘边缘慢慢地流下。当南风将血的腥味儿送到小屋里来的时候,她看到了死亡的临近。

"母亲……"她忽然觉得嗓子眼里有种不习惯的感觉,于是异想天开地想来哭一哭。她憋足了劲儿,口里发出一种拙劣可笑的模仿。

在天井里,她的父亲一边跑一边从口里吐出泥鳅来。

当天傍晚,更善无在回家的时候看见被截了肢的麻老五坐在破藤椅上,紧握两个拳头向他号叫着。他在夜里梦见了荆棘,他赤身裸体扑倒在荆棘上面,浑身抽搐着,慢慢地进入了睡眠。

《中国》1986年第5期

访问梦境

孙甘露

到了结束的地方，
没有了回忆的形象，只剩下了语言。
——卡塔菲卢斯

如果，谁在此刻推开我的门，就能看到我的窗户打开着。我趴在窗前。此刻，我为晚霞所勾勒的剪影是不能以幽默的态度对待的。我的背影不能告诉你我的目光此刻正神秘地阅读远处的景物。谁也不能走近我静止的躯体，不能走近暮色中飞翔的思绪。因为，我不允许谁打扰死者的沉思。

这显然不是最初的事件。这些目光游移的人骑马来到海边。黎明前夕，岸边的风吹打他们。这种潮湿而充满暗示的抚摸使他们绝望地守候天明。时临正午，他们中间有人发现他们的皮肤渐趋棕色，他们意识到有什么东西正开始发生变化，就是这对变化的意识使他们驻足不前。他们面对大海朝后退去,仿佛那蓝色是生命的一种威胁。当一些植物在他们膝间摇曳时,他们中间的一部分人倒下了。作为对倒地的崇拜,所有的人也都仪式般地倒向大地。当一行飞禽掠过之际,他们化作了泥淖。并且宣布:我们是沼泽。

与此同时,在远方山脉的另一侧,一些面容枯淡的人预言:一切静止的东西终将行走。于是,树开始生长。平原梦想它们褪去了干草和瓦砾的遮掩,向临近他们的人物和故事开始吟唱追忆的歌曲。世纪的帷幕拉上了。死者的窗户也已关闭。一只手在我的眼帘上画下了另一只手。

我行走着,犹如我的想象行走着。我前方的街道以一种透视的方式向深处延伸。我开始进入一部打开的书。它的扉页上标明了几处必读的段落和可以略去的部分。它们街灯般地闪亮在昏暗的视野里,不指示方向,但大致勾画了前景。它的迷人之处为众多的建筑以掩饰的方式所加强,一如神话为森林以迷宫似的路径传向年代久远的未来。它的每一页都是一种新建筑。对这种新建筑的扼要解释,在我读来全是对某个显而易见的传说的暗示。在页与页之间,或者说在两种建筑之间,我读到了一条深不可测的河流,读到了它污秽的色彩,读到了它两岸明丽的传说以及论述河流与堤岸关系的许许多多的著作和文献。我的眼睛随着书页的翻动渐渐地湿润。一个声音在地平线上出现,它以一种呓语般的语调宣称:最终,我将为语词所溶化。我的肉体将化作一个光辉的字眼,进入我所阅读过的所有书籍中的某一本,完成它那启示录的叙述。

但是在此之前，我还必须以一种平凡的方式，阅读我梦一般的内心。以此守候我的奇异的苏醒。

修枝时节。鸽羽般洁白的书页为我棕色的手指所翻动之际，我听不见任何音响，战争在远方。当我孤独地默读讨论情感流放那一节文字时，一枚暗红色的植物标本从书页间落到我的怀里。我把它举到我的眼前。我惊异地意识到，这枚勿忘我就要引导我踏上遗忘之舟，逐渐远离具体事物。由我的阅读方式所造成的语感，将使我无以表达我的痛楚，我墓地般的神情只能给人以扫墓者的追悼之感，我肃穆的语气将我的纯洁转化成了不诚实的成熟。我用年轻的目光打开缅怀之门，我又以垂暮之年的仁慈注视它关闭。我的激情在此之间无影无踪。悲痛因此遭受时代的非难和指责，个人私情因此写入祖国纪事之中。

这时我的手指移开。下午的风吹拂我的书籍，并且依次翻动它，直至尾声和黎明。

天色将暗。那些在深夜进港和出航的船只此刻正在锚地宁静地停泊和对停泊的向往中行驶。我沿堤岸行走。我断定，我对这次航行会有所记忆。我甚至早已认出了无可避免的干枯的河道。我渴望我能体验在水边生长的人们对风景的感受，我察觉到人类有能力复制他们隐秘的感情和愿望，并对此进行有节制的批判和扬弃。无色的风帆就要扬起，我看到我这个婴儿被置入理性的澡盆，在情感的潮汐之间，随水而去。

丰收神站立在夜色中的台阶上迎接我。她的呼吸化作一件我穿着的衣服,在星月隐约的夜色下,护卫着我也束缚着我。

　　室内灯光昏黄,语声充满柔情蜜意。这一切在我看来既是引语也是诫言。一年前,我们共同途经一家古玩商店的时候,她忽然转身对我说:我们家族的历史是秘不示人的。你要想赢得我,就得首先赢得我的家族。也就是进入我的祖先的内心深处。此类箴言似的告诫,当时我只能以沉默应之,我幼稚的心灵不容我设想,我拥抱我的情人,就是拥抱我情人身后一切与之有关的人物和事件。

　　这时辰,我只能任我的印象安慰我的感觉,让城市生活培育的陌生意识安慰进入肉体的恐惧。

　　在我假想的相遇中,她曾经以异族神话的方式坐在一株千年古树的枝丫上,在我处子的仰视中飘飘欲仙,她以传说和现实编织目光的眼睛放射着迷惘的圣女的贞洁。我内心平凡的冲动为她的眼睛所揭示。我幼稚而荒谬的情感方式因她的话语而享受到时代的阳光。丰收神在我迟疑的时刻直率而委婉地向我表白了她对潮汐和新月的热爱。这种对超越生命和沉溺生活所做的奇妙而诗意的结合,指引我跨越了异性介入的水线。在鸽子的咕咕声中,我完成了青春期的自我接纳,从此驶入布满情感暗礁的智慧之泽。

　　丰收神向我走来,她在夜色中朝我伸出手。那姿态仿佛正行走在史前的平原上。

　　在这种时候,你还能那么健康,我真是高兴。

　　我猜想她所说的"健康"可能指的是"正常"。我确实是通过航行开始驶入某个港湾的,大海的波涛在摇晃中培养了我的飘逸感。

　　你选择夜晚来访,的确意味深长。

我并不是有意选择，只是我赶到此地已是夜幕降临。

你是怎么找到这片橙子林的？我们居住的这一带家家门前都有一大片橙子林，很难分辨。你是怎么找到的？

我看到了梯子。那架靠在门前的白色梯子。就是你告诉我的那架由一位闪闪血统的老人在他双目失明之前，用他裱书手艺制成的白色梯子。这架梯子是你们家的标志。

我不喜欢你这么说，你这是在模仿我，而我只是在心境恶劣时才会这样说，请你以后再也不要模仿这些，我不喜欢阿谀的模仿，尤其是我的恋人，你别想用这种方式混入我的家族。

我非常难过，我告诉她，确实是因为看见了这架白梯子才没有使我因夜晚和橙子林的香味而消沉以至迷失。我确实将这件家传的古物看作一种文明的象征，才没有被途中所见的所有那些少女和大同小异的橙子林所蛊惑，直接抵达了她的宅邸。

不！她大声宣告。你因此错过了天赐的良机，你途经湖泽而不饮水，正好说明了你天性的软弱，你害怕得病、夭折乃至半途而废，你想表明你以完美的形式寻求到达完美的完美途径。而我的家族，我身后的这扇门正好是歧路。说完，她扭过身去，用手指点了一下那扇带纹饰的漆成玫瑰色的大门。大门应了咒语似的无声地打开了。室内的灯光照射到门前的台阶上，给清凉的夜色增添了几分寒意。

她转过脸来。我感到恍若隔世。

丰收神的身后站着一位穿睡袍的男子。他的脸修整得干干净净。

我父亲。说完，丰收神径自走进屋去。

我通常是在我祖先为我留下的院子里会客的。我对年轻客人的来访尤其满意,这是我的家族兴旺的体现。我这个人对下一代如此宽容,我自己也感到奇怪。我遵从简化了的闪闪人的习俗,在饭桌上和我的子女讨论爱情和性爱喜悦的从属关系。但你不要因此误以为我们漠视世代相传的清规戒律,我们内心的节制是以我们体验朗诵理论的快感来补偿的。我的祖先很早就认为:谈论吃比吃这一行为本身更具光彩,更何况谈论吃什么和谈论怎么吃比之具体吃什么和能够吃到什么来得更有现实意义也更具有超脱精神。总之,你不难从我的言谈中领悟到:惯例对我们这样一个有历史可追溯,有传统可依附的家族来说是崇高的。

他做了一个短暂的停顿,清理一下喉咙中的杂音,俯身凑近我的耳际,神秘地宣布:我愿意在我的余年,忍受你这样有理论倾向的贫民,你来自下层,刚好可以补充我们家族的混乱的血系。

远处传来一阵歌唱般的哭泣。丰收神的父亲消失在橙子林中。那哭泣像是一个女性在缅怀她的初次分娩,又像是一个男人在搜寻他的私生弃儿。

你不用对此感到惊讶。

我身后传来一位女性的温柔的嗓音。我丈夫过的是一种理想的生活。我打断她的话,告诉她,我并没有对她丈夫的这番演说感到惊讶,我只是说,用这样一种别出心裁的方式待客,容易使人气馁。她没有理睬我,两眼注视着漆黑的夜幕,咏叹似的继续她的解释。那是一种文字的回忆,一种尚未泯灭的淳朴的愿望,这的确幼稚,但可以奉献。并且是以自己意识不到的方式。说着,她将手伸给我,引我走进门厅。我丈夫有一种不健康的阅读方式,他总是熟记那些不能被死亡抹去的名字。

你指的是像群居的企鹅这样一些概念吗？我好奇地问道。

不是！你不要以为我在为我丈夫辩护，他无时无刻不在检阅他内心森林般的欲望，你别以为这是冲着你说的，他是个病人，他这一辈子就被澳大利亚肝炎折磨得不行，你应该原谅他，这我求你了。你务必答应我，我以一个妻子、一个女人的名义求你了。你自便吧，我要找他去了，他还是个孩子呢！

她把我独自一人撇在这过道里，往橙子林深处去了。

我从傍晚时分开始，走过迷人的街道，走过诱人的橙子林，走进这座令人生畏的楼房直到现在，我不知道时间过去了多久。这些彼此相似的街道、林子和院落给人一种迷宫的感觉。处处都是希望。而每一步都是陷阱。我的乐趣此刻已不在于何时走出，而在于备受折磨。

我记得丰收神对我说过，她爱我，我是她的理想的化身。但你是我阴暗的理想。我揣测，她大概想将她所意识到的所有罪恶通过我得以具体化。我因此成了罪恶的化身。值得庆幸的是，她时常爱抚她的罪恶。

这个客厅似乎是夜晚的化身。它具有夜晚所具有的由远而近的寒意、渐渐降临又缓缓升起的黑暗，音乐般的遐想以及自我暗示的恐惧。我惊喜于我以如此具体实在的方式迈入了我渴望已久的抽象的历史。

我正面对一扇窄门，迎门放置的一把椅子几乎意味着一种邀请，而椅背上挂着的一条鲜艳如血的围巾又似乎是对邀请的某种解释，而围巾的悬挂方式又像是对任何试图理解解释的劝阻。我在这把木椅前逡巡不止。在我贫乏的记忆中罗列以往无数世纪的那些著名的狂想：侏儒的诞生和巨人的死亡，愚昧的早产和聪慧的夭折，图腾的变迁和祭祀的延续，恋尸者的欣悦和牧羊人的忧伤。由此，将我对具体事物的注视引入对暴力和爱的思考。这个在门前摆设象征物的家族理应被载入典籍，以便为后世赋闲的人们所引用。

越过这把白色的木椅和血色的围巾，沿墙是一排褐色的陶罐。它们一共是十二只，分别盛放着十二种动物的尿液。它们的用途和它们联合散发的气味是我无法臆想和讨论的。我草率地把它们归结为对飞禽走兽的崇拜而导致的"爱物及尿"的心理所为，随即便掩鼻越过了它们。这一由感官决定的忽略是由我固有的偏见所规定了的，而面对旷世的奇臭我们有保留偏见的权利。可是，对这一明显的错误的认识能力是在我进入街道拐入橙子林远远地看见那架白色的梯子的瞬间丧失的。在这迷宫里，我的理性是无所作为的，我只能为我遐想的冲动所驱使，在悲观的侥幸中择路而行。

每当我经历了什么平凡而亲切的事物，我的热情总为我的虚荣所鼓荡，为自己勾画恢宏的远景好在它前面放声高歌。有时，我们日常的对话也是诗，也是舞蹈，没有目的，只是我们内在情感和欲望的折射或剪影。这是我们语言发展的一个较次要的原因。我唯有取这种态度，方可容易地克制对丰收神父母的厌恶感。他们的滔滔不绝的说话欲只能使这块地方徒增语言垃圾，有朝一日，他们说过的话将充满在大气之中，直至我们的唇边，使我们无法启齿。倘若不能有效地控制丰收神父母这一类说话狂，总有一天，人类的交往要依靠细致而准确地吞吃字眼、短语、长句来维持了。在这幢房子里没有沉默。但四周静得可怕。我很想找一个人聊聊，即使是跟一个死去的人说几句不相干的废话。

你可以到剪纸院落去。

我现在开始回忆。我将排除时间的因素，就是说将彗星的漫游和星宿的静止现象从我们的印象中剔除出去。

我在橙子林中迷失了方向。

一个有着一张修女般脸孔的少妇坐在树下吃橙子。她嘴里不断发出的咀嚼声，听起来像是在啃纸板。在她的身边公猫和母狗偎依着沉溺在缺乏宗教倾向的幸福之中。

你在寻找剪纸院落吗？

是的，但请你告诉我，你是怎么知道我要往剪纸院落去的呢？我惊异于她美妙的嗓音。

从你脸上的神情可以看得出。所有到剪纸院落来的人都呈现出相同的迷惘。

难道这里就是剪纸院落？在我的想象中剪纸院落即使不是神圣的，至少也不至于平庸到和别的橙子林毫无二致。

那少妇点点头，继续嚼她的硬纸板。不同的只是比起先前更加起劲，那声音近乎一个男人在夜间磨牙。她身旁安于与异族异性杂处的动物的脸上浮现出如梦的甘甜与和谐来。

她似乎看出了我为在进化的行列里落伍于人类的低等动物所吸引。她起身朝我走来，脸上那纯洁的笑意令我神魂颠倒。我期待着从她的嘴里吐出些涉及高级动物情感的话题来。我并非兀自做此妄想，是她的神态指引着我的向往。

你是个了不起的小伙子，你如此热爱动物，真是令我感动。我的祖上是干狩猎这一行的，后来，他们和他们捕杀的对象结下了深厚的感情，那真是一些富于情感的动物，它们中间的一部分具有高贵的气质，它们在与我们祖先的交往中表现出了良好的教养,我的祖先就是在它们的帮助下逐渐脱离了那野蛮的生活,告别了原始森林,跋山涉水来到这块丰饶之地的。他们告别时的场面感人至深,有一千匹雄性斑马为他们舞蹈。其中有一匹领舞的斑马在表演一组模拟交配的动作时,为四匹跳群舞的小斑马踢碎了生殖器。鲜血和精液混合着喷射出来,那场面真是壮观,我这一生始终沉浸在那样一种狂热的向往中。我养了二十七条母狗,一百一十三只母鸡,四十六条母狼,还有少量的雄性动物,这跟我崇拜它们有关。

我怀疑在这番话的背后隐藏着某种哲学上的偏见,但是,这样一个像疯子一样具有魅力的家族是不会因为哲学史上的某次大论战而败落到今天这种耽于口舌之乐的地步的。

你生活在一个直觉高于思辨的家族里。我装扮出我有非凡的归纳力。

我们热爱梦想就如我们热爱光荣。她说这话时,两眼流露出悲戚的目光来。

此刻,透过茂密的橙子林,可以看见远方天际的云霞,她从怀中取出一本白色封皮的小册子。她的眼眶里漾起了忧郁的泪水,她的胸脯山峦般地起伏着。

我负有使命,将这本书交给你。你务必熟记它的每一个字,直至你的内心深处。好吧,现在你随从我吧。今年的反陈述节,就由你和我来共度。

在夕阳的余晖中我们相随而行。我手中的这本记载伟人们的日常生活的小书,是一本连环画。书名叫作《审慎入门》。它的每一页都充满了谵语似的独白。它由十三位不同时代,不同种族,不同性别的伟人的事迹片段所组成,我揣测,它的每一个字都来源于史前流行的咒语，它暗指我们这些行走着的活人全是应运而生。

在我们这里，所有的事物都诞生于一夜之间。我们生活在一个一开始就有文字记载的环境里。这就是在你们外人看来，我们生活得如此轻松的原因。我们没有想象的义务，我们思维中所有的形象都取决于未来。这又是我们的生活为创造的混乱所充斥的原因。这就是反陈述节的由来。我想，你选择这样一个具有历史意义的反历史的日子来造访剪纸院落是怀有阴谋的。当然，我丝毫也不怀疑我的妹妹有什么不清白的可为我们家族所指摘之处。她交上你这么个丑陋的小伙子，不会是基于什么性的考虑。这一点，我可以断定。好了，接下来的散步必须在静谧中度过。你留神你的眼睛，你看见什么，就将是什么了。

《审慎入门》是参观剪纸院落的导游手册。这个院落的一切都与伟人们的所作所为有着对应关系。

在暮色中阅读这本书，无异于做一次内心故乡的漫游。从内心生活来看，伟人们的故乡就是我的故乡，只是当伟人们悄然离去之后，我无法辨认出它们而已。

在十三位伟人中间，有七位是女性。而其中有四位来自尼姑庵。其余的各位不是翻山而来，便是涉水而至。甚至从那些记载他们光辉业绩的文字中都可以看出旅途的疲惫来。《审慎入门》的编撰者把他们最初的长途跋涉说成是精神上的求索，而非肉体的流放。致使我这样的读者无以领会超验的陌生感，只是沉溺于快意的体验之中。

我觉得我生来就是属于剪纸院落的。属于它美丽的无须耕种的土地（当然它寸草不生，橙子树是一种理论上的例外）。属于它众多的庙宇和同样众多的心不在焉的信仰者（我即是其中之一）。属于它平静而大量繁殖同时又迅速为时间之潮湮没的守林人。他们不分性别穿同样的衣服，怀里揣着同样的书。他们以同样神圣的方式向过路人掏出他们并不认为神圣的典籍。这个院落因此变成福址。

你能告诉我，你此刻正行走在何处吗？

她在我前面两米处突然转过身来。从她的目光来推侧，这与其说是询问，还不如说是诱导。

我正走入审慎之门。

剪纸院落如纸一样单薄、脆弱，跟纸一样光滑、冰冷。那位来自落日故乡的伟人，一路上扶老携幼、风餐露宿，历尽了千辛万苦。他喝遍了三江四海之水，把五脏六腑呕了个干净。最终，才以他独有的规矩劲挤入了伟人行列。《审慎入门》里收入了他亲笔抄写的唯一一封情书。字迹端端正正，十分宜人。尽管这封情书文笔拘谨，仍可以从中略窥伟人的当年风采。这封措辞怪异的情书详尽地介绍了从古至今的各种冷兵器，并且客观而雄心勃勃地对未来的冷兵器做了实有远见卓识的预测。正是在这封情书里，这位喝葫芦水长大的远祖的后裔，有史以来首次明确提出在不远的将来，在和平环境里兴建冷兵器纪念馆的设想。

他的热情没有白费，在这位孤家寡人于某个风清月朗之夜溘然长逝之后不久，他的精神上的一部分远亲，坐在一种竹制藤编、前后两人抬着行走的玩意儿里匆匆赶到此地。凭着对这句话的创造性的理解，加之他们自己的特殊爱好，于一昼夜之间，盖成了冷兵器纪念堂。在当时不知是由于疏忽还是有意篡改，纪念馆变成了纪念堂。就此堂馆之争成了历史遗留的悬案。

我为我手中的著作所指引来到冷兵器纪念堂。我惊讶地向她表示,没想到橙子林中竟有这等美妙的去处。

我这人有古癖。我打从小就嗜铁器,尤其嗜熟铁,对从土里挖出来的铁器更是视若珠玑,奉若神明。你们女人不知,只有这些冷冰冰的东西,才能使我们男人热血沸腾。

你也算男人?你还是个孩子呢,孩子不能跟那些真正的男人混为一谈。你还是乖乖地跟着我四处看看吧。我看你是叫那股子潮湿、腐烂的味儿熏昏了头啦。

从前,我是能够自由出入我的冥想的。现在,我冥想的门户,全叫一些不伦不类的疯子扼守着。他们把我挡在我的冥想之外嘲弄我。你知道,有些人一旦离开了他的冥想他就立刻化为乌有了。我深知我的处境险恶。

这个纪念堂为一张凉席隔为两个部分。正面叫作远征时期,反面叫作和平时期。由一些过分注重形式的文字作为它们的解释。远征时期遗留下来的冷兵器在今天看来非常威严。依我之见,用这些东西来演戏或者用于某种仪式要比用之冲着什么人和动物乱比画要合适得多。和平时期的冷兵器在风格上则迥然不同。它们制作得更为精致、锋利,适宜直接佩戴在肉体上,或者,捅到肉里面去。一看,就知道它们与鲜血啦、头颅啦、骨骸啦什么的有着密切的联系。

据《审慎入门》记载,和平时期也叫作雨季时期。因为它牵涉到两次象征性的远征,并且完全是为雨水所遏止的,要不是中南半岛每年有一半时间是为雨季所控制,《审慎入门》的篇幅很有可能是今天的一倍。

据说，中南半岛原本是一块四季如春的土地，那儿居住着的人个个如花似玉，连干粗活的男人也不例外。后来，有一部分上身发达，下身萎缩的人鉴于战事频繁、四处奔波实在倒胃口，便一致决定，将这个地方划为永久战场。同时，考虑到接连不断的大规模斗殴，肯定会使战场污秽不堪，便将一年中的一半时间划为雨季，以此，清扫战场，冲洗血污。

对于我们某些祖先的这一举动的含义，《审慎入门》的编撰者不置可否，只是含糊其词地说什么：金戈铁马，啊啊啊。这种念书人的辞藻让我这个武夫的后代大动肝火。

我想知道，写这本书的混账东西如今躲在哪儿。

你指的是我吗？我才不是什么混账东西呢，我描写的那些人才是混账东西呢。她并没有气恼的意思。

怎么，《审慎入门》是谁都可以编的吗？我为如此神圣的东西出自这个疯疯癫癫的女人之手大为不满。

不！这种事情适宜心灵手巧的女性来做，这是个细致活，既要有耐心，又得沉得住气，要是男人来做的话，那必须是个阉人。说完她做了一个含混的手势，似乎是宰割什么。

这一类对著书立说者的全新解释，真是闻所未闻。它使古往今来的一切文稿转瞬间全成了阉人的私语。以往，我们那些光辉灿烂的年代顿时黯然失色。我们必须在女人和阉人之间小心翼翼地寻找通向历史源头的坦途。

我躲避瘟疫似的逃离看来阴暗、想来苍白的烂铁堆，没入眼前的一片橙子林。远处，仿佛是天际尽头传来一阵悠扬的钟声。

这很美。我对《审慎入门》的编撰者说。令人想到战争之外的事情，比如，爱情和友谊，沉思或者奉献。

啊。你弄错了。这是澡堂子的钟声,是在招呼那些阵亡将士的灵魂去洗澡呢。

此刻,我确信,我已陷入迷宫。

在橙子林以往的历史中,死者们总是在反陈述节这天从天堂和地狱的各个角落赶到剪纸院落的池塘来洗凉水澡。于是,反陈述节就成了所有死者和生者会晤的节日。由于这一会晤是在澡堂子里进行的,所以,会晤双方都是裸体出现的。区别仅在于死者裸露的是灵魂,而生者裸露的是肉体。这一习俗沿袭至今,对我这样一个外来的、涉世未深的少年来说,反陈述节意味着暴露。总之,是一个性感的节日。

沐浴是在向往尼姑庵生活的未成年的少女所组成的合唱队的伴唱中进行的。她们自始至终以无伴奏的形式反复咏唱一首无词歌。这种圣咏般的倾诉寄托着无数时代天上人间的相互向往和相互影响,乃至相互模仿。

这萦绕在耳际的歌声渐渐地充溢于用作沐浴的这片金色的池塘,和钟声、晚霞、水汽以及生者和死者的呼吸混合一体在橙子林间飘荡,使生者感到飘飘欲仙,使死者重温尘世之乐。尽管他们之间存在着无法逾越的奇异的间隔,但他们以持久的袒露赢得了彼此之间的宽容。

同样奇异的是,在每次反陈述节之后的相当一段时间里,裸露这一方式被保存着。这个家族的全体成员世代相袭,于今全都染上了裸癣。他们以生者的方式暴露肉体,以死者的方式袒露灵魂,使橙子林沉浸在毫无遮掩的狂热之中。在此之间我倒成了唯一真正的隐秘所在。

你是一个窥视者。我的女友——丰收神,以我刚才详细论述过的方式出现在我的面前。她的脸上带着谜一样的微笑。

在我们家的这些日子,你过得愉快吗?

这些日子,你这是什么意思?难道我不是在今天晚间赶到此地,而是在一个世纪之前的某个傍晚?

哎呀!你真是老糊涂了,一个中年人,怎么还可以像一个少年那样跟人拌嘴呢?

等等,你说清楚,我是中年人?我什么时候成了中年人的?

我内心极为恐惧,尽管我的肉体是以空间的方式存在着的,但我对时间的流逝还是充满敬畏。

好啦,只要我还爱着你,我们是否还像从前那样年轻又有什么关系呢?

没关系?明天早上我还要赶去会考呢。你知道什么叫作会考吗?从前那叫作考状元。

已经太晚了。

她安慰我道:剪纸院落在夜晚是封闭的。也就是说,逝去的岁月在夜晚是封闭的。否则,你将走出历史之外。现在跟我来吧,我给你安排一个睡觉的地方。要知道,在历史里睡一夜是很舒服的,这不比在母亲的子宫里睡一夜差。这一点不假。

我随手将《审慎入门》弃入路经的杂草丛,满怀对新的良知的期待扬长而去。

我们穿过一片有晨晖的北方旷野,丝毫没有感到寒冷。一个渔夫打扮的中年人坐在田埂上吹笛子。他表情忧伤,但吹奏的乐曲倒是让人感到无比快乐。我上前和他攀谈，他满不在乎地告诉我，他是个木匠，纯粹是一个偶尔的机会，被大街上一位自称是幻术大师的人拉到此地，幻术大师一再告诫他：从前是什么，现在做什么，这中间没有什么必然的联系，关键在于体验。说完继续吹他的笛子。

我和丰收神继续前行。忽然，她指着不远处的一幢小木屋对我说：看见没有，你穿过这片牧场，你今晚住宿的地方就到了。你自己去吧。

丰收神很有可能是一位向导，领我在偌大的假想世界中漫游。我所耳闻目睹的一切极有可能全是布景和效果。我得找人问个明白。我不能永远置身于这种杜撰的真实之中。

你就是我姐姐的情人，是不是？

一个精瘦的小男孩倚在小木屋的门上，他手中正捏着一团褐色的泥巴。他手指修长，简直不是一双孩子的手。我惊异于他的手艺，不一会儿工夫，他就捏出一只狗来。

杂种狗。你看得出吗？他头也不抬地问我：你想进屋吗？

不，我想看你的手艺。我想，他是我在这个家族见到的唯一可亲可近的人。在这个意义上，他倒有可能是这个家族里的杂种。

我的手艺只传儿子，外人是不可以看的。这哪里是一个孩子在说话。

你以此为生吗？我岔开话题，我得制服这个孩子。

这门手艺靠我得以传世。我只消看一眼，就知道你是个势利小人，你以为我姐姐会嫁给你这样的人吗？她是在逗你玩呢，这就叫玩弄。你懂吗?

说话间他又捏成一只狐狸,随后便捧起它们走了。

我目送他消失在橙子林间,然后进屋躺下。此刻,我疲惫不堪,又困又饿。不多一会儿,我就睡着了。这个家族所给的一切冷遇全都扔给了这个醒着的家族。扔给了这些精力充沛的疯子。

但出乎我的意料,丰收神推门走了进来。她如出席反陈述节般来到我的床边,在我的面前俯下身来。我闻到了她皮肤的气味。我几乎可以说,我闻到了橙子林的气味。我原本打算对这样一个家族做一次意念上的清算,在我的想象中将他们一个个打翻在地,往他们的身上、脸上吐唾沫、擤鼻涕,好好宣泄一番。现在我只能收回这一幼稚的打算,我并不是热衷于报复的人,我如此善良,我早就料到是能够打动他们的。他们至多是有些变态,这完全无关大局。他们这样的家族以延续体现了诞生、死亡和复活这一壮举,真是独辟蹊径,不可多得。

我向她伸出手去。她说:你想知道我的过去吗?我是指我个人的过去,也就是所谓的私生活。

你要知道,打听隐私是我的爱好,你快说吧。我已经迫不及待了。

今天看来,这似乎不是我的故事,它就像是一个传说世代流传,已经开始发生变化了。

我的祖先,你不反对我稍稍谈谈我的祖先吧。在我表示赞许之后,她凑近我继续说:我的祖先是些打鱼的人,他们惯于逆水而行,便得到一些鱼类之外的东西,诸如海马和水龙,他们便将这些东西饲养起来,长年累月,越积越多,它们便开始死亡和腐烂。于是,土地开始肥沃,渔夫便开始耕耘,他们撒下一些海龟的卵，企望从土地长出海龟来。当然，他们大失所望，这导致了他们对土地和大海同样的失望，他们便开始流浪。但他们曾经以四海为家，于是，他们又为似曾相识而苦，又只好安营扎寨，过起游牧生活来。渐渐地，河水流到他们那儿，一艘火轮在黎明时分抵达他们的茅舍，从上面下来一些面容和善的人，他们自称是信使，我的祖先便留他们住宿，夜间，那些信使就是就着月光从信封中取出匕首将他们一一宰割的。然后，装箱送走，我的祖先，由此消失。

我发现我自己时，我已成年。当时，我在一所外国人办的学校里念书，我念洋码也念洋字，比如，拉丁文。在今天听来，简直不可思议，我居然成绩优异。我在冥想中重复我未曾谋面的祖先的业绩，想象他们的痛苦和甘甜。很快我们中间一部分人拥到远方的一个岛上去做岛民，其余的或戎装出征，或艳装下海。总之，我们独自人生。

我先把自己嫁给一个老人，同时打算在此之后再嫁一个中年人和一个青年人，也就是你。这没有什么特殊理由，只是爱好而已。人人都有爱好，这无可非议。

我攒下许多钱，同时也积累了不少经验，但最重要的是，我发现我不会生孩子，这或许可以说我大概不会死亡。我陷入极度的沮丧之中，我开始整天想象死亡，搜集这方面的著作和研究资料，为自己勾画死亡的蓝图，设计死亡的各种方案以及实施这种种方案所需的一切准备。是的，死亡高于一切。但很快我就淡漠了，我觉得盯着死亡不放是幼稚的表现。于是，我重新开始学习生活，恢复我从前的一切能力。

夜晚的小木屋如此潮湿，天长日久，墙角已经长出许多无以名状的小花了，它们像童话中的植物一样能说会道，想来让人不寒而栗。一些无性繁殖的动物在草木间舒展身姿，一幅歌舞升平的景象。

他们这一家人最初前呼后拥地来到这个城市，在城墙外稍作停顿，对这个城市根本不加打量，便开始英勇地穿越它。一旦进入这个城市他们便转晕了头，一家人刚经过一座废弃的宫殿和一个才兴建的屠宰场就走散了。被这个可怜的城市溶化掉了。许多年以后，他们逢人便说，几乎是到处倾诉。也许，他们期待着这种倾诉可以像瘟疫一样四处传播，最终，通过瘟疫找到他们失散了的祖先抑或是他们祖先的后裔也行。但是，这个城市中走散了的人遍地皆是，他们早已成立了失散者协会。在协会的聚会上，人们有组织地痛哭流涕，互诉衷肠。随着活动的日益频繁，他们依恋起这种可爱的悲天悯人的聚会来。于是，从失散者的心中，升起一股对走散了的亲人的厌恶感来。一开始，这种厌恶是没有具体指向的，久而久之，这种莫名其妙的厌恶已不能满足他们的痛恨，他们便将厌恶投向协会中那些与他们亲人相近似的人来。相貌啦，脾气啦，口音啦，到后来甚至吃饭时咂嘴的声音啦，口吃的程度啦，趴着睡觉的习惯啦，全成了厌恶的缘由。就这样，在一个阳光灿烂的早晨，失散者协会解散了，人们以一种老练的失去可亲近的人的神态消失在集市中、码头上，大街小巷之中。他们深知，不久一种崭新的组织将应运而生，而他们将是这新协会的当然成员。果不然，他们在度过了漫长夏季中的短暂的一天之后，又在集市拐角处碰头会面了。

这个家族中的一位乐于体验再见这种情感的男子，是失散者中唯一没有加入协会的人。他刚慢慢悠悠地和家人走散便遇上了一场革命。这个城市每逢农历的初一和十五便要发生革命。革命的内容是相当广泛的，形式也是极为多样，搞革命的人经验丰富得有些可疑。

这位美男子碰上的这场革命是关于算卦的。据历史的记载，在这个城市里，算卦最先是以业余爱好的方式出现的。在城中居住的各民族人民在茶余饭后，三五成群，于街头巷尾展开自发的激烈的讨论。在那个时代，算卦是一项高尚的嗜好，这不仅因为算卦体现了大众对未来命运的深切关注，更为重要的这是人与超自然力量的平等对话。那个时代人们崇尚促膝谈心，许多罪恶因此避免，但同样多的罪恶也因此而诞生。物换星移，岁月流逝，男女老幼渐渐醒悟，算卦可以换饭谋生。于是，人们这一受人尊敬的余兴就蒙上了功利主义的色彩。更有甚者，还因为算卦在一辆行驶的电车上爆发过一场有争议的闪电式的战争。人们意识到，终于到了该清算算卦这一行为本身的时候了，如果任其发展下去，它必将毒化人类的心灵乃至日常生活，更为可怕的是它亵渎了人们对神秘事物的向往。

美男子在革命的大街上行走，他深感欣慰。并不是任何人都有机会一进城就遇上大革命的。更何况这是一场涉及人们理想的纯洁性的革命。大街两旁所有的商店大门洞开，店员们挥舞长短不一、大小各异的刷子干得正欢，他们起誓说是要在一天之内将城市粉刷一新。鉴于革命的领导者还没有最后决定到底要将城市刷成什么颜色，而店员又都早已按捺不住要使城市旧貌换新颜的决心，便依据各自的爱好将各种颜色先刷将起来。忽然传来消息，因为革命爆发得过于匆忙，一时找不到领导者。这一下店员们议论纷纷，他们认为领导者一时找不到倒也罢了，关键是要搞清楚粉刷和算卦有什么必然关系。店员们全是有头脑并且也肯动脑筋的人，他们并不满足于挥动几下刷子便了事。这样一来，一场关于算卦的革命演变成了一场关于先找到领导者再粉刷城市还是先自刷起来边干边等领导者自己出现的大论战。

美男子乘着市民沉溺于思辨热潮之中，走进了他路经的一家镜子商店。

玩镜子的男人。事后人们追忆他的时候这样说。他迈进镜子商店的店堂的头一分钟里，就意识到，他余下的日子将在对自己的注视中度过。像他这样的美貌，对于这个不断爆发革命的城市显然显得过于奢侈。街上的行人根本不会注意到他这盖世的容颜。流浪的人们总是美的。比这群挤在这个闹哄哄的城市里的店员要漂亮千百倍。而这些伶牙俐齿的店员根本无心过问他人的相貌，他们总是说：内心生活是第一位的。这句话是为革命的领导者所推荐的。至于这位热衷于推荐格言的领导者谁也没有见过。关于他有许多流言。但能说会道的人们并不看重这些流言，他们有绝对的把握来修正、润饰、篡改、发挥以至全盘否定而另起炉灶散布更出色的流言。流言是这个城市的一种标志。日报上辟有流言版，招聘录用要测验撰写和传播流言的技能。流言是公立学校的必修课，人们娶亲时总要打听：此人流言怎样。

美男子最终没有找到他的家人，他有了镜子，他找到了自己。据传说，他死时美丽异常，但他脖子以下已全部瘫痪。人们猜测，是因为他用毕生的精力注意自己的脸，把其余的部分赔了个干净。他的遗容人们争相瞻仰,许多少女少妇当场晕倒,醒来后便就地翻滚。她们在心中暗暗地推举他为丈夫的偶像。就连他生前下肢毫无知觉也全然不顾。从人们搜集到的,仅存的关于美男子的资料中得知,美男子在世时每天单单洗脸要花费十二小时,照镜子十一小时,这还不包括边洗脸边照镜子的时间。他每天仅用一个小时来处理诸如大便小解,吃饭喝汤之类的琐事。人们奇怪的是,找不到任何关于美男子睡觉的记载,人们甚至断定美男子是不用睡觉的。这种观点盛行了相当长的一段时期。其间,经历了两次革命(一次是关于行车是靠左还是靠右,另一次是关于冬天是否一定洗澡)也没有衰落,只是经过很久很久,人们才小心翼翼地猜想,他可能是边照镜子边睡觉的。

美男子对镜子有特殊的秘不示人的研究。他并非如别人揣度的是拥有世界上最大一面镜子的人。他用极薄的铜片打磨以后,制成鸡心形状,用一根麻绳吊在前胸。

你看,就是这一枚。

这是一块烂铁皮吗?我大不以为然。

丰收神陷入对往事的追忆之中。美男子是她的兄弟,到底是哥哥还是弟弟她搞不清。他平日讲话就像朗诵一般,他是一个理想主义者,他是他们家族中最需要照顾的一个人。就因为他不加入任何协会,致使他失去了与家人团聚的可能。

为了找他,我参加了五百个协会。丰收神伤心地说。他们在他从不光顾的地方找他。在他死之前,我们为什么没有一个人想到镜子呢,据算卦的人说,我们家族中只要有一个人哪怕是照一次镜子就会看到他。但那时正对算卦者进行革命呢,我们怎么会听信这种人的劝告呢。这也许是说人们还是有希望通过面容找到自己的亲人的。这太荒唐了。偏偏发生在一个注视灵魂的时期。丰收神至今想起这件事还愤愤不平。

我仔细地端详这枚被称作镜子的烂铁皮,妄想用它来照一照我,好以此使自己漂亮哪怕是一丁点也好。我犯了一个致命的错误,我终于得以清楚地看见我已走入了这个疯狂的家族。

美男子生前就没有留下什么话吗?在一个下雨的下午,我在躲雨的房檐下诚恳地向丰收神提出这一问题。她大为惊讶。

你怎么知道他会留下话呢?

那也就是说这位悲壮地故去的前美男子的所作所为与我的愿望相符。那他究竟说了什么呢?

丰收神像宣读祷文似的张开她的小嘴:我需要爱我的人离我远远的。

这是不是说相爱者彼此是孤独的。是不是说爱的甘醇只有在一定的距离里才体味尤深。是不是说背离也是爱的一种形式。斯人已逝,美男子是否带走了所有关于爱的答案。

我的兄弟曾经是位出色的骑手。他纵马驰骋确实有帝王之风。他如今依然在我的梦中款款而行。令人痛心的是进城后他曾随一些洋人圈地跑马。他从前总是独自奔波,苍穹大地无声地陪伴他。你想象一大群贼眉鼠眼的看客挤在条凳上狂呼乱吼,叫人怎么消受得了。

在某些特殊的日子里,女人的唠叨自有特殊的魅力。恰似鼓书艺人口中的故事,令人百听不厌。其实我们并非在听取他人口中的故事,只是随着故事想自己的心事而已。

美男子显然算不上他们家族中最优秀的代表，充其量不过是个犯有幼稚过失的小小的叛逆者。最为出类拔萃的要数丰收神的表兄。俗话说：一表三千里。这个家族藏污纳垢的本领由此可略见一斑。这位表兄长相平平，无丝毫惊人之处，但是位闭门思过的楷模。尽管他从不出门，未见过有何过失，但据这个家族的古训：没有过失便是最大的过失。他便是罪孽深重。此人一生未曾婚娶，备受伦常的煎熬，但他对床笫之乐云雨之事有非常深厚的理论素养和批判能力。尤为可贵的是，他乐于向人吐露衷肠。

我最大的愿望就是当一个廉洁的掘墓人。

我们至今仍可看到这位苦行僧端坐在窗前静观院内家禽们的日常生活的身影。

你们应该对此有所了解。在革命时期干掘墓这行是能发财的。每一个掘墓人都有自己的领地。外人是不得随意进出的。掘墓人中大多数从前是手工艺者。雕梁画栋，琢瓷刻瓦的行当给他们的掘墓提供了良好的训练。我早已想好了，我先要选好一块风水宝地，然后就在这块土地上种植奇花异草，等到略具规模，我就开一家花店，我会买卖公道，和蔼待人，以此招徕游人。紧接着就将它发展成一个小型但非常完备的鲜花的集市。经过一个漫长的萧条时期，来到这里种花、卖花、买花的各色人等相继辞世而去。我就将此地用雕花的栅栏围起来，留下仅供我一人出入的一扇小木门。这时候，我就正式向世人宣称：这是我的墓地。啊，你要知道，这时我就开始施展我掘墓的才华了。这是一个多么广阔的天地呀。这是一个宝藏，待我把它发掘完了。我还将把它改造为一座广场。我就叫它睡意广场。经过如此漫长的一段岁月，我是多么劳累呀，我就在这个广场里睡觉，这真是太奇妙、太令人陶醉了。

不过，这种事情一旦做起来，那可就太麻烦了。想到这一点，我就放弃了这一打算，我已把这件事的前前后后想了个透，所以不干也没什么可惜的。只是那真是一块风水宝地呀，倘若你有意从事这一行当，我可以把这块宝地让给你。你不要为难，我可是真想把它送人呢。就送给你吧，你一定要收下它，在我看来你天生就是个掘墓人。你就不要再推辞了。

那么，你所描述的如此动人的地方在哪儿呢？

我不想当什么掘墓人，不过，既然到这个家族来一趟，亲眼看见那块自封的宝地也是应该的。

你能领我去观赏一下吗？

它在我生前的想象里。

这可真是太遗憾了。那么你生前还有什么理想呢？

怎么，这样一个理想对一个人来说还不够吗？难道一个人应该有一个以上的理想吗？

这个家族的先人古时与山林为伴，染就凄苦之风。面如土色，心如溪水。天气晴朗他们便走马观花，梅雨时节他们便偷香窃玉。族中人个个身染百疾，经年累月翻查医案，千百年来尝遍世间草本。冬来依山而卧，夏临傍水而坐。他们以山石为墨，以松枝为笔，饱蘸深谷涧流，挥洒旷野青天。走笔随心意，留字为医证，到头来这块不毛之地为山岚瘴气所充盈，路人闻之便得不治之症。

时光流转。他们在山里待腻了，便在山林间遗下一些奇谲多变的故事，径自寻找新生活去了。他们路上的情形无人知晓，大约早已随道旁的野草腐烂消失湮没于泥土之中了。

有一首民谣讲述的是关于一个舞蹈者的故事。

现在由我来从一种无所不知的叙述者角度来讲丰收神家族的最后一个故事。

很久以来,人们已经看不到舞蹈者了。人们几乎忘记了舞蹈的含义。这个家族的成员已经习惯于把舞蹈当作一种巫术来理解。从前,这块土地寸草不生。橙子林只是人们的理想和奢望。一望无际的平原是天然的舞蹈场所,只是因为有一种传说。说是舞蹈是一种高山病,只有山民才跳舞。于是,人们暗自认定舞蹈是疾病的表现,平原人跳舞是对病态的模仿。而在平原,模仿是列入禁忌的。

平原人是有节制的,他们克服了这种为习俗禁止的乱蹦乱跳,把省下来的力气用作谈话和散步。这便是后世闲扯淡和闲逛悠的由来。少数渴望舞蹈的人走了高原,他们天真地幻想搞个折中,这使他们爱上了骑马和牧羊,这便是后世流浪和驱赶的由来。极少数进入崇山峻岭的人学会舞蹈之后便将余生的全部精力花在跳舞上,他们全在手舞足蹈中死去。这个消息经高原传到平原。节制便成了人们的戒律。舞蹈从此成了一种遥远的传说,它总是与死亡和恐怖联系在一起,因为舞蹈抽象而没有明确的含义。直到有一天,他们这个家族的一个姑娘的诞生改变了这一切。

这布满每一个角落的橙子树,是为了纪念这位姑娘而种植的。这姑娘是这个家族中的唯一舞蹈者。她是平原上过着悠闲生活的人们的唯一例外。遗憾的是,她是个聋哑人。这是她被准许跳舞的原因。她的舞蹈是一种语汇。她不分春夏秋冬舞蹈着与人交往，向认识的和不认识的，可亲近的和可厌恶的人传达她的情感与感受，渴望得到他人的一掬同情之泪。她就如一颗神秘而忠实的星辰，在遥远而固定的轨迹上向人们闪烁她明亮而忧伤的眼睛。但是，这样一种诗意而痛苦的生活过早地结束了。她被她所在的家族纳入了一次宏伟的但最终以失败而告终的远征计划。这个历史悠久但没有族徽的家族认为在出征队伍的前列应当安排一名旗帜式的人物。否则他们在众人眼里无异于一群乌合之众。因这一异想天开的壮举而生发的使命便落到了聋哑人身上。她必须在行列的最前方，舞蹈着直至抵达此行的目的地。她没有被告知行程究竟有多远。这倒不是家族内部认为她知道这一点有什么不妥，这纯粹是因为他们认为必须在远征的途中逐渐确定被征服的对象。

他们以流浪的方式四处漂泊，他们日夜期待有谁自动出现好让他们这支雄伟的大军前去收服。他们不断地派人向家乡送去信札，函告他们的艰辛和勇敢。让家乡的亲人或仇人坐等他们的坏消息或好消息。

终于，在一个风雨交加的早晨，这支大军中的最后一位勇士为自己拟就了一份给家乡的战报，对自己千叮咛万嘱咐了一番，便返转身来，打道回府了。

他们轻而易举地失去了他们的族徽。舞蹈者舞蹈着在家族的思念中消逝了。

等到人们为时间稍稍平复了他们最初的冲动，冷静到了对历史事件能够做判断、下定义的时候，他们便编辑出版了一本书信集《流浪的人们》，用以追悼和检讨家族历史上的这次声势浩大而又莫名其妙的远足。细心而有闲的人只是在书信集的后记里读到编撰者笼统而模糊地提到一位女性，在远征队伍的前列一路舞蹈，而后越走越远乃至不知去向。让人感到这个舞蹈者似乎是中途退场的，她并未坚持到这次了不起的行动的最末一刻。

倘若我们暂时离开一下这个精力充沛、历来东征西讨的家族，我们有可能在外部世界——也就是距离橙子林不远的港口城市——读到另外一部回忆录《流浪的舞蹈者》。这部回忆录的作者是一位美丽聪慧的中年妇女，两个孩子的母亲，一位考古学家的妻子。她本人是烹饪学专家。目前正主持"吃与吃法与吃什么"这一课题的研究工作。

《流浪的舞蹈者》叙述的是一个至今保留着诸多古老习俗的原始部落的故事。这个部落叫闪闪族。

闪闪人除了维持生存的基本需要而外，所从事的主要活动便是舞蹈。闪闪人在他们赖以生存的小岛上舞蹈着四处游荡，使每一天都像在过节一般，闪闪族的妇女甚至是舞蹈着生下她们的后代，这是叙述者目睹的。

闪闪人的祖先是为古希伯来先知所遗弃的后裔的旁支。尽管岁月早已过去千百年，但闪闪人对此事依然耿耿于怀。闪闪人普遍认为他们被遗弃是不公正的，倒是让闪闪人来遗弃希伯来先知那还差不多。《流浪的舞蹈者》总结说：被遗弃的人天生具有一种遗弃的欲望。闪闪人将他人、他物乃至闪闪人自己都列入该遗弃之列。闪闪人以一种渴望遗弃的方式至今被遗弃在一座孤岛上，过着食不果腹的艺术生活，在形而上的玄想中消磨时日。

《流浪的舞蹈者》既非学术著作，又非畅销小说。它印行的一百册全部躺在公立图书馆的书库里。很少有人问津。

该书的作者,我们刚才提到的那位风韵犹存的女性也早已把它忘了,只是在一个桃花盛开的季节里,一位刚刚考进大学的小伙子,偶然在阅览室里翻了翻它。他感到这部书的名字对他来说具有异乎寻常的魅力。于是,他玩了一个小手腕,将这本书带出了图书馆,当作爱情的信物寄给了远方的情人。这部蕴含着连原作者自己也未必意识到惊心动魄的内涵的人类学著作,如此结束了它的使命。除非它耐心等待另一位有特殊嗜好的情人为他的女友挑选此书。

有一些事物必须以封闭的形式呈现,有一些话必须以夸张的方式说出,有一种生活是滑稽剧的幕间休息,它没有玩笑和幽默,是因为人们笑累了。一个家族不会因为我的介入或叙述而消亡,所谓最后也只是就我个人而言。时光倒流,也许我会凭栏而坐,而现在我倚在窗前,看着田野里风起草落,鸟走云飞。在这午后,我期待着与陌生的来客会晤直至夕阳西垂,晚餐前的时光需要以消磨的方式度过。有人将人世的空虚化入这一时辰,好使入夜后的睡眠不为噩梦骚扰。

这张宽大的餐桌旁只我一个人,这个家族的其余成员到时便会鱼贯而入。我打开手中的一本菜谱,想象在远方小心打开我的未来的岁月,我能看见的就是在这张餐桌旁的饕餮之徒,我加入他们的行列,迷恋于口腹之乐,装扮出眉飞色舞的模样,终于沦为一名酒囊饭袋。我因饱食暴饮而泪流满面,竟不知这是一桌幽灵的筵席。

我已人知命之年，赴宴早已不再具有社交的意味。更何况与幽灵打交道是无任何经验可依的。我正左右为难，丰收神飘然而至。于是，我们相携而行，内心充满了温暖的感情。

平静的湖面上荡着一只小船。划小船的大概应当唤作舟子。这很美。我和丰收神在沿湖公路旁的斜坡上坐了下来。阳光很好，当你和情人在一块，无须对场景多加描述，你甚至可以不必注意。事后倘若需要，你会惊异于你对环境的敏感。反之，风景是一堆废物。

公路上有两个郊游的年轻人骑车驶过。一切复归平静。我们在一起感受休息的安谧，我们被下午的阳光照耀着像阳光照耀我们一样自然。唯一可能存在的不自然是将来回忆时的追述。而避免的方法是不回忆。

湖边是一些被践踏过的芦苇，它们是不是在等待风来摇曳它们。我不得而知。也许某一天一位画画的人会来描绘这一切。那我就等着看画吧。我们想象中的回忆在别人可能画的图画里，情感在我们审视这一景物时已离我们远去。在户外，我们和他人一同呼吸和感受。

如果我们现在接吻已经不是什么私情。周围阒无人迹。人们对这种事情已经不感兴趣。在高度嘈杂的历史的间隙里可以享受到最充分的休息。

我和丰收神并排躺着。我想我们一同看着那舟子。那小船一动不动，几乎静止。那舟子似乎是在垂钓，或者冥想，或者休息（和我们一样），或者有意等在那儿让我们看他。

公路上有两个郊游的年轻人骑车驶过。一切复归平静，那两个人在斜坡上躺下。那个男的用手遮阳，他们在朝我这边看，他们好像在休息。他们好像喜欢安静,他们一定在想,那是一个舟子。但是他在湖心干吗?太远了看不清。我想要是把我对丰收神家族的拜访从丰收神的角度写下来又会怎样。我奢想,有一些基本的东西不变。比如,家族中的人物啦,场景啦,等等。变换的是一个角度。

太阳略微西斜。舟子站起身来。我依然躺着。对舟子来说站起来的也是舟子(他自己)躺着的是斜坡上的我。

丰收神不吱声。她吱不了声。这不是他们家族的历史,这是我的臆想。这也是我在困境中的逃避和休息。在历史中我只有一种角度。

我们走在空寂的街道上,鹅卵石路面湿漉漉的,迎面吹来的风也是潮湿的。

你要小心,在这样的道路中间行走,是会遇见你的仇人的。

丰收神打着手势加强她的语气,她的手势是从她的那位又聋又哑的一刻不停地舞蹈着的祖先那儿继承下来的。

如果真是这样,那么我首先遇见的将是我自己。我蛮有把握地说。

那么你打算决斗吗?她的目光中含带嘲讽的意思。

我们将相互披露心迹。我确实乐于跟人攀谈。无论在什么样的境遇中都可以做到。我有一些信件和照片要交给他,如果他把我杀了,那么,这些东西他将代我保存。

你提到了你的信件和照片,看来你是在谈论抽象的死亡。你的生命靠文字得以延续,像你这样是体会不到真正的诞生、死亡和复活的,你的细脖子上长着一颗玄而又玄的脑袋,你不会有仇人的。

　　我曾经在我虚构的决斗中被我虚构的仇人杀死过一回，不过那是以前的事，但虚构的时间倒是未来，严格计算起来，也就是再等一会儿。

　　你是说现在。或者说迫在眉睫。她问这话时，丝毫也没有露出惊讶感来。

　　我从前在公立学校念书，同窗中有男有女。这些信件和照片便是那时的留念。想到我临近了我虚构中的决斗，不由得对少年时代的耽于幻想追悔莫及。我希望他能好好保存这些东西。

　　决斗未必是你输，何况这还是虚构的。她像在安慰我。

　　那么，你们家族的历史难道不也是虚构的吗？

　　我们的悲惨之处正在于此。我们应该在一开始就懂得虚构我们家族的历史。

　　那不成了一个语言的世界了吗？

　　那么你将面临的也是语言的决斗喽？

　　这我拿不准。但是，我总觉得，我先谈论它，它会变得更加真实。

　　这是一个辞藻的世界，而辞藻不是用来描写想象的。想象有它自身的语言，我们只能暗示它和它周围事物的关系，我们甚至无法逼近它，想象中的事物抵御我们的辞藻。

　　可是虚构不同，虚构可能是真实的，这是它的可怕之处。

　　虚构几乎是谋划，而想象只是憧憬。要说真实，想象倒可能是真实的，而虚构倒荒诞得可怕。

　　现在讨论这一切为时已晚。我已逼近我虚构的那一刻，路面依然潮湿，并且天空好像飘起了雨丝。

我们还是先去避雨吧,你也好就此机会修改你的虚构。至少你可以把决斗往后推迟,比如放到明天,我还想读一读你的书信呢。

我不能让丰收神接触我的书信和照片,我在这些书信和照片中虚构了我的过去和与我相关的一切。这些东西是秘而不宣的。

或者这样。她提醒我。你把我虚构进你的将要来到的决斗去,我来扮演你的仇人。

但是,你不是我呀,我希望看到我倒在我自己手下。

天哪,这正是我们家族的传统。

丰收神惊讶得几乎晕了过去。

你还记得我们从前要好的那些日子吗(我不能写相爱的那些日子)?我现在就像爱你那样热烈地爱上了另一位姑娘(我虚构了她的种种美德)。她的家人尽是些浑浑噩噩的窝囊废。在他们这儿做做梦倒是不坏。这不是一块忏悔的土地。这不能责怪他们,他们有病,平常他们总是柔情地歌唱那些死去的人物的事迹(我将要为这些人物杜撰新的事迹),我在这里学会了抽水烟,可能的话,你给我捎些烟草来(你别真的送来,我这是在哄你),我现在执迷于生活的程度与损坏生活的程度相等,我已经学会置生离死别于不顾(你看,我还是像从前那样爱吹牛),在这个地方我感到愚蠢是一桩乐事。一种从前我们讨论过的具有成年人的现实感的回忆在这儿一钱不值。天天都有一种迷失的感觉(我在逗你呢),我可能很快就要结婚了(你别在意,还没准儿呢),结婚给人一种完整的感觉,它不完全意味着到位。它只是把你的位置指给你看(只是你别真的一本正经地去看它),一个严谨而又不缺乏幽默感又有同情心的人物的心智应该是健全的。也就是说应该是经受了磨炼的（我可是受不了这种磨炼），我眼看着自己一天天消瘦，四肢麻木，老眼昏花，我认为是到了用愚笨来调和某种光泽的时候了（这该是一个恶时辰），我说起话来就像一个堕落的女人在朗诵一首表现无止境的追求的诗歌（我比以前可是粗俗多啦），温情对我来说显得如此突兀，温存对我来说变得无法耐受地冗长。我变得没有丝毫分寸感（我倒是在这儿学会斯斯文文地散步），我已经平庸到了呆头呆脑，笨手笨脚简直没有丝毫乐趣的地步，我开始拿腔拿调地说话（满脸堆着应景的笑容），我变成了流行的通俗音乐，美丽而短暂（我的比喻又烂又臭）。

每当上午，阳光流泻到我的窗棂上（我开始抒情），经常会有一对白鸽子在暖洋洋的光线中飞过，久而久之，这几乎凝成了什么人告别时的一幅图画（我们当初告别，可以用这来描写），不远处是一支悠扬而低回的笛曲，这支才华横溢的笛子（这支该死的笛子），我为它以如此令人神往的方式尾随他人的思绪而去，并在远处向他人的灵魂挥手感叹不已。这是一种神秘的生活（我在这里面爬不出来了），当我们的想象以一种休息的姿态飞翔时，我的全身为一种难以名状的幸福所充溢，我目睹我冥想时的姿态是如此优美，它化入窗外的阳光，化入阳光中的白鸽子，化入那种轻盈的滑翔，远离喧嚣，远离早已远去而又时时切近的罪恶和羞耻（这不是感伤，也不是富于感情，倒像是准备悼念什么人）。

好啦，就写到这里（反正你也收不到。因为我压根儿就没打算寄，写完我就满足了，寄不寄是极为次要的）。

可以与这封信对照着阅读的是一张四英寸的黑白照片。照片里一位姑娘背对着镜头,她穿着夏装,她的裙子给人一种丝绸的质感,她头发梳成一把绾在脑后。遗憾的是看不到她的眼睛。她趴在窗前,窗帘叫某个傍晚的微风吹拂着,窗外是一条宽阔的河流,我们可以看到船和一些飞翔着的什么东西(可以把它们假定为江鸥、鸽子,或者打食的鹰)。沿河是石砌的堤岸,一些人正在此重逢或者告别,另一些人在一旁冷眼相看。堤岸下是一个广场,几个下课了的中学生正在默不作声地穿越它。烦躁的是一个在广场边上踟蹰的中年人,一辆汽车无声地从他身后驶过,进入对着广场的街道,街道两旁的商店已经打烊,商店楼上的窗口里开始飘出扑鼻的油香,过不了多一会儿,街灯就要照亮那些行道树了,树下偎依的情侣就要出现,那些形单影只的人的脚步就要放慢,行色匆匆的是不明身份的和公务人员。晚场电影开场还有一会儿,戏迷都已在剧场入口处等候入场了。他们找到座位并不急于坐下,而是先打量一下四周,见了熟人便高声招呼或者轻轻扬一扬手,等到脚灯一亮他们便全被卷入黑暗之中。

　　他们将要看到的正是我接下来所要写的结尾。

　　这是众神的黄昏。在通往天堂的走廊里,小天使穿着五彩羽衣绕柱飞行。在辞书里,这是一个捷报飞传的时刻,而在千里之外的平原则是一个耕耘的季节,如果诗神飞临这一地区,那么有一种世俗生活将和神话结为一体,送葬的行列如果在此刻路经旷野,死者就会在天宇尽头找到自己的星座。流浪的人们将从此回家。人们终将发现,愿望之树已经开遍了故乡的原野。圈养的牲畜和放飞的理想在云泥之间颔首问候，古河道干枯之际，剪纸和绣花再度开始盛行，人们的衣着渐趋绮靡，交往时使用的语言日见雕琢，橙子林内的居民刻意追求完美的生活，他们为被写入典籍，编入教科书做好了一切准备。

　　我身后的小径已为橄榄枝和鸟粪所覆盖，我已经无法按原路折回。我把沿路收集的趣闻逸事戏谑地编成可供行吟的断章残卷。在平地上行走，我心中充满快慰。我在周末的傍晚去和橙子林的守夜人厮混，在林间吐露稚气地遐想，其余的日子，我便打起精神收拾我的房间，为互不理解的人安排会见的场所，夜深人静，我便挑选一些假想的人物供我自己怀念，而在睡梦中我又奔向一些似是而非，兴味索然的家伙。我用了大量的时间从事睡眠和梦游。草率打发我余下的时光。

　　这一天，丰收神来敲我的门。

　　我是来改造你的生活的！她装作与我素不相识。

　　我的生活任意改造。我也装作与她萍水相逢。

　　我们沿橙子林一路走来，似乎是在寻找什么东西。但是天气如此之好，使我们又并不急于要找到它。我刚到橙子林那会儿，总是急切地想见识一切，现在想来不免黯然。如今，我总是说去追忆吧，其实并不追忆。

　　我的祖先是一个武士，毕生为掠掳美女而奔波。在他的晚年，又为他众多的儿女而操劳。这样的人显然入不了正史，据此，他的后人便纷纷落草为寇，坐山为王。直至我的父辈便成了个做首饰的工匠，由走南闯北而至安家乐业。这期间着实花费了一点时间，倘若依我则宁愿用它下一盘象棋。方寸之间，楚河汉界。谋划上演一出出短小的戏剧。或者我可以去替人抄书，在书页开合翻动之间，亲历朝廷兴衰、世事变迁。要不我可以给人做伴读，在少年琅琅的读书声中，听闻官话野史，巨细无遗。但我最想干的，还是像我的祖先，走马看花，东游西逛。

我这样游手好闲，无所事事的人，误入迷途，为了一个丰收神跑进这橙子林中也是劫数。这正好验明了我的血液。

你这样低头沉思大可不必，一个人有心思应该讲出来，告诉他身边的人。丰收神劝告我。

我根本没想什么你的那种心思。我只是饿了，你要知道一个人饿了，那神态跟想心思是差不多的。

难道我是在说思想就是饥饿的一种吗？或者说进食就是思考的结果吗？那么，在我的余生就应当去不遗余力地搜集菜谱，它是我思想的唯一材料。

我把这想法告诉了丰收神。

你明显是饿昏了头，我们家族几千年来，关于吃流传下来无数的界说，如果等到搞清了这一切再行饮食，那我们早就饿死了。我们这个家族早就消失了。丰收神气愤得不行。

那么这就是准许饕餮的理由吗？我小心地追问。

我模糊地感到，这是吃的理论过分丰富的缘故。

那么如此过分地依赖我们的胃，我们是否会撑死？

不会，我们的胃是经受得住考验的，它已经为千百年来的历史所证明。

那么，我们其余的器官是否会因此退化？

这些次要的问题不必考虑过多，要是全像你这么瞻前顾后，我们不知要错过多少美食呢。

这么说，你们已经尝遍山珍海味了。

可悲的是，这可能是我们祖先的享受。如今，我们只是烹饪的理论比较发达。严格地说，我们只吃一种东西。

你是说，一种东西有多种吃法。

不，你没有领悟到我所说的实质。我是说一种东西同时就是一切东西。

在我听来，这似乎是一种离吃这样一种具体行为十分遥远的形而上的学问。

这正是我们家族多少年来，前赴后继追求的理想。

将一种食物化成一切食物？

不！将食物化成非食物。也就是说，我们最终的目的是超越吃这一行为本身。

我惊呆了。我不干！我大声叫唤起来。我这人享受惯了，别的不说，没有吃的那万万不行。况且我的胃口不是很大，我只需要少量的食品。

闭上你的嘴！丰收神以一种非人的声音盖过我的呐喊。

吃是神圣的事业，任何人都必须虔诚地接近它，决不容许你这样大叫大嚷的。你有力气叫嚷，单凭这一点，就该饿上你十天，好让你在第九天的傍晚死去。

是抽象的死吗？我哀求道。

不！丰收神拂袖而去。

我神志有些紊乱，表情木讷，口齿不清，我被饥饿吓昏了头。一时间放弃了我所有的理想和观念。我在橙子林间到处乱窜，似乎想找到那恼怒的丰收神。

我突然意识到,我在橙子林中四处转悠,原来为的是寻找这架白色的梯子。它以寓言的方式竖立在近乎透明的蔚蓝的天空下。我感到一种非血缘的亲切和亲昵。

我初来之时,橙子林已经一片金黄,成熟的芬芳四处飘逸。如今,它依然成熟芳香,仿佛永不颓败。我迈步来到这架白色的梯子跟前,拾级而上,将我的脸凑近我神之所往的温馨。这片土地的确神奇,它从未承受雨水,却也从未见世代在此繁衍生息的家族祭神求水。这里的湖汊自成一体,未见贯通任何江河,却也千年不腐。它的四周枝叶扶疏,果实累累,以人间仙境的不朽传之久远。

在橙子树下虚度闲适时日的各色人等,各操一门手艺,精工细作,百般雕琢,以巧夺天工为人际圣事。余暇,他们又将家族内部的干系详加钻研,分门别类又互为牵扯,使近处者相互埋怨,使远离者相互挂念,而一旦迁徙或重返故里又平添一分转瞬即逝的惆怅和喜悦。他们如此生发出一种文化来,当哭不哭,该乐不乐。大悲时强喜,极乐时号啕。以苦乐互济,乃至生死不辨。芸芸众生纷入化境,一任喜怒哀乐自生自灭。他们至多只是在一旁或隔岸观火,或详做详点。观火者文饰玩火者勾当,详点者钩沉玩火及观者趣闻。有更高手者,便加入评点者自身之感慨醒悟之类。他们人人具备明澈的睿智,个个满腹经纶。必要时只需口中念念有词便逢凶化吉,万事如意。多少年来,他们遇水而绕行,于是两岸成荫;他们遇山而迂回,于是四围鸡犬衍生。他们以水为酒,对酒当歌;他们以草为席,盘腿围坐。阴霾时节,他们怀念阳光;明媚季节,他们追悼晦暗。他们架小桥以渡流水，驭瘦马厕于古道，剪纸院落，西风人家，秉烛者昼夜无梦。

我的手指轻轻触摸那些金黄的橙子，它们便奇迹般地纷纷坠落。

丰收神老妪般地弯下腰去，一一将它们拾入篮内。她两鬓花白却依然面色如玉，只是为岁月修饰得愈加浑成。

你下来吧，你不该在高处待得太久，那样，一旦你下来，你会感到脚下的大地不够真实，那会影响你的胃口，来吧，下来，我们就在这橙子树下吃这些橙子。

橙子可以当饭吃吗？这类开胃的东西不是越吃越饿吗？

你非得把它当橙子吃吗？你可以把它当作梨、当作苹果、当作鱼、当作肉、当作稻米、当作小麦，一切一切。

难道丰收神想把整个世界都吃到肚子里去？

我忽然想到数个世纪前北方一位圣人的遗训。

食无言。

《上海文学》1986年第9期